도마뱀이
숨 쉬는
방

도마뱀이 숨 쉬는 방

© 탁명주

1판 1쇄 발행	|	2016년 11월 30일
1판 2쇄 발행	|	2017년 7월 31일

지은이	|	탁명주
펴낸이	|	정홍수
편집	|	김현숙 이진선
펴낸곳	|	(주)도서출판 강
출판등록	|	2000년 8월 9일(제2000-185호)

주소	|	서울시 마포구 동교로17안길 21(우·04002)
전화	|	02-325-9566
팩시밀리	|	02-325-8486
전자우편	|	gangpub@hanmail.net

값 14,000원

ISBN 978-89-8218-216-7   03810

이 도서의 국립중앙도서관 출판예정도서목록(CIP)은 서지정보유통지원시스템 홈페이지 (http://seoji.nl.go.kr)와 국가자료공동목록시스템(http://www.nl.go.kr/kolisnet)에서 이용하실 수 있습니다.(CIP제어번호: CIP2016028331)

* 이 책은 2015년도 ARKO 문학창작기금을 지원받아 발간되었습니다.

* 잘못 만들어진 책은 구입처에서 교환해 드립니다.

도마뱀이
숨 쉬는

방

탁명주 소설집

차례

컨테이너

받침대를 빼는 순간 지게차가 기우뚱하며 요란한 소리를 냈다. 사내가 성큼 컨테이너로 다가섰다. 벌판에서 산 밑으로 겨우 몇 발짝 옮겼을 뿐인데 컨테이너는 안정감이 있어 보였다. 주변을 꼼꼼히 돌아본 사내는 컨테이너 안으로 들어갔다. 창문에서 보이는 푸른 풍경에 사내의 미간이 살짝 펴졌다. 그 강둑 끝에 희끗한 것이 보였다. 건물이라고 하기엔 터무니없이 작은 벽돌 구조물이 덩굴식물에 덮여 있었다. 겨울이 되면 덩굴식물의 줄기가 드러나 흉흉할 것 같았다. 창가에 설 때마다 그 집을 보아야 할 거였다.

사내가 돌아갈 채비를 하는 지게차 기사를 불렀다. 사내의 입매를 쓰윽 훑어본 기사는 마뜩잖은 표정을 숨기지 않은 채 사내가 지시한 대로 컨테이너를 들어 방향을 슬쩍 돌려주었다. 그뿐이었다. 사내가 돈을 건네자 접힌 지폐를 펴서 액수를 확인하고는 느려터진 지게차를 몰고 사라졌다. 요란한 소음이 강둑을 흔들었다.

지게차 소음이 마을로 들어가는 동안 사내는 컨테이너 안으로 들어가 창문 밖으로 펼쳐진 풍경을 내다보았다. 마치 강가의 전경을 감상하는 전망대처럼 근사했다. 강을 내다보는 사내의 눈빛이 깊어졌다. 사내는 두 손을 쓱쓱 비비고는 컨테이너 바닥에 접혀 있던 박스를 세워 빈 술병들과 담배꽁초, 아이스크림 껍질 등의 쓰레기를 담아서 내놓았다. 겨우 바닥만 치웠는데도 아홉 평짜리 컨테이너의 내부는 꽤 넓어 보였다. 싱크대까지 놓여 있어 꽤 쓸모 있는 구조였다. 한쪽 벽을 차지하고 있는 사무용 탁자와 의자를 치우면 더 넓어질 거였다. 모노륨이 깔려 있는 바닥은 몹시 지저분해서 제 색깔을 알아볼 수 없을 정도였지만, 그런 건 문제가 아니었다. 사내가 손바닥으로 쓱 문지르자 굵은 붓으로 터치한 것처럼 나뭇결무늬가 살아났다. 먼지가 닦여나간 모노륨 바닥은 온통 상처투성이였다. 손바닥으로 문질러보았지만 상처는 지워지지 않았다. 언젠가 철거를 기다리는 빈 연립주택 지하에 용수철이 삐져나온 매트리스를 끌어다 놓고 공짜로 얻은 잠자리가 황감해서 킥킥대며 형과 함께 잠들었던 밤들이 생각났다. 형 생각을 하니 가슴 위로 쇠톱이 지나가는 것 같다. 컥 소리를 내면서 사내가 가래를 돋웠다. 어금니를 조여 물고 밖으로 나온 사내는 강 쪽으로 힘껏 가래를 뱉어냈다. 다시 생각해도 이곳을 찾아낸 건 기적이었다.

며칠 전 사내가 우연히 이 강가에 당도해 컨테이너를 발견했을 때 그것은 비어 있었다. 출입문의 손잡이를 잡아당기자 안에서 밀어내기라도 한 듯 헐겁게 문이 열렸다. 방치된 공간이 으레 그렇듯 내부는 몹시 지저분했다. 잠자리로 사용했음직한 박스 옆에 꽁초가 그득 담긴 술병이 엎어져 있었다. 사내는 덤프트럭 바퀴에 다져진 둑길과 묻히다 만 건축 폐기물을 보고 그곳이 제방공사의 현장 사무실로 쓰였다는 걸 알았다. 마을에서 강으로 이어진 벌판의 산자락 귀퉁이라 특별히 주목하지 않는 한 사람들의 눈에도 띄지 않는 지점이었다. 버려진 땅, 사람들의 관심에서 밀려난 곳에 방치된 컨테이너라니, 믿기지 않는 횡재였다. 그때부터 사내의 생각은 온통 컨테이너에 묶여 있었다. 마치 보물을 길가에 묻어놓고 온 것처럼 안절부절못했다. 하루이틀 날이 지날수록 불안감은 더해갔다. 중고로 팔아도 몇백은 받을 만한 컨테이너가 버려졌을 리 없다는 생각이 들었다. 운 좋게 한 주일 동안 인력시장에서 일거리를 잡은 덕에 얼마간의 푼돈을 쥐고 컨테이너를 찾아오면서 그의 마음은 복잡한 계획들로 그득했다.

며칠 만에 컨테이너를 보러 오는 길에 사내는 전에 미처 살펴보지 못한 경고 표지판을 보았다. 철판 위에 쓰인 글씨는 페인트가 벗겨져 겨우 읽을 수 있을 정도였다. 시 단위의 폐기물 매립장이므로 유독가스의 분출 위험이 있어 일반인의 출입을 금한다는 내용이었다. 사내는 주변을 둘러보았다. 표지판의 내용만 아니라면 아무것도 특별할 것 없는 시골 강둑이었다. 매립지 위에 객토를 하여 농사를 짓는 거로 보아 출입제한이란 말은 이미 효력을 잃은 것이 분명했다. 사내는 그제야 안심했고 비로소 마음을 정했다. 그동안 시 외곽을 뒤지고 다닌 것이 헛걸음은 아닌 셈이었다. 급한 대로 청소라도 하고 자물쇠를 물려놓으려고 버스정류장으로 가던 길에 전봇대에 붙은 지게차 전화번호를 발견했다. '지게차'라는 글자를 보자마자 사내의 마음속에 확신이 차올랐다. 마침 슈퍼 앞 버스정류장에 공중전화 부스가 있어 즉시 전화를 했다. 조심스럽게 강가의 컨테이너를 산 밑으로 옮길 수 있겠냐고 이야기를 꺼내자 지게차 기사는 내일 아침 일찍 옮겨주겠다고 다짜고짜 시간을 정해버렸다. 겨우 지게차 기사의 허락을 받았을 뿐인데 컨테이너의 주인이라는 증명이라도 얻은 듯 사내는 안도감을 느꼈다.

사내는 컨테이너에서 하룻밤을 보내기로 했다. 두어 시간 간격으로 드나드는 시내버스를 타고 읍에 나가 청소 도구와 자물쇠, 소주를 한 병 샀다. 막차 시간을 기다리며 국밥도 먹었다. 사내가 마을로 돌아왔을 땐 한밤중이었다. 강둑길을 찾아 들어가면서 사내는 쉴 곳을 소유한 사람이나 되는 듯 오랜만에 마음이 평온함을 느꼈다. 흐린 달빛에 제방 길을 더듬어 컨테이너로 다가가던 사내는 주춤했다. 버려진 거라고 생각했던 컨테이너 창문에서 얼핏 흐린 불빛이 어른거렸다. 저절로 가슴이 뛰고 발소리가 죽었다. 사내는 그 자리에 멈춰 서서 주변을 둘러보았다. 물소리 풀벌레 소리뿐 여름밤의 강둑은 평온했다. 그는 귀를 기울이며 두어 발짝 거리까지 창가로 다가갔다. 플래시 불빛을 가리느라 세워놓은 엉성한 포장지 틈으로 안에서 벌어지는 풍경이 보였다. 줄무늬 남방을 입은 남자와 상반신이 거의 보이지 않는 여자가 엉켜 있었다. 고개를 뒤로 젖힌 여자가 키득대며 얼굴을 들었다. 줄무늬 남방을 입은 남자가 별안간 몸을 일으키자 여자의 허리에 둘둘 말린 물방울무늬 스커트 아래로 청포묵 같은 허벅지가 드러났다. 말간 젖가슴도 무방비로 드러났다. 젊은 여자였다. 남자는 엉덩이에서 바지를 내리며 창가를 쓱 둘러보았다. 순간 눈이라도 마주친 것 같아 주춤 주저앉은 사내는 이 상황에서 도망가야 할 사람이 누구인가 생각했다. 사내의 궁리는 아랑곳없이 잠시 후 컨테이너 안에서 다시 키득대는 웃음소리와 신음 소리가 들렸다. 자세히 보지는 못했지만 남자는 숱이 없는 머리며 짧은 목덜미의 주름이 나이 오십은 넘어 보였다. 더운 여름밤에 남녀의 행위를 보는 건 절로 숨이 막히는 일이었다. 한순간 불뚝 일어섰던 사내의 그것은 컨테이너에 대한 궁리 속에 혼자 시르죽었다.

사내의 마음에 컨테이너에 대한 맹렬한 욕망과 동요가 일어나기 시작했다. 사내는 자기도 모르게 벌떡 일어났다. 땅바닥에 부려진 청소 도구가 봉지 속에서 와살스런 소음을 일으켰다. 순간 컨테이너 안쪽에서 새 나오던 불빛이 꺼졌다. 사내는 그제야 아차 싶어 성큼성큼 그 자리를 떠나 강둑 밑으로 내려갔다. 한 주일 동안의 불안감에도 불구하고 막상 누군가 컨테이너를 사용하고 있는 걸 확인하자 당황스러웠다. 불길하리만큼 달콤한 희망은 어이없는 절망으로 바뀌어버렸다. 선 자리에서 무릎이 탁 꺾였다. 모래 속에 머리를 파묻어버리고 싶었다. 둔한 쇳덩어리가 콱, 박힌 것처럼 숨통이 조여들었다. 분했다. 그제야 소주 생각이 났다. 시내에서 사 들고 온 청소 도구들이 아직도 그의 손아귀 아래 덜렁거리고 있었다. 발걸음을 옮길 때마다 버스럭거리는 비닐봉지 속에서 소주를 꺼내고 청소 도구들은 패대기쳤다. 자물쇠가 들어 있어 소리가 요란했다. 앉기만 하면 덤벼드는 모기 때문에 사내는 소주를 마시면서 천천히 물가를 따라 걸었다. 술은 달다 못해 썼다. 얕은 강물에 빈 소주병을 던진 사내는 차차 기분이 좋아졌다. 더럽게 방치했다가 어쩌다 한번 컨테이너를 찾는 사람보다는 그것을 목숨만큼 필요로 하는 사람이 컨테이너의 주인이 될 자격이 있는 거라는 배짱이 생겼다. 게다가 방치된 컨테이너에서 재미를 보고 있는 두 사람은 틀림없이 불륜 관계의 동네 주민일 터였다. 멀쩡한 부부가 사람들 눈을 피해 컨테이너를 찾았을 리는 없었다. 침침해서 여자의 얼굴을 자세히 보지는 못했지만 피부로 봐서는 뭔가 젊은 느낌이었다. 여자가 키득거린 거로 봐서는 성폭행은 아닌 것 같지만, 어쨌든 정상적인 관계는 아닌 듯했다. 거기까지 생각이 미치자 사내를 옥죄고 있던 절망의 사슬이 툭 끊어져버렸다. 이 강가에 아이들을 풀어놓고 아내와 나란히 앉아 아이들이 노는 것을 바라볼 수 있다면! 가끔 보여주는 아내의 풀 향기 같은 여린 웃음을 다시 볼 수 있다면, 얼마나 멋진 일인가!

사내는 기분 좋게 컨테이너로 돌아왔다. 겁없이 출입문을 열었을 때 컨테이너는 비어 있었다. 사내는 조금 전까지 두 사람이 뒹굴었을 박스 위에 누웠다. 아직도 담배 냄새와 비릿한 체취가 느껴지는 듯도 했다. 시르죽었던 사내의 그것이 서서히 부풀어올랐다. 아내와 잔 것이 언제인지 생각도 나지 않았다. 주인집 영감에게 멱살다짐을 받고 집을 나온 게 석 달 전 일이었다. 월세 날짜를 지키지 못하게 되자 바로 다음달에 주인 영감이 방을 내놓았다. 하지만, 들어오겠다는 사람이 없어 지금까지 버텨온 터였다. 보증금을 다 까먹고 나자 영감은 사내가 집에 들어오는 날이면 호되게 실랑이를 걸어왔다. 말끝에는 협박과 욕설도 서슴지 않았다. 인력시장에서 일을 얻지 못하는 날에도 사내는 집에 와서 쉴 수 없었다. 며칠에 한 번씩 단골 슈퍼에 들러 분유와 봉지쌀을 집으로 배달시키면서도 영감과 마주칠까 싶어 집에 들르지 못하고 배달원을 따라 나온 아내와 접선하듯 안부를 주고받았다. 사내의 감은 눈에 어린것들의 살가운 모습이 잡혔다. 더이상 머뭇댈 여유가 없었다. 이달 말일까지, 무조건 방을 비우라는 것이 주인 영감의 명령이었다. 밀린 방세를 받기 전에는 주인 영감이 곱게 놔줄 리 없지만, 지체한다고 달라질 것도 없었다. 고심하던 사내의 눈빛에 생기가 돌았다. 틈이 아주 없는 건 아니었다.

"만 원입니다."

까만 비닐봉지를 내밀며 정육점 여자가 말했다. 사내는 주머니 안에서 손에 땀이 배게 쥐고 있던 지폐를 꺼내 그중 만 원짜리 한 장을 여자에게 건넸다. 지폐 몇 장을 지니고 있는 것은 그에게 얼마간의 안도와 얼마간의 불안을 동시에 안겨주었다. 그것이나마 가지고 있으므로 다급하지 않다는 위안과 동시에 시한부의 시간을 맞이하는 것 같은 갈증 때문이었다. 조급해지는 마음을 누르며 그는 딸아이가 좋아하는 달달한 고기볶음을 생각했다. 어금니가 나기 시작하자 딸아이는 육질이 있는 것을 씹고 싶어 했다.

어디서부터 잘못된 것인지 알 수 없었다. 평생 밥벌이 걱정을 하지 않으려면 기술 한 가지라도 똑바로 배워놔야 한다던 형은 정작 기술을 배우지 않았다. 사내는 천성이 겁이 많고 섬세한 편이었다. 형은 그런 사내를 필사적으로 보호했다. 점점 더 위험한 일을 시키면서 놓아주지 않는 개코의 계획에 말려 칼받이가 되던 날까지 형은 사내를 조직에 개입시키지 않았다. 형이 죽고 난 뒤 형의 친구들 덕분에 기름때를 묻혀가며 배운 것이 가구 만드는 기술이었다. 기술 덕분에 사내는 형이 바라던 대로 착하고 어린 아내를 만날 수 있었고, 가난하지만 가정을 이루고 정상적인 삶의 궤도에 진입할 수 있었다. '인마, 평범하게 사는 게 가장 어려운 거야, 우리 같은 사람들은 평균 정도만 살아도 대성공이라니까!' 강술을 마시면서 늘 마지막에 주문처럼 말하던 형의 목소리가 아직도 귓바퀴에 얹혀 있었다. 입주 가구가 주 생산품인 사내가 다니던 공장도 건축 경기에 거품이 빠지면서 침체에 빠져들었다. 처음엔 두어 달 건너 한 번씩 임금을 체불하더니 부도를 맞고는 내리 석 달 동안 임금을 지급하지 못했다. 모두 7개월 치 임금이 밀린 상태에서 공장은 도산해버렸다. 따질 곳도 받을 곳도 없이 직공들은 고스란히 내몰렸다. 동료들은 공장장과 사장 집에 찾아가 누워버리자고 했지만, 사내가 인력시장을 기웃대는 동안 공장장이 몇몇 직원을 데리고 다른 공장으로 가버렸다는 소식을 뒤늦게 들었을 뿐이었다. 그 후로 그는 다시 직장을 잡지 못했다. 가구 공장들이 너나없이 구조조정을 시작했고 값싼 외국인 노동자는 사방에 넘쳐나고 있었다.

사내는 슈퍼에 들러 상추를 조금 사기로 했다. 상추에 싸지 않으면 회나 고기를 먹지 못하는 아내를 위해서였다. 분유와 봉지 쌀도 샀다. 버스정류장이 있는 큰길에서 벗어나 창고며 공장들이 늘어서 있는 골목길을 한참 걸어갔다. 3년이 넘게 살았지만 전혀 익숙해지지 않는 길이었다. 시큼한 생활 하수가 흐르는 도랑을 끼고 공장들은 다닥다닥 붙어 있었다. 어두컴컴한 골목으로 접어들자마자 짐을 잔뜩 실은 덤프트럭 한 대가 달려 나왔다. 타일 공장 마당으로 급하게 걸음을 피하고 트럭 꽁무니를 돌아보았다. 저렇게 큰 트럭이 지나갈 때면 좁은 골목이 꽉 찼고, 갓길 따위는 생각할 수도 없는 위험한 골목이었다. 골목에서 차를 만날 때마다 딸아이의 뜀박질이 생각나 오금이 저렸다. 그가 이 골목에 사는 동안 사고를 당한 아이가 세 명이나 되었다. 그중 두 명이 초등학생이었고 한 아이는 불과 다섯 살짜리였다. 모두 보호자 없이 다니다가 일을 당했다. 동생이 태어난 후 부쩍 딸애 혼자 방문 밖으로 나가는 일이 많아졌다고 아내는 안달을 했다. 그가 집에 있을 때조차도 그런 일은 순식간에 일어났고 그때마다 아내는 파랗게 질려서 뛰어나갔다.

허리를 앓는 아내가 하루에도 몇 번씩 예은이를 뒤쫓는 것이 진땀나는 일임을 모르지 않았다. 둘째 아이 임신 중에 자궁 근종이 생긴 아내는 임신 중이라 투약을 하지 못하다가 출산과 함께 수술을 받았다. 그 후 변변히 몸조리를 하지 못한 것이 만성 요통의 원인이 되었다. 산부인과에서는 몇 달 교정운동을 하거나 한 번 더 출산을 하는 방법이 있다고 했을 뿐이었다. 병원에 갈 때마다 받아온 처방전이 방 안에 굴러다녔다. 수중에 돈이 없으면 처방전도 휴짓조각일 뿐이었다. 아내는 때때로 자면서도 진땀을 흘리며 신음을 삼켰다. 조팝나무 꽃처럼 가늘고 싱그러웠던 아내는 더 이상 희거나 푸르지 않았다. 바랜 창호지처럼 누렇게 뜬 얼굴에 점점 가슴뼈가 드러나게 말라가고 있었다. 그는 알 수 없는 분노로 어금니를 조여 문 채 걸음을 서둘렀다. 손에서 부딪치는 비닐봉지가 말할 수 없이 비루해서 한순간 패대기치고 싶은 걸 꾹꾹 다잡아 눌렀다. 철 대문 앞에 다다르자 안에서 딸애의 목소리가 흘러나왔다. 콧마루가 쏨벅거렸다.

어둑한 마당 안은 고요했다. 사내는 조용히 대문을 밀고 통로
나 다름없는 마당으로 들어섰다. 알루미늄 새시에 어른대는 아
내의 그림자가 보였다. 부엌문을 흔들자 아내가 잠금 고리를 벗
겼다. 흠칫 놀란 표정으로 그를 끌어들인 아내가 밖을 둘러보고
조심스럽게 새시를 닫았다. 아내가 먼저 방에 들어가서는 딸애
에게 주의를 주었다. 소리 지르지 말고 아빠를 부르지도 말라는
웃기지도 않은 주문이었다. 딸애는 무슨 놀이라도 하는 줄 알고
재미있다고 귓속말을 소곤대며 파고들었다. 사내는 딸애를 한
번 안아주고 아내에게서 작은아이를 받아 안았다. 비닐봉지를
받아든 아내가 보일 듯 말 듯 웃었다. 좁은 방 안을 가로질러 길
게 널어놓은 기저귀를 걷어놓고 아내에게서 아기와 따끈한 우유
병을 받았다.

"잠깐 좀 누워. 우유 먹여서 이놈 재워놓고 예은이랑 밥 먹
지 뭐."

젖병을 빠는 아기의 숨소리를 들으면서 아내가 그의 옆에 허
리를 펴고 누웠다. 관심을 뺏겨버린 딸애가 그의 어깨를 타고 올
라왔다. 사내가 딸애를 달래보았지만 딸애는 아랑곳없이 동생을
밀어내기 시작했다. 할 수 없이 누운 아내 품에 아이를 내려놓
자 제 엄마한테서 아기를 밀어내며 심술을 부렸다. 사내가 주머
니에서 천 원짜리 지폐를 꺼내자 딸애의 관심은 금방 지폐로 쏠
렸다. 돈의 가치를 이제 막 알아채기 시작한 딸애에게 천 원짜리

지폐는 곧 달콤한 사탕이나 아이스크림이었다. 딸애가 내일 날이 밝으면 사러 가자고 불러대는 이름 중에는 사내가 들어보지 못한 것들도 있었다. 뽀로로? 그게 뭐니? 하는 표정으로 아내를 돌아보자 아내가 애매한 표정으로 딸애에게 눈짓을 했다. 우유를 먹은 아이가 잠드는 것과 동시에 아내도 잠들어버렸다. 딸애를 부엌으로 데리고 나와 밥을 안쳤다. 아빠를 독차지한 딸애가 이것저것 좋알댔다. 그는 얄팍하게 썬 돼지고기를 간장 양념으로 볶아 냈다. 달달한 냄새가 허기를 불러와 그는 거의 실신 지경이었다. 수돗물을 한 사발 들이켜고 나서야 공복인 채 하루를 보낸 것이 떠올랐다. 그는 서둘러 상추를 씻고 밥상을 차렸다. 언뜻 너무 조용해서 돌아보니 딸애가 방문에 기댄 채 졸고 있었다. 딸애를 안아 올리자 쌔근대는 입에서 비릿한 쉰내가 맡아졌다. 그는 개수대 수돗물로 딸애의 입가를 씻겨주었다.

아내와 딸애가 저녁밥을 달게 먹는 걸 보니 코끝이 시큰했다. 아무렇지 않은 듯 고기를 한 점 입에 넣고 아내의 눈빛을 받아 냈지만 삼키기 힘들 만큼 혀뿌리가 아파왔다. 그는 일어나 방을 나왔다. 부엌으로 내려서는 그의 등뒤로 딸애의 목소리가 날아왔다.

"아빠 쉬하러 가?"

언제 다시 아빠가 사라질지 알 수 없어 불안한 딸애가 동의를 구하고 있었지만 아내의 목소리는 들리지 않았다. 그는 마당으로 나가지 못하고 새시 앞에서 감정을 수습했다.

"이사를 할 수 있을 것 같아, 이렇게 들볶이지 않아도 되는 곳이야."

품속에서 잠든 딸애를 눕혀놓고 그가 말을 꺼냈다. 아무 기척 없이 아기를 재우던 아내가 살며시 그를 돌아보았다. 아내의 눈이 이사 비용과 밀린 방세를 걱정하고 있었다.

"주인집엔 내가 알아서 할게. 일단 좀 미뤄놓고 이사부터 하지 뭐."

무슨 말인가 건너오길 기다렸지만 아내는 깊은 생각에 빠진 듯 미동도 없었다. 아이들이 번갈아 내쉬는 규칙적인 숨소리뿐 고요했다. 그가 이 생각 저 생각 궁리하고 있는데 가라앉은 아내의 목소리가 들려왔다.

"사람들 없는 곳이면 좋겠다. 차도 공장도 없는 곳."

"무인도처럼? 나중에 후회하지 않을 자신 있어?"

한결 가벼워진 마음으로 장난스레 되묻자 아내가 픽 웃었다. 딸애를 벽 쪽으로 떼어놓고 아내에게 팔베개를 해주었다. 말랑한 아내의 몸이 그의 품안으로 들어왔다. 한때는 그를 미칠 듯이 발기시키던 아내의 몸에서 달큼한 젖내가 났다. 갓난아기의 분내에 섞여 여린 풀 냄새도 맡아졌다. 그는 아내의 머리칼에 코를 묻었다. 아내의 체취는 그를 아찔하다 못해 몽롱하게 했다. 벽으로 밀려난 걸 알고 심술보를 터뜨릴 딸애 생각을 하니 웃음이 새나왔다.

깊이 잠들지 못한 사내는 두어 시간 후에 일어나 앉았다. 어둠 속에서도 잠든 아내와 두 아이가 눈에 가득 들어왔다. 주인집 영감이 집을 나서는 새벽까지는 짐을 싸두어야 했다. 며칠 시간을 더 보낸다고 다툼을 피할 방도가 생길 리 없었다. 대강 눈에 들어오는 가구를 둘러보았다. 짐이라야 접이식 미니 옷장과 플라스틱 서랍장 속에 든 아이들 옷가지, 이부자리와 잡동사니 약간, 부엌살림이 전부였다. 박스 몇 개면 다 쌀 수 있는 정도였다. 슈퍼에 쌓여 있던 박스를 떠올린 그는 살짝 집을 빠져나왔다.

사내는 곧장 슈퍼로 내려가지 않고 목재 공장 마당을 둘러보았다. 소품을 만드는 이 공장은 개가 없어서 시끄럽지 않았다. 사내는 어렵잖게 큼직한 박스 몇 장을 찾아냈다. 사내가 돌아왔을 때 아내는 부엌에 나와 있었다. 말을 하지 않아도 알겠다는 듯 아내가 조용히 짐을 쌌다. 박스가 커서 아이들 물건과 잡동사니를 한 번에 쓸어 넣고 나니 방 안의 일이 수월하게 끝나버렸다. 아내의 손에서 부엌살림들이 순식간에 갈무리되었다. 이제 남은 건 가스레인지와 TV뿐이었다. 플라스틱 수납장 두어 개랑 비닐 캐비닛도 옮길 준비가 되었다. 아이들이 누운 이부자리를 싸기 위해 보자기 하나를 남겨놓았다. 주인집 마룻바닥이 삐걱대는 소리에 뒤이어 곧바로 현관문 소리가 들렸다. 방 안에서 긴장하고 있는 사내의 귀에까지 들리도록 헛기침을 하더니 영감은 가래침을 뱉듯 소리쳤다.

"세도 못 내는 집에서 전깃불은 허투루 쓰는가, 어험!"

무려 여덟 개의 방을 세주고 있는 영감이 대문을 드나들 때마다 잔소리를 늘어놓는 터라 세 든 사람들은 귓등으로 들어 넘긴다. 사내는 영감이 구시렁거리며 대문을 빠져나간 뒤 약수터 길로 올라가는 것을 확인했다. 그는 재빨리 골목을 끼고 큰길까지 달려 내려갔다. 몇 번이고 다짐을 놓았음에도 불구하고 범수 형이 약속을 어긴다면 어떻게 할까 걱정했다. 갑작스레 화물차 운행을 부탁하면서 꼭두새벽에 와달라는 말을 꺼내기가 어려웠다. 하지만 도둑 이사라서 잡히면 곤욕을 치르게 될지도 모른다는 그의 말에 범수 형은 이유를 묻지 않고 응낙했다. 다행이었다. 형이 죽은 뒤 오갈 데 없는 그를 말없이 인력시장에 데리고 다니다 공사장에 넣어주었던 형의 친구였다.

범수 형은 다행히 근처에 도착해 있었다. 곧 1톤 트럭이 집 앞 골목까지 들어왔다. 007작전을 능가하는 초긴장의 짐 나르기가 시작되었다. 차 안으로 옮겨진 아이는 아내의 품에서 다시 잠이 들었지만 예은이가 깨어났다. 트럭에 옮겨진 딸애는 이삿짐을 옮기며 부산스레 서두는 제 아빠의 행동에 충격을 받았는지 기함을 할 만큼 큰 소리로 울음을 터뜨렸다. 미처 차문을 닫을 새도 없이 벌어진 일이었다. 결국 세입자들이 하나둘 나오고 골목이 시끄러워졌다. 그리고 주인집 며느리가 나왔다. 웬만해선 나서지 않지만 사실 주인 영감보다 더 야박한 여자였다. 여자는 사나운 얼굴로 도둑 이사를 하려 하느냐고 소리를 질러댔다. 세입자들은 모두 들어가고 주인집 며느리만 남았다. 집세와 밀린 세금을 안 주고 나갈 거라면 짐은 다 두고 가라는 말이었다. 옮겨놓은 짐도 내릴 판이었다. 미처 싣지 못한 TV와 가스레인지를 포기할 수밖에 없었다. 그나마도 범수 형의 험한 인상 때문에 빠져나올 수 있었다. 어깨에서 팔뚝까지 용을 문신하고 있는 범수 형에게 집세와 세금만 가져오면 언제라도 내줄 거라며 부엌 문 앞을 막아섰다. 숫기 없는 아내는 고개를 푹 숙이고 있었다. 그로서도 저항할 한마디 말이 없었다. 아내의 옆얼굴이 창백해진 걸 보면서 그는 딸애의 어깨를 토닥였다. 굳은 얼굴로 트럭을 모는 범수 형에게 미안하고 면목이 없었다. 아직도 너 사는 꼴이 이 모양이냐고 묻지 않는 범수 형이 그저 고마울 뿐이었다. 낡은 짐차의 움직임을 따라 아내의 경직된 어깨가 그의 어깨에 부딪혔다.

한 시간 반은 걸려서 도착한 강가는 우중충했다. 컨테이너의 자물쇠는 그가 채워둔 그대로였다. 사내는 내심 반갑고 감격스러웠지만 어쩐 일인지 아내와 딸애 앞에 참담한 기분이 되었다. 혼자서 찾아왔을 때와는 달리 어둑한 강가에 덜렁 컨테이너만 있는 것이 황량해 보였다. 고즈넉하고 아름다운 강의 풍경 따위는 자취도 찾아볼 수 없었다. 범수 형의 얼굴을 바로 보기가 민망했다. 형은 아침 일이 늦었다며 서둘러 이삿짐을 내렸다.

"집이 멀지만 당분간 나랑 다니면서 화물 까대기라도 할 맘 있음 연락해. 좀 모아서 화물차 중고라도 인수하게 되면 좋고."

마른침을 삼키며 초조해하는 사내에게 전화번호를 적어 건네며 범수 형이 말했다. 그러고는 수중에 가진 돈이 이것뿐이라며

만 원권 몇 장을 사내의 주머니에 찔러주고 트럭을 몰고 떠났다. 사내의 눈가가 붉어졌다. 형이 살아 있다면 이렇게 서로 의지하면서 별 어려움 없이 지냈을 거였다. 착잡한 사내를 아내가 컨테이너 창으로 바라보고 있었다.

버려진 컨테이너이므로 안심해도 좋다는 사내의 말에도 아내는 아이를 업은 채 말이 없었다. 궁한 그를 구원한 건 딸애였다. 새벽 구름 때문에 희부옇던 강둑에 햇살이 비치자 딸애가 소리를 질렀다. 반짝이는 강물과 시야에 들어온 너른 들판을 보고 아내의 입가에도 희미한 웃음이 지나갔다. 딸애는 눈 앞에 펼쳐진 모든 것이 경이로운 양 깡충거리며 좋아했다. 짐을 컨테이너 안으로 들여놓은 사내는 서둘렀다. 당장 밥을 해 먹을 수 있도록 손을 보려면 하루해가 모자랄 터였다. 아내가 짐을 푸는 동안 전기를 끌었다. 옮기기 전의 컨테이너 자리에 수도꼭지가 들어와 있어서 물은 당장 그걸 쓰면 될 것 같았다. 사내는 막아놓은 수도꼭지를 풀었다. 수도는 멀쩡했다. 하루 정도 물을 흘려보내면 먹을 수 있을 거였다. 모래와 나뭇잎들로 막혀 있는 배수로는 조금 손보아야 할 것 같았다. 컨테이너로 돌아오니 아이를 업은 채 아내가 팔을 늘어뜨리고 그를 바라보고 있었다.

"가스레인지가 없어서……"

사내는 딸애를 데리고 강둑을 걸어 마을로 들어갔다. 마을 슈퍼 앞에 인상이 사나운 여자가 다가오는 사내의 행색을 살피고 있었다. 농로를 걸어오는 동안 줄곧 사내를 지켜보는 사람은 그

외에도 여럿이었다. 사내는 걸음을 서두르지 않고 곧장 슈퍼로 들어갔다. 사내가 좁은 가게 안으로 들어서자 여자가 따라 들어왔다. 사내가 휴대용 버너와 썬 연료, 플래시, 짜장라면 등을 찾자 여자의 표정이 눈에 띄게 달라졌다. 침침한 가게 안에서 대부분의 물건은 먼지를 뒤집어쓰고 있었다. 딸애가 사내의 손을 끌어당겼다. 그는 소시지와 새우깡을 집어 딸애에게 주었다. 여자는 사근사근한 목소리로 더 필요한 건 없냐고 물었다. 계산을 치르자 아이에게 껌 한 통을 쥐여주며 또 놀러 온나! 하고 인사를 건네기까지 했다. 슈퍼집 여자의 살가운 웃음에 사내는 마음이 누그러졌다. 가게에 딸린 방문이 열리더니 몸집이 통통한 여자가 걸어 나왔다. 초면에 조금도 어색한 기색 없이 사내를 빤히 보면서 언뜻 웃음을 띠는 게 여간 민망한 것이 아니었다.

"아 이년아 들어가 있든지 나가든지 어서 비켜, 손님 나가게!"

슈퍼 여자가 지청구하는데도 전혀 들리지 않는 듯 여자는 느릿느릿 다가왔다가 사내를 스치고 밖으로 나갔다. 속옷을 제대로 갖춰 입지 않아 얇은 여름옷 속에서 말간 가슴이 출렁대고 있었다. 걸을 때마다 엉덩이의 움직임을 따라 구겨진 스커트가 흔들렸다. 몹시 눈에 익은 물방울무늬 스커트였다. 컨테이너에서 보았던 바로 그 여자였다. 사내는 혼자 얼굴이 붉어져서 자꾸 뒤를 돌아보는 딸애 손을 잡고 가게를 빠져나왔다. 슈퍼 앞에 있던 두어 명의 아낙이 사내의 얼굴을 노골적으로 훑어보며 가게 안으로 들어갔다. 그러곤 사내보고 들으라는 듯이 슈퍼집 여자를 나무랐다.

"이게 무슨 경우야? 컨테이너 도둑맞았다고 기만있는 사람들 들쑤셔놓고 자기는 뒷구멍에서 근본도 모르는 사람한테 물건이나 팔아먹구 말이지."

"아니 그럼 제 발로 찾아와 필요한 물건을 달라는데, 난들 어쩌겠어요, 누군 처음부터 근본 있었나, 그 근본 찾는 사람은 들어온 지 몇 년이나 됐다고!"

"헛, 참 지금 그걸 말이라고 하는 거야? 서방 없이 병신 딸 데리고 산다고 웬만한 일은 봐줬더니, 경우가 없어도 이건 너무하는 거 아니냐고!"

거기까지 듣고 돌아서는데, 몸집이 커다란 남자가 오토바이를 세우고 내리더니 사내를 쓱 일별하고는 큰 소리로 슈퍼 여자를 불렀다.

"아주먼네, 뭔 일로 이렇게 시끄러워요?"

남자가 끼어들자 여자들이 일제히 남자를 둘러싸고는 너나없이 떠들었다. 아낙 중 하나가 노기등등하게 따져 물었다.

"아따, 이장님 잘 오셨소, 것이기 콘테노인지 뭔인지 때메 시끄러워지는 것이 아니겠소."

"강씨, 기껏 쓰겠다는 사람한텐 묵묵부답 기다리게 하더니, 인제 와서 생판 모르는 뜨내기한테 그걸 줘야겠나?"

"누가 아니래요, 죽 쒀서 개 주는 꼴이지 이게 뭐람!"

"덜컥 들어와 차지해버렸으니, 이제 어떡할 거요? 책임을 져요, 책임을."

　그사이 더 모여든 사람들에게 이장이라는 남자는 둘러싸였다. 사내는 언뜻 남자를 알아봤다. 머리카락이 드문 대머리, 컨테이너에서 보았던 남자였다. 사내는 픽, 웃음이 나왔다. 컨테이너로 인해 시비가 생기면 반드시 짚어내리라 생각했던 사건이기에 사내는 한시도 그 사건을 잊지 않고 있었다. 사내는 자신을 두고 왈가왈부하는 소리를 더 듣지 않고 딸애를 번쩍 들어올려 목말을 태우고 논길로 들어섰다.

　마을 이장 강씨는 사람들이 제각기 떠들도록 한참을 말없이 듣고 있었다. 마을 사람들은 분을 내며 심하게 퍼부었지만 저항도 변명도 없이 묵묵부답인 이장 앞에서 이내 잠잠해졌다. 이장은 돌아서서 마을회관으로 걸어갔다. 사람들이 어수선하게 그의 뒤를 따랐다. 회관에는 동네 노인들도 모여 있었다. 회관으로 들어선 이장은 얼추 말을 들어야 할 사람들이 다 모였다고 판단하자 입장을 털어놓았다.

　"명색이 마을 이장인 내게 우선은 책임이 있는 거 인정합니다. 허지만, 제 마음 같아선 이쯤에서 누군가 컨테이너를 쓰게 된 것이 다행이라고 생각합니다. 저대로 두면 못쓰게 될 것이 뻔하고, 그렇다고 서로 쓰겠다는데 하나밖에 없는 컨테이너를 두 개 세 개로 쪼갤 수도 없고, 뭣보다 학생들이 자꾸 거기 와서 술도 퍼마시고 싸움질도 하는 통에 애물단지가 되었기 때문입니다. 관리 기간이 끝나면 시에서 수거해 갈 물건이라 제가 마음대로 처분할 수도 없는 거였습니다. 서로 터놓고 말을 안 해 그렇지, 다들 욕심을 내는데, 어느 한 집이 쓰게 되면 동네 인심만 사나워질 것이 뻔하고, 당당히 세를 내면서 쓰겠다는 사람은 단 한 사람도 없었고요, 우리가 언제부터 이렇게 야박해졌습니까, 겨우 이따위 일로 험한 말이 오갈 만큼 우리 마을 인심이 타락해서야 쓰겠습니까, 오죽하면 저걸 집이라고 식솔들을 데리고 왔으려고요. 차라리 꼭 필요한 사람이 들어오면 일꾼도 없는데, 마을에 젊은 사람도 늘고 좋지 않겠습니까? 내가 가서 알아보리다. 대동회비라도 얼마씩 내놓을 수 있는지, 그렇게만 되면 누이 좋고 매부 좋은 거 아닙니까?"

강씨의 말에 잠시 수군대던 사람들이 잠잠해졌다.

"그럼 그럼, 강씨 말 하나도 틀린 거 없네. 우리 이장이 어떤 사람인디 이렇게 실례를 허든 쓰나, 치열한 경쟁을 제치고 쓰레기 매립장을 유치한 덕분에 우리 동네가 그동안 근동에서 제일로 혜택을 받았잖남. 말이야 바른말이지 젊은 사람 다 떠나는 시골에 아 딸린 젊은 부부가 들어왔는데, 이건 차라리 경사라, 암만."

평소 어지간해서는 말이 없는 지게차 심씨의 추렴에 사람들이 고개를 끄덕였다. 별다른 이견이 없는 양 이장에게 길을 터주는 사람들의 얼굴이 한결 가볍게 풀어져 있었다. 이장은 그길로 곧장 컨테이너를 향해 오토바이를 달렸다.

말은 하나도 틀리지 않았다. 명색이 마을의 이장인 그의 허락도 없이 저질러진 일이지만 심씨 말대로 잘된 일이었다. 누군가

버려진 컨테이너를 써준다면 더 이상 그것을 단속하지 않아도 되는 셈이었다. 매립 공사가 끝난 뒤에 심지라도 뽑아서 동네 사람 중 누군가가 가져가도록 했어야 했다. 살구나무집 영감과 슈퍼 여자는 집까지 찾아와 쓰게 해달라고 졸랐다. 관리 기간이 끝나면 시에서 수거할 거라는 그의 말에 욕심을 내던 사람들은 슬며시 물러났지만 정작 그것은 엉뚱한 용도로 쓰였다.

지난봄 날씨가 꽤 따스해졌을 무렵, 밭에 갔다가 우연히 컨테이너를 들여다본 강씨는 해괴한 풍경을 보았다. 학생 여러 명이 컨테이너 바닥에 나동그라진 채 잠들어 있었다. 단단히 물려 있던 컨테이너 자물쇠가 감쪽같이 사라진 것으로 보아 누군가 일부러 제거한 것이 틀림없었다. 눈에 익은 교복을 알아보는 순간 그는 긴장했다. 잊어버릴 만하면 한번씩 뉴스를 타는 환각제를 떠올렸던 것이다. 자세히 들여다보니 아들놈을 포함해 네 놈이나 퍼질러 잠들어 있었다. 그중 하나는 슈퍼집 딸이었다. 말하자면 아이들보다 몇 살 많은 처녀애랑 아들 친구들이 혼숙을 하고 있는 꼴이었다. 슈퍼집 딸은 몸뚱이만 탐스럽게 자란 좀 모자란 아이였다. 다니다가 쉬다가 하면서 스무 살이 되어서야 초등학교를 졸업한, 근동 마을에서는 다 아는 아이였다. 멀건 대낮에 학교도 가지 못할 만큼 취해서 뒹굴고 있는 녀석들을 깨워 호통을 쳤다. 아들놈이 끼어 있어서 몹시 마음이 쓰였다. 성에 민감한 녀석들에게 슈퍼집 딸내미가 문제의 중심이 된 건 아닐까 하는 불길함 때문이었다. 그날부터 컨테이너는 그가 단속해야

할 우범 지역이 되었다. 밤이나 낮이나 분별없이 컨테이너에 와
서 뒹구는 슈퍼집 딸내미를 달래 집으로 들여보내는 일도 그에
게 맡겨진 일과가 되었다. 여름이 되니까 여자애는 거의 벗은 몸
으로 컨테이너에 들어와 있기 일쑤여서 여자애를 달래는 데 점
점 더 애를 먹었다. 모자란다고는 해도 무르익은 몸 냄새를 물씬
풍기며 아무 저항도 없이 젖가슴이며 허연 허벅다리를 내보이
는 여자애는 굶주린 남자에겐 위험한 존재였다. 자궁암 수술을
한 뒤 잠자리를 거부하는 아내 때문에 점점 더 접촉이 뜸해져가
는 강씨에게도 예외는 아니었다. 한여름 들어 어느 날 컨테이너
를 들여다보니 여자애가 옷을 홀랑 벗고 잠들어 있었다. 강씨는
성숙할 대로 성숙한 여자애의 몸을 마음놓고 자세히 볼 수 있었
다. 여자애가 벗고 있으니 들어가 깨우는 것도 멋쩍고 두렵기도
해서 나중에 일어나 옷이나 입으면 들여보내자 하고 들로 나갔
다. 하지만 들에 있는 동안 누가 와서 들여다보지나 않을까 걱정
되었다. 두어 시간 후에 돌아와 보니 여자애는 깨어 있었다. 여
전히 옷을 입지 않은 채였다. 남자는 어서 옷 입고 집에 들어가
라고 호통을 쳤다. 여자애는 밍밍한 웃음만 보일 뿐, 말을 듣지
않았다. 그런 일은 며칠 동안 계속되었다. 슈퍼집 여자는 슈퍼를
닫는 시간까지 딸을 찾는 법이 없었다. 어디서 먹고 다니든 애물
로만 여기고, 자신은 가게에서 되는 대로 막걸리 한잔에 밥때를
때우는 식이었다. 마을에서는 누구네 집이든 여자애가 눈에 띄
면 밥을 먹여주었다. 사정이 그러하다 보니 방치에 길든 여자애

는 점점 더 자신이 편한 곳을 찾았고 컨테이너의 자물쇠가 없어진 이즈음에는 컨테이너를 애용하게 된 것이다. 때론 여자애를 무서운 얼굴로 쫓아 보내거나 컨테이너에 방치해둘 때도 있었지만, 여자애를 돌려보내거나 방치하는 것이 불가항력인 날이 결국에는 오고야 말았다. 어느 날 여자애가 그의 손을 끌어 자신의 젖가슴을 문지르면서 키득댔는데, 그게 그를 미치게 했다. 부끄러운 일이라거나 특별한 사이에서만 하는 행동이라는 걸 전혀 분별하지 못한 채 그저 스킨십을 갈구하는 여자애한테 그의 이성과 윤리 의식은 어이없이 굴복했다. 두려워하고 경계했지만 실수를 저지르게 된 거였다. 그런데 여자애의 반응이 의외였다. 노상 그래 왔던 것처럼 익숙하게 일을 치러낸 것이다. 게다가 관계 후 그 어떤 티도 내지 않았고, 다음날이면 어김없이 컨테이너에 와서 뒹굴고 있는 거였다. 며칠 동안 스스로의 양심에 자신의 잘못이나 죄가 아니라고 항변해야 했지만 같은 상황이 되면 결과는 같았다. 낯뜨겁게도 그의 의지는 더 이상 아무 효력도 없었다. 며칠 전 밤에도 그런 상황이었다. 강둑에서 인기척을 듣고 서둘러 나갔을 때, 강둑 아래를 걷는 한 사내를 보았다. 틀림없이 자신을 보았을 거라는 생각이 들어 불편한 생각을 하면서도 마을 사람이 아닌 것이 틀림없어 별일이야 있겠느냐 생각했던 터였다. 하지만 사내는 컨테이너를 점유하며 그렇게 존재감을 드러냈다. 지게차 심씨에게 컨테이너를 옮겼다는 이야기를 듣고 미리 논의했던 터였지만, 상황이 생각보다 빨리 닥쳐와 좀 당황한 것은 사실이었다. 하지만 한편으론 이제 컨테이너에서 벌이던 일이 끝났다는 것에 그는 먼저 안도했다. 다만 마음 한쪽에 남아 있는 그날 밤의 일이 그를 곤혹스럽게 했다.

오토바이 소리에도 불구하고 컨테이너에서는 인기척이 나지 않았다. 강씨는 주변을 둘러보았다. 불볕 같은 더위 속에 컨테이너는 구워질 듯이 놓여 있었다. 그늘 한 점 없는 컨테이너 주변은 아이들이 지내기에는 너무 뜨거웠다. 천막이라도 씌워서 그늘막을 만들면 좋겠다는 생각이 들었다. 강씨가 막 그런 생각을 하면서 컨테이너를 돌아보고 있을 때, 아이를 목말 태우고 사내가 강쪽에서 올라왔다. 먼저 오토바이를 본 아이가 소리를 질렀다.

"오토바이다. 아빠, 오토바이 아찌 왔어."

아이의 호기심과는 달리 사내는 무심한 표정으로 다가왔다. 강씨가 먼저 인사를 건넸다.

"마을 이장 강이라고 합니다. 뭐, 이왕 우리 마을에 들어왔으니까 잘 지내시길 바랍니다."

첫인사치고 호의적인 강씨의 말에 사내도 긴장을 풀고 마주 인사를 건넸다.

"경황없이 들어와 죄송합니다. 마을에 상의하고 오는 것이 순서인데……"

"괜않습니다. 다만 컨테이너가 마을 공동 재산이라, 우선 살아보시고, 살 만하시면 대동회에 찬조나 좀 해주시면 별 문제는 없을 겁니다. 뭐 당장 내라는 건 아니고요."

"예, 사정을 봐주시니 고맙습니다. 내야지요. 어찌됐든 잘 부탁드립니다."

사내가 고개까지 숙이며 인사했다.

"앞쪽으로 천막이라도 치면 낮에 그늘도 좀 생기고 아이들 놀기도 좋겠는데요, 여름날이 원체 뜨거워서요."

강씨가 턱짓으로 컨테이너를 가리키며 말했다.

"예, 뭐, 차차 해야지요."

"그럴 게 아니라 쓰고 남은 천막이 집에 좀 있는데, 그거라도 우선 칩시다."

생긴 것하고는 다르게 시원하게 호감을 내비치는 이장 강씨의 말에 사내는 긴장이 누그러졌다. 마을로 들어간 강씨가 즉시 파란색 비닐 천막과 지지대로 쓸 쇠파이프 등을 가져왔다. 천막을 펼치니 면적이 꽤 넓었다. 장마를 대비해 우사 지붕에 치고 남은 거라고 했다. 강씨는 익숙한 솜씨로 지지대를 세워 고정했다. 사내는 강씨를 도와 컨테이너 뒤편에서 앞쪽으로 제법 넓게 지지대를 세우고 천막을 쳤다. 미안해하면서도 흡족해하는 사내를 보면서 강씨는 마음 한쪽을 불편하게 했던 그날 밤의 수치감에서 어느 정도 빠져나올 수 있었다.

강씨가 돌아간 뒤에도 꼬박 이틀 동안 사내는 컨테이너를 손보았다. 아내와 아이들이 컨테이너에서 최소한의 생활을 할 수 있도록 꼼꼼히 챙겼다. 싱크대 배수로며 수도, 전기를 점검하는 건 그리 어렵지 않았다. 강씨가 비닐 천막을 쳐준 덕분에 제법 서성댈 그늘까지 확보한 셈이었다. 컨테이너 사용료를 내겠다고 확답을 주길 잘한 거였다. 이장이 돌아간 뒤 지게차 심씨가 찾아와 필요한 거 있으면 언제라도 이장이나 자기한테 이야기하라고 당부까지 하고 돌아갔다. 다음날 딸내미를 데리고 슈퍼에 갔을 때 마을 아낙들의 눈길이 전과 다르게 푸근해진 걸 볼 수 있었다. 아내와 아이들이 마을 사람들과 지내는 데 별 어려움이 없을 것 같아 안심이 되었다.

밤새 아내에게 단단히 일러두고 다음날 아침 범수 형을 찾아갔다. 그날부터 화물차를 타고 다니며 같이 일을 했다. 형은 짐이 많거나 적거나 상관하지 않았고, 멀리까지 가는 것을 마다하지 않았다. 사내에게는 물류창고나 이삿짐센터에서 일하는 것이 벌이가 낫다고도 했다. 사내는 어디든 정기적인 수입이 있는 곳이 좋다고 했다. 백방으로 부탁해서 어떻게든 일자리를 알아봐주겠다는 범수 형의 약속을 뒤로하고 나흘 만에 사내가 컨테이너로 돌아왔을 때 식구가 늘어 있었다. 아내가 두 아이를 데리고 슈퍼에 갔더니, 이장 집에서 딸애에게 강아지를 한 마리 주었더란다. 사내는 이전보다 훨씬 마음이 놓였다. 아내의 얼굴색이 한결 좋아 보였기 때문이다. 무엇보다도 성품이 밝고 목소리가 큰 딸애의 조잘거림을 마음껏 들을 수 있어 좋았다. 강아지 이름을 예뻐라고 부르며 딸애는 강아지와 뒹굴었다. 사내는 가족이 함께 머물 수 있는 컨테이너가 있는 것에 감사했다. 그리고 아내에게 줄 지폐가 있다는 것에 흐뭇했다. 하룻밤을 머물고 사내는 일

주일이나 열흘 안에 오겠다는 약속을 하고 다시 범수 형을 찾아
갔다. 물류창고 일을 하게 되면 좋으리란 기대가 있었다. 이제부
터 모든 것이 잘 풀리게 될 거라는 확신도 들었다.

  마을은 캄캄했다. 슈퍼도 문을 닫고, 마을 길은 가늠할 수도
없이 어두웠다. 열흘 만에 돌아오는 사내는 마음이 몹시 다급했
다. 영감네 셋방보다는 덜하지만, 날짜가 지날수록 식구들을 강
둑의 컨테이너에 두고 온 것이 걱정되었다. 비가 내리자 그 걱정
은 공포가 되었다. 지대가 높아서 강둑이 범람할 가능성은 없었
지만, 컨테이너가 물에 휩쓸려 떠내려가는 환상이 자꾸만 오버
랩 되었다. 오후부터 내린 비에 마을 전체가 정전된 것 같았다.
가로등 하나 없는 길을 더듬어 컨테이너로 가면서 사내는 몇 번
이나 고인 물에 발이 빠져 손으로 땅을 짚었다. 그때마다 손에
든 고기 봉지 안에 흙물이 들어간 건 아닐까 신경이 쓰였다. 화
물차를 며칠 따라다니다가 범수 형 아는 사람의 소개로 물류창
고에 들어가게 되어 수당이 붙는 주말 근무까지 하고 돌아오는
길이었다. 깜깜한 마을을 보면서 휩싸인 불길한 생각은 윤곽만
잡히는 강둑길로 들어서자 이상한 냄새로 다가왔다. 비가 오니
까 동네를 통과한 수로에서 온갖 냄새가 올라오는 모양이었다.
그는 컨테이너가 보이는 곳에서부터 딸아이의 이름을 부르기 시
작했다. 어둠 속에서 컨테이너가 있는 강가는 안전해 보이지 않
았다. 비는 거의 그쳤지만 여울물 소리가 그의 목소리를 방해했

다. 그는 이번엔 아내의 이름을 불렀다. 그가 컨테이너에 다가서
며 소리쳤을 때 문 안쪽에서 낑낑대는 소리가 들렸다. 문을 여는
순간 강아지가 튀어나오더니 내처 달아났다. 미처 잡을 수 없는
속도였다. 놀란 그의 입을 아내의 손이 막았다.

"예은이 깨겠어요."

"어떻게 된 거야, 별일 없는 거지?"

"정전이라 그래요. 오후 내 볶아치다 이제 겨우 재웠어."

"하필 정전이야, 알았음 양초라도 사 올걸. 마을 슈퍼도 문을
닫았더라고."

"할 수 없지 뭐. 근데 일자리는 괜찮아요?"

"당신만 애들하고 잘 지내주면 될 것 같아. 물류창곤데, 사람
들도 좋고 일도 할 만해."

"잘됐어요. 들어가요."

"강아지가 어딜 갔지? 예은이가 찾을 텐데."

"아침에 찾아보면 돼요. 강아지 있어도 잘 잤는데, 오늘은 어
찌나 끙끙대고 달아나려고 하는지 성가셔서 애먹었어요. 그 녀
석 도망갈까 봐 잠을 못 자고 있었는데, 결국 달아났네."

사내는 후유 긴장을 풀어냈다. 말이 많아진 아내를 보니 걱정
은 기우였다는 생각이 들면서 노곤해졌다. 컨테이너 안으로 들
어서서 아내가 이끄는 대로 발을 내디뎠다. 딸애 머리맡에 앉자
마자 셔츠를 벗었다. 집에 돌아왔다고 생각하니 몸이 물에 젖은
솜방망이처럼 무거웠다. 머리만 땅에 닿으면 금세 코라도 골 것

같았다. 언제 돌아왔는지 달아났던 강아지가 문밖에서 낑낑댔다. 밖에다 재우기엔 너무 작아 보인다거니 비가 그쳤으니까 괜찮다거니 아내와 입씨름을 하는데 딸아이가 뒤척거렸다. 사내는 딸아이 곁에 누워 이름을 부르며 달랬다. 꿈이라도 꾼 모양 종알대던 예은이가 사내의 품속으로 파고들었다. 손으로 얼굴을 더듬다가 까슬한 턱을 만진 딸애는 아빠라는 걸 알아채고는 바스락거리며 일어났다. 아내가 아이를 달래며 토닥였다. 불을 켜달라고 보채는 딸아이에게 아내가 엄한 목소리로 나무랐다.

"예은이가 아까 플래시 건전지 다 써버렸잖아. 아빠 지금 아파서 쉬어야 해. 어여 코 자."

엄마의 완강함에 예은이의 보채는 소리가 잦아들었다. 퀴퀴한 냄새가 났다. 강둑으로 접어들면서 맡았던 냄새와는 좀 다른 냄새였다. 모든 긴장이 풀리면서 그는 정신없이 잠에 빠져들었다. 잠은 다시는 깨어나지 못할 깊이로 그를 데려가려는 듯 무거웠다. 잠결에 자지러지는 아기 울음소리와 아기를 밟았다고 딸애를 나무라는 아내의 목소리가 들렸다. 그는 눈이 떠지지 않아 손짓으로 딸아이를 불렀다. 하지만 어두워서 그의 손짓은 보이지 않았다. 아이를 부르는 그의 목소리도 입속에서 녹아버렸다. 잠시 후 딸애 울음소리가 들렸다.

"예삐가 울어, 예삐 들어오라고 해. 엄마 예삐 문 열어줘."

예은이가 강아지를 찾으며 빨리 불을 켜달라고 소리 질렀다. 피곤한 아내의 목소리가 딸애를 달래며 딱 한 번만이라고 다짐을 받았다. 언제나 딱 한 번만이라고 단서를 다는 아내의 목소리에 빙그레 웃으며 그는 질긴 덤불처럼 끈적거리는 잠에 몸을 맡겼다. 잠자리에 예쁘를 들여오려면 발이라도 닦아주어야 된다고 투덜거리며 아내가 일어나 싱크대로 갔다. 성냥불이 없어 가스 버너를 켜야겠다는 아내의 말이 정적 속에서 들려왔다. 순간 엄청난 폭발음과 함께 환한 빛이 그의 눈으로 떨어졌다. 아내의 것도 아이의 것도 아닌 아우성이 바늘처럼 그의 귀에 꽂혔다. 정신을 수습할 사이도 없이 엄청난 고통이 그를 덮쳤다. 다급한 목소리로 예은이를 불렀다. 몸이 움직여지지 않았다. 눈도 뜰 수 없었다. 그는 방향도 모른 채 꿈틀대다가 혼절했다.

그가 깨어났을 때 살가죽이 타는 고통 속에서 그는 거칠게 고함치는 사람들의 소리를 들었다. 다시 정신이 들었을 때 그는 사무적인 목소리를 들었다. 갓난아이가 이미 질식사했다는 말이었다. 숯검정이 된 채 마을까지 달려간 여자도 생사가 불투명하다고 누군가 말했다. 목과 가슴에 치명적인 화상을 입은 여자아이 역시 생명이 경각에 달렸다는 말에 사내의 의식이 요동했다. 그는 잠긴 목을 열어 신음을 토했다. 그러곤 믿을 수 없게도 모든 고통이 뚝 멈췄다. 잠시 후, 몸의 고통을 넘어 견딜 수 없는 절망이 사내의 심장을 조여왔다. 헉, 헉. 점점 더 세차게 조여오는 고통 속에서 사내는 필사적으로 쥐고 있던 의식의 끈을 놓아버렸다.

죽은 자들의 구조를 구조라고 해야 할지 알 수 없었지만 사내의 가족은 그렇게 구급차에 실려갔다. 파출소에서 간단한 경위를 조사한 경찰이 서성대는 마을 사람들을 돌려보냈다. 무섭도록 조용한 밤이 느리게 흘러갔다. 새벽부터 경찰이며 시 직원들이며 방송사 기자들이 밀어닥쳤다. 마을 사람들은 원인을 알 수 없는 폭발 사고를 보도하는 아침 뉴스를 마을회관에 모여서 보았다. 시작은 전쟁 같았지만, 이상하게 지루하고 허무한 하루가 지나갔다. 여전히 어수선한 마음으로 주민들은 약속이나 한 듯 마을회관으로 모여들었다. 막연한 두려움 속에서 무언가 해명되길 바라듯. 저녁 뉴스에서는 쓰레기 매립 지역에서 관리용 컨테이너를 수거하지 않아 임시 거주하던 일가족이 폭발 사고로 모두 사망한 사건이 꽤 자세히 보도되었다. 매립지에서 분출된 유독가스가 비로 인해 컨테이너에 고여 있다가 가스버너의 불을 붙이면서 연쇄 폭발하여 일어난 사고로 추측했다.

"마을 사람들의 증언에 따르면 컨테이너 주변에 비 막이용 비닐 천막이 둘러쳐져 있었다고 합니다. 바로 이 비닐 천막이 통풍을 막아 산소보다 무거운 유독가스가 컨테이너를 중심으로 고이게 되면서 큰 사고로 이어졌다는 전문가들의 분석입니다."

뉴스 앵커의 마지막 말은 마을 사람들 누구도 모르게 이장 강씨의 마음에 깊이 박혔다.

마을회관에 모여 앉은 주민들은 불행이 비껴간 자리에서 자신들의 안전을 위해 시와 당국에 환경관리 보상금을 청구하기로 의견을 모으고 있었다. 여느 때처럼 이장 강씨는 모여 앉은 사람들의 의견을 귀담아들으며 또다시 자신이 나서서 할 일이 생겼다는 것에 대해 알 수 없는 열정을 느꼈다. 더위에도 아랑곳없이 밤이 늦도록 마을회관엔 불이 밝혀져 있었다. 안전관리를 위한 보상금에 대해 사람들은 각자 자신들의 목소리를 높였다. 마치 잔칫날처럼 설레는 밤이었다.

강가에는 까맣게 녹아 형체를 알 수 없어진 검은 물체가 놓여 있었다. 털이 그을려 까칠한 강아지 한 마리가 무언가를 찾는 것처럼 냄새를 맡으며 그 주변을 서성댔다. 이따금 강아지는 심하게 몸을 떨면서 환하게 불이 켜진 마을회관 쪽을 건너다보았다. 하지만 강가, 그 자리를 떠나지 않았다.

부업

현관문을 여는 소리에 아래층에서 개들이 짖는다. 무식한 사람들하곤 아예 상종을 않는 게 상책이지, 속으로 미움을 다지며 가만히 문을 닫는다. 어림잡아 개를 예닐곱 마리나 키우는 208호를 조용히 통과하는 건 불가능하다. 그중 한 마리만 인기척을 들어도 단지가 떠내려갈 듯 시끄러워지기 때문이다. 나는 헬스 가방을 옆구리에 끼고 조심스레 열쇠를 넣는다. 내 집 문단속을 하는데도 이렇게 도둑처럼 굴어야 하나? 갑자기 부아가 치밀어 오른다. 신경질적으로 열쇠를 빼다가 놓치고 만다. 요란한 쇳소리가 통로를 울리는 동시에 놈들이 컹컹댄다. 오늘도 기분 좋게 집을 나서기는 틀렸다. 나는 이내 발을 구르고, 부러 가방으로 난간 손잡이를 텅텅 치며 계단을 내려간다. 208호에는 사람이 없는 게 확실하다. 현관으로 몰려와 컹컹대는 놈들의 기세가 문을 뚫고 나올 것 같다. 며칠 전 세입자 운운하며 되레 큰소리치던 개아짐을 생각하자 다시금 분통이 터진다. 그 앞을 고분고분 내려가지 못하고 눈꼬리에 잔뜩 힘을 주어 현관문을 노려본다. 내 발소리가 멈추자 놈들도 탐색에 들어갔는지 현관문을 기어오르는 발톱 소리만 요란하다. 나는 천천히 발을 들어 사정없이 문을 차고 뛰어 내려온다. 계단이 무너질 듯한 괴성이 등뒤를 쫓아온다. 가슴이 쿵쾅거리면서 야릇한 희열이 차오른다. 입구를 빠져나와 208호를 올려다보자 베란다 버티컬이 슬쩍 흔들린다. 집 안에 사람이 있었던 걸까?

시간이 지났는데도 스포츠센터 셔틀버스가 오지 않는다. 아파트를 등지고 서 있는 내 뒤통수가 따끔거린다. 손목시계를 확인하고 은행빌라 쪽으로 고개를 뺀다. 한마음슈퍼 차양 아래 가지런히 진열된 과일들이 보인다. 꽤 넓은 자리를 차지하고 있는 참외는 벌써부터 햇살에 데워졌는지 색이 탁하다. 몸집이 커다란 버스가 한마음슈퍼를 지우며 다가온다. 나는 셔틀버스에 올라서서 아파트를 돌아본다. 페인트가 바랜 저층 아파트의 몰골이 닭장 같다. 기사에게 고개를 까닥여 인사를 하고 빈자리를 살핀다. 맨 뒷자리에 모여 앉은 여자들이 눈인사를 건네온다. 가슴선이 도드라진 옷으로 몸뚱이를 가리고 있는 여자들에게 인사를 보내고는 잠깐 망설인다. 함께 섞이고 싶지는 않지만 여자들의 수다를 듣는 건 재미있다. 나는 안으로 걸어가 노랗게 머리를 염색

한 여자의 앞좌석에 자리를 잡는다. 버스가 출발하자 부츠를 신은 키 큰 여자를 중심으로 잠시 멈추었던 수다가 시작된다. 공간도 좁은 데다 수다를 떨기에는 그만인 뒷자리. 나는 꼭 몰려다녀야 그림이 되는 이 여자들이 무슨 일을 하는지 안다. 손목에 녹색 아대를 낀 여자와 노란 염색 머리를 큐빅이 잔뜩 박힌 헤어밴드로 넘긴 여자는 장식용 꽃과 리본을 접는다. 이들에게서는 꽃을 접어 전기 송곳으로 고정할 때 나일론이 눌면서 피워내는 노린내가 따라다닌다. 블랙 톤의 캐주얼 차림에 여름내 부츠를 신고 다니는 키 큰 여자는 크리스마스트리용 장식 초를 조립한다. 그녀는 부업 오야를 겸하고 있어서 흰색 타이탄을 끌고 가끔 내가 사는 동네에 나타난다. 부업거리를 풀거나 완성품을 수거하러 오는 것이다. 나는 그녀의 몸과 목소리에 숨겨진 양면을 안다. 스포츠센터에서 그녀는 화장품 장사처럼 수다스럽다. 그러나 부업 오야로 나타날 때는 다소 거친 제스처로 최대한 말을 아낀다. 부츠 옆에 앉은 여자는 이들과 전혀 어울리지 않는 분위기다. 외양도 깔끔하고 수수한 데다 말씨도 조용한 편이다. 그녀는 자신의 이미지와 꼭 맞게도 보석함 접는 일을 한다.

오늘 화제는 여행지인 모양이다. 녹색 아대가 제주도로 출장 간 동창생 이야기를 꺼내자 여러 지명들이 메뉴로 올라온다. 여자들은 꼭 지방자치단체 홍보 담당자들 같다. 무조건 자기가 가본 곳이 최고라는 식이다. 안면도가 좋다느니, 동해안이 좋다느니 떠들던 여자들은 부츠가 사이판 섬 이야기를 꺼내자 일순 조용해진다. '국내 여행지 안에서'라는 화제의 묵계를 깬 부츠는 싸구려 물건을 팔듯 사이판 섬을 판다.

"산호 방파제에 서 있기만 해도 열대어들이 훤히 보이는데, 너무너무 이뻐서 누구래도 보면 기냥 빠져들어. 상상이 가냐? 야자나무 이파리 잘라다가 바비큐 요리 얹어서 먹는 맛, 진짜 죽여준다니까, 기껏해야 공항 길만 외제 흉내 냈지. 솔직히 제주도에 뭐 볼 게 있냐!"

그녀의 말에 보라색 헤어밴드가 항의한다.

"그런 거야 만날 테레비에 안 나오나. 내는, 고슬고슬한 밥에 다금바리 한 뚝배기 놓고, 누릇하게 구어낸 옥돔 발라 먹는 기 젤로 좋드라. 제주도에 안 있는 기 뭐 있노, 양식 묵고 헛폼 재마 뭐 나오나?"

말을 하면서 보라색 헤어밴드가 손가락 끝을 쪽 빤다. 여자들이 필요 이상 고개를 주억거리며 깔깔댄다. 그러나 부츠는 쉽게 고집을 꺾지 않는다. 제주도의 터무니없는 물가를 꼬집고 그 돈이면 차라리 동남아 가는 게 낫다며 항공료 숙박비 식비를 조목조목 열거한다. 녹색 아대가 한숨을 짓는 것으로 화제는 끝난다. 아마도 그녀는 콘크리트로 완벽하게 덮인 사이판 섬이 아닌 환상적인 산호섬의 모습을 상상하며 주눅이 들었는지도 모르겠다. 나는 이 여자들의 남편 성격과 입맛, 심지어는 섹스할 때의 버릇까지도 안다. 잠시도 수다를 멈추지 않는 이 여자들과 함께 워킹

머신을 하거나 샤워를 하면서 알게 된 내용이다.

그네들의 화제 중 절대적 비중을 차지하는 건 단연 남자 이야기다. 얼마 전부터는 동창생과 작업에 들어간 녹색 아대가 다큐멘터리 식으로 연애담을 연재 중이다. 그녀는 자신의 이야길 꺼내기 전에 업무 보고를 받듯 다른 여자들의 연애 상황을 점검하는 버릇이 있다. 전화 왔어? 혹은 만난 지 오래됐지? 하는 식이다. 그러면 여자들은 경쟁이라도 하듯 파트너의 근황을 보고한다. 이들은 남자 이야기를 감추는 법이 없다. 드러내지 못해 안달난 수다 속에 물버섯처럼 자라나는 외설, 그것은 강한 전염력으로 스포츠센터와 미용실과 카페를 통해 전이되어 가는 것이다. 그것이 이 여자들의 비상구일까? 여기까지 생각하자 그들과 같은 공간에 들어와 있는 무기력한 현실이 참을 수 없다. 남편이 쓸데없는 일에 한눈만 안 팔았어도 세상 한구석에 있는 너저분한 동네 따윈 알 필요도 없었을 거였다.

남편은 웹 서버를 구축하고 관리하는 회사를 운영하고 있다. 대기업인 P그룹 전산실에 근무할 때에도 틈틈이 베이식 프로그램을 만들어 가욋돈을 벌 만큼 그는 자기 분야에서 능력을 인정받았다. 요 몇 년간 남편이 기획한 프로젝트는 인지도를 얻어 국내의 유수한 회사들과 연계 업무를 진행하는 중이다. 그가 하락세인 주식을 붙들고 미련을 떨 때만 해도 이렇게까지 추락하리라고는 상상하지 못했다. 언제까지나 특별시 노른자위 땅에서 품위를 과시하며 동창회나 계모임에 나가는 날엔 한껏 대접을 받고 가끔은 이차를 베풀 수 있을 거라 믿었다. 남편의 미련은 한 번에 끝나지 않았다. 어디서 틀림없는 정보를 얻었다며 시아버지를 설득하더니, 용인에 있는 선산을 저당 잡히고 시설 자금까지 끌어들였다. 사활을 걸고 투자한 주식은 초반에 가파른 상승세를 탔다. 본전을 찾는가 싶어 입맛을 다실 즈음, 조간신문에 대서특필된 해당 회사의 주가 조작설은 미처 손쓸 새도 없이 수만 주의 주식을 추락시켜버렸다. 이 년 동안 무리한 이자를 감당하며 고집스레 만회할 기회를 엿보던 남편은 결국 부동산을 처분하고 서울 외곽에 있는 이 도시로 거처를 옮겼다. 이사 온 지 일 년이 지났지만 우린 누구에게도 바뀐 전화번호를 가르쳐주지 않았다.

스포츠센터를 나오자 더운 낮 기온에 현기증이 난다. 오늘따라 몸의 리듬과 겉도는 헬스장의 음악이 몹시 거슬렸다. 네 개의 대형 스피커가 토해내는 타악기 소리가 머릿골을 두들겨대는 바람에 속이 다 울렁거렸다. 미지근한 샤워로 땀을 걷어내고 입구를 나서는데 차나 한잔하자고 부르는 소리가 들렸다. 즉시 부츠의 목소리를 알아들었지만 뒤도 돌아보지 않고 엘리베이터를 탔다. 앉은자리에서 밑도 끝도 없이 수다를 떨어대는 건 딱 질색이다. 이놈의 동네에서는 눈을 씻고 찾아봐도 어울릴 만한 사람이 없다. 그나마 유일하게 말을 섞고 지내는 사람이 이웃인 윤희네다. 옆집이기도 하지만 작은딸 윤서와 내 아이 누리가 같은 유치원에 다니기 때문이다.

먼지가 앉은 노점들을 지나쳐 은행 무인점포로 들어간다. 급여 수령일이 이틀이나 지나 있다. 생식마을에서 회원제로 대 먹는 식료품값이 밀려 있어 오늘까지 입금을 해주기로 한 상태다. 자동인출기 박스는 비어 있다. 나는 통장 정리 버튼을 누르고 화면의 숫자판을 들여다본다. 화면은 아무것도 기재하지 않은 채 완료로 넘어간다. 곧바로 통장이 밀려 나오면서 '기재할 내용이 없습니다'라는 문구가 뜬다. 이상하다. 그럴 리 없다. 나는 옆 기계로 자리를 옮겨 다시 통장 정리를 해본다. 같은 내용이다. 잠시 당황한 나는 일시적으로 기계가 오작동 중일 거라는 데까지 생각이 미친다. '개떡 같아, 툭하면 고장이야.' 짜증을 누르고 할 수 없이 무인점포를 나온다. 재래시장이 언뜻 눈길을 붙들지만 아무것도 내키지 않는다. 찬거리라면 매일 오후 한 차례씩 들러가는 반찬 차에서 사면 된다. 채소며 생선, 과일을 사 들고 버스를 타거나 걷는 일만큼 비참한 건 없다. 건너편 스포츠센터 건물 앞에 셔틀버스가 대기하고 있는 것이 보인다. 샤워 후 아침보다 더 요란하게 화장을 했을 네 명의 여자들이 건물을 빠져나와 건널목에 신호 대기한다. 그녀들과 다시 얼굴을 마주치며 눈인사를 나누는 건 끔찍한 일이다. 마침 사거리 신호를 통과한 마을버스가 느리게 다가온다. 구조대를 만난 듯 반갑다.

 나는 단번에 그녀를 알아본다. 음식물 쓰레기를 비우는 여자는 분명 208호다. 며칠 전 말다툼을 한 후로 직접 마주치는 건 처음이다. 나는 그녀를 무시하고 한발 앞서 계단으로 올라선다. 발소리를 기다렸다는 듯 개들이 짖어대기 시작한다. 겨우 누르고 있던 부아가 다시 치밀어 오른다.

 "제집이나 잘 지키지 짐승들까지 오만 일에 참견이야."

 내가 하는 말을 들었을 테지만 그녀는 아무 대꾸 없이 집 안으로 들어가며 꽝 소리가 나도록 문을 잡아당긴다. 그 서슬에 아우성을 치던 개소리가 딱 그친다.

 처음부터 내가 동네 사람들과 뜨악하게 지냈던 건 아니다. 그녀와 불편해지지 않았다면 이웃들과도 그런대로 지낼 만했을 거였다. 그때 생각을 하면 아직도 내장이 뒤집힌다. 이사 온 지 석달쯤이나 됐을 때던가, 계단 물청소를 하는데 느닷없이 그녀가 시비를 걸어왔다. "아침부터 피아노 소리 좀 안 낼 수 없나? 그 시간이면 아직 한창 잘 시간인데, 이건 참는다고 끝나는 것도 아니고 말야. 요즘 세입자들은 도대체 예의가 없어." 말투에 적의가 서려 있었다. 어쩌면 그녀는 내가 시끄럽다고 시비를 붙일까봐 연막을 친 건지도 몰랐다. 하지만 소음에 관해서라면 나도 할 말이 있었다. "개 짖는 소리는 괜찮고 피아노 소리는 소음이에요? 한두 마리도 아니고 떼거리로 짖어대는 걸 가지고." 그러자 그녀는 말도 안 되는 억지로 핏대를 세웠다. 세입자면 조용히 살다 가든가 공동주택에서 안 살면 될 것이지, 젊은 게 어따 대고 바락바락 말대꾸냐는 거였다. 세입자 운운하는 그녀의 말에 분한 건 둘째 치고 우선 말문이 막혔다. 나는 빗자루를 내던지고 집으로 들어가버렸다. 이상한 건 그 후로 온 동네가 나를 두고 쑤군대는 거였다. 초록은 동색이라고 구질구질한 주제들끼리 통하는 게 있는 모양이었다. 그때부터 사람들과 마주치기가 싫었다. 간혹 쟁반을 들고 위아래 집을 오르내리는 개아짐과 마주쳤다. 여자들끼리 주고받는 웃음 속에 치사스런 모의가 느껴졌다. 그럴 때마다 그냥 무시했다. 모두가 한통속이라고 치부해버리는 게 오히려 속이 편했다. 어차피 그네들이 내 덕에 사는 것도 아니고 내가 그네들 덕에 사는 것도 아니었다. 진짜 참을 수 없는 건 시도 때도 없이 짖어대는 개새끼들의 소음이었다.

인후통으로 고생하던 며칠 전에도 그랬다. 무슨 일인지 아침부터 개가 짖었다. 그런 날엔 음악이라도 틀어놓고 청소기를 돌리거나 세탁을 하면 되었다. 하지만 몸살 기운 때문에 오디오 음향조차 가시처럼 신경을 긁어댔다. 개가 짖을 때마다 못질을 당하듯 머리통이 울렸다. 차라리 밖으로 나가는 편이 나을 듯싶었다. 이비인후과에 다녀오는 길에 때마침 외출에서 돌아오는 개아짐과 마주쳤다. 그동안은 부러 상종을 피했지만 그날은 그러고 싶지가 않았다. 오히려 잘 만났다 싶었다. "집 비울 땐 개를 풀어놓나 봐요, 도대체 몇 마리나 되는 거예요?" 작정하고 물었지만 그녀는 못 들은 체하고 나를 지나갔다. 큰 걸음으로 그녀를 따라잡으며 다시 물었다. "떳떳하지 못하면 차라리 양해를 구하든가 안 그럼 상식을 지켜야 되는 거 아니에요?" 그제야 개아짐이 굳은 표정으로 천천히 돌아섰다. 그녀와 비스듬히 마주 선 내 눈에 108호 여자가 마당으로 들어서는 게 보였다. 개아짐이 반색을 하며 108호에게 인사를 건넸다. 굳어졌다 웃었다를 반복하는 개아짐의 표정이 뻔뻔하다 못해 야비했다. 쭈뼛대며 다가온 여자는 우리를 지나쳐 계단 입구로 들어섰다. 동시에 기습적으로 개들이 짖기 시작했다. "저것 봐요, 저 개새끼들 때문에 내 집 드나들면서 왜 맨날 놀래고 불쾌해야 돼요. 이거야말로 폭력이라고요. 한 통로에 살면서 다투기 싫어서 말을 안 해 그렇지 다들 똑같을 걸요." 잔뜩 벼르던 참이어서 나는 본질적인 문제를 거론했다. 그러자 개아짐이 침을 튀기며 대꾸했다. "아니, 이 여편네가, 말이면 단 줄 알아? 애새끼들 둘씩 셋씩 몰켜다니매 시도 때도 없이 소란 피우는 거에다 비해? 어따 대고 폭력 운운이야?" 참으로 어처구니없는 반론이었다. "아줌마, 어떻게 사람하고 짐승을 비교해요? 애들도 몰려다닐 시간이 있는 거지 아무 때나 할 일도 안 하고 다닌답디까?" 내 말이 끝나기가 무섭게 얼굴을 찔러댈 듯 손가락이 올라왔다. "이런 쌍스러운 종자들이 또 있을까, 계단을 텅텅 치고 안 다니나 오밤중에 피아노를 안 쳐대

나, 위아래도 못 알아보는 싹바가지들 하곤, 퉤엑." 침까지 뱉어
내며 늘어놓는 그녀의 윗사람 사설에 나는 참았던 분통이 터졌
다. "얼마나 차이가 난다고 그래요, 아줌마가 칠십이 됐어요, 팔
십이 됐어요? 고깟 나이가 무슨 벼슬인 줄 알아요? 그렇게 대단
한 나이 먹고 왜 나잇값을 못해?" 변죽만 울리다 말 거라면 시
작도 안 했을 다툼이어서 나는 조금도 양보하지 않고 대거리를
했다. "춧, 굴러들어온 돌이 박힌 돌 빼낸대더니 이놈의 여편네
가 어디서 쥔 행세야, 쥔 행세가. 춤 가방 둘쳐메고 다닝게 눈깔
에 뵈는 게 없어? 푸엑, 상종 못할 종자들 같으니." 개아짐은 숫
제 욕지거리를 해댔다. 그 순간 피가 거꾸로 솟구치는 것을 누르
며 나는 눈을 내리깔았다. "그래요. 아줌마 말마따나 나도 세입
자라 참고 지내보려고 했는데, 그럼 따져 봅시다. 공동주택에 살
려면 집주인도 기본 매너는 지켜야지 세입자만 지키라는 법 있
어요? 그런 지랄 같은 법 있냐구요? 이것도 집이라고 유세야. 한
국 사람이 한국말 못 알아듣는데 게다가 뭔 말을 더 보태." 내
비아냥거림에 개아짐의 얼굴이 순식간에 서슬 푸르게 변해 부들
부들 떨렸다. 겁날 건 없었다. 오히려 내친김에 한마디 더 보탰
다. "그러다 한 대 치겠네, 돈 많은 한 대 쳐봐요, 사람들이 모조
리 바보라서 가만히 있는 줄 아나본데, 똥이 드러워서 피하지 무
서워서 피해?" 순간 개아짐의 얼굴이 천천히 누그러졌다. 광기
가 가시는 그녀의 얼굴이 섬뜩했다. 암말 없이 그녀가 돌아서지
않았다면 무슨 결론이 났을까? 아무 소득도 없는 말싸움이란 소

모전일 뿐, 차라리 그편이 나았을지도 몰랐다.

　개아짐이 집 안에 있어선지 개소리가 잠잠하다. 개아짐네 현관문을 노려보다 올라와 옆집 윤희네 초인종을 누른다. 문을 따준 그녀는 라디오 소리부터 줄이고 일자리로 돌아간다.

　"헬스 갔다 와요?"

　일거리를 집어 들며 의례적으로 묻는다. 그녀가 꿰매는 가죽은 캐주얼 단화의 바닥을 뺀 나머지 부분이다. 완성품은 공장에서 바닥을 붙여 상점으로 나간다. 꿰맨 자리가 도드라진 가죽이 복주머니 같다. 그것이 어떻게 신발이 될 수 있는지 나는 언제나 신기하다. 다 꿰맨 가죽을 플라스틱 바구니에 던져 넣은 그녀가 베란다로 나간다. 세탁물을 처리하고 들어오는 그녀의 손에 유리병이 들려 있다. 아무리 건강이 최고라지만 티백 홍차를 우린 물에 균을 배양해 유산균 음료를 만들어 먹는 그녀의 정성은 감탄할 만하다. 한 컵 가득 따른 시디신 음료가 그녀의 목으로 넘어간다. 입안에 가득 고여드는 침을 삼키며 묻는다.

　"아침엔 개새끼들 왜 그 난리를 쳤대요?"

　커피 잔에 얼음을 넣으며 그녀가 대꾸한다.

　"알게 뭐래요, 은제 개새끼들이 신고하고 짖었남?"

　하긴 그렇다. 잔을 건네고 자리에 앉은 그녀가 익숙한 손놀림으로 가죽 묶음을 풀고 조각을 집어 든다.

　"저 집 애들은 공부가 될까 몰라. 시끄럽고 귀찮을 텐데."

혼잣말을 하곤 냉커피를 들이켠다.

"구찮은 거보담도 개털이 그렇게 안 좋다잖아요. 알게 모르게 호흡기 속으로 들어간 개털 땜에 죽은 사람도 있다던데."

오로지 자신의 관심사에만 신경을 집중하는 그녀지만 내 혼잣말을 알아들었던 모양이다.

"제집 식구야 개 때문에 죽든 말든 무슨 상관이람. 온 동네가 눈치 보고 사는 마당에."

"아래윗집에서 말할 사람들이 입을 봉하고 있으니 할 수 없지."

내 말에 맞장구를 놓으며 그녀가 한숨을 내쉰다. 언젠가 108호 여자가 외출에서 돌아오는 208호 여자를 불러 세웠다. 모처럼 친정엄마가 들렀는데, 시끄러워서 한나절도 못 견디고 돌아갔다는 항의였다. 208호 여자는 태연하게 대꾸했다. 식구들이 나가면서 방문을 열어놓은 바람에 애들이 거실에 나와 놀았나 보다고. 그녀는 개를 꼭 애라고 불렀다. 그녀의 말을 듣다 보면 함부로 개새끼라고 부른 사람이 무안해졌다. 처음 두 마리를 키우다가 성대 수술한 애를 주워서 셋이 됐다며 줄줄이 개 족보를 들먹이던 여자는 너무너무 이쁜 새끼를 네 마리나 낳았다고 했다. 충격을 완화한 일곱이라는 숫자는 그렇게 공인되었다. 그 후로 그녀는 틈만 나면 108호에 잡채나 고구마 등 간식을 날랐다. 108호 여자는 208호네 아이들이 개를 너무 좋아해서 사춘기가 지나갈 때까지만 키울 거라고 전했다. 개를 키운 뒤부터 아이들이 친구들과 쏘다니는 대신 집에서 시간을 보낸다는 거였다.

"호흡기 질환도 고질병이래요, 아침에 그것 보느라 일도 못 했구먼."

한참 자기 생각에 빠져 있던 윤희네가 걱정거리를 털어놓듯 말한다.

"것도 염증이 머리로 올라가면 죽는대요."

아침마다 시청자들의 건강 운운하는 프로를 보며 마음을 빼앗기는 그녀답다. 마치 자신의 증상이라도 되는 듯 심각해지는 그녀의 말을 자르기 위해 결론을 내린다.

"하여튼 개새끼들을 몰아내든지, 그게 싫으면 사람이 나가든지 더는 못 참아요."

내 말에 윤희네가 풋 웃는다.

"그게 맘대로 되가니, 개아짐 고집을 누가 당해."

아이들 목소리가 계단을 올라온다. 나는 가방과 열쇠를 챙겨 들고 현관문을 연다. 웃으며 달려드는 누리를 안아 이마에 흘러 내린 머리카락을 넘겨준다. 손끝에 땀이 묻어 나온다. 더 놀고 싶다는 누리에게 윤희네가 타이른다.

"우리 윤서는 금방 병원 갈 건데, 갔다 오믄 놀아라."

누리는 결국 울음을 터뜨린다. 나는 심란해져서 누리를 데리고 집으로 건너온다.

갑갑증이 훅 덮쳐온다. 인정하고 싶지 않지만 다시 강남으로 돌아간다는 건 꿈같은 일이다. 강남은커녕 특별시 시민이 되는 것도 아득해 보인다. 마이너스가 누적되고 있기는 했지만 이사를 나오기 전까지는 그래도 강남 사모님이었다. 겨우 일 년이 지났건만 강남과의 거리는 까마득하다. 나는 한 컵 가득 냉수를 들이켠다. 그래도 속이 개운해지지 않는다. 칭얼대던 아이가 베란다로 달려나간다. 잠깐 마당을 내려다보더니 바닥에 소꿉놀이 세트를 늘어놓기 시작한다. 윤희네 모녀가 외출하는 소리에 괜스레 볼멘소리가 새 나온다. '아무리 대단한 부업을 하면 무슨 소용이람. 벌면 버는 대로 갖다 바치기 바쁜걸.' 그렇게 나오는 대로 뱉고 보니 뒤틀렸던 속이 뚫리는 것도 같다. 문턱이 닳도록 드나들며 사다 나르는 약봉지와 그녀 집 냉장고 위에 즐비한 건강보조식품 병들이 떠오른다. 낮에 만난 스포츠센터 여자들이 생각난다. 그녀들 역시도 버는 대로 갖다 바칠 특별한 창구가 있는 걸까? 보석함을 접는 여자는 정교한 기술이 필요한 일이라 단가가 높다고 했다. 부업해서 두 아이 과외 비용을 충당하고 있다며 자랑스러워했다. 둘이 한 세트인 꽃 접는 여자들은 부업해서 몸매도 가꾸고 옷 한 가지라도 맘대로 사 입을 수 있으니 좀 좋으냐고 떠벌렸다.

트리용 장식 초를 조립하는 부츠는 남편과 별거 중이라고 했다. 그녀의 목표는 온통 스포츠센터와 다이어트 클리닉에 다니며 몸무게를 확인하는 것이다. 어쨌든 다들 그렇고 그런 이유가 있었던 셈이다.

베란다를 보니 땀이 차 후줄근한 원피스를 허벅지까지 걷어올린 누리가 화분 받침대에 기댄 채 졸고 있다. 아이를 안아다 침대에 눕히고 질끈 눈을 감는다. 부글대던 속이 좀 가라앉으면 서 노곤하다. 꿈이라도 꾸는지 잠든 아이의 숨결이 좀 불규칙하 다. 곁에 누워 홑이불을 끌어다 덮는다.

계단에서 사납게 짖는 개소리와 함께 아이의 비명이 들린다.

"뭔 일이래?"

나와 동시에 현관문을 연 윤희네가 재빨리 신발을 꿰고 계단 을 내달린다. 언제 돌아왔는지 외출복 차림이다. 개 짖는 소리가 요란한 이층 계단에 파랗게 질린 아이를 껴안고 207호 여자가 앉 아 있다.

"물렸어요?"

윤희네 호들갑에 207호 여자가 시선을 일별하고 일어난다. 바 짓단을 걷어붙인 아이의 종아리가 힘없이 흔들린다.

"애가 놀랬나 봐요, 아이고 어떡해."

아이를 안은 채 계단을 내려가는 207호를 따라가며 윤희네가 말을 시킨다. 207호는 석 달 전 집을 사서 이사 온 여자다. 파트 타임으로 우편물 분리를 하러 다니는 여자는 오후 서너시가 지 나야 집에 들어온다. 퇴근길에 유아원에서 아이를 데려온다고 했다. 매번 놀라면서도 사내아이가 호기심이 많아 옆집 대문을 쳐서 개소리를 확인한다고 했던가? 계단 창문으로 내다보니 개 선장군처럼 가방을 받아들고 앞장선 윤희네가 무슨 말인가를 주 워섬기며 207호와 함께 마당을 빠져나간다. 무슨 신나는 일이라도 만난 양 수선을 피우는 윤희네가 낯설다.

"웬수 놈의 짐승들 처먹는 게 아깝지. 들어가지 못해? 이 급살 맞을 놈의 짐승 새끼들. 들어가란 말야!"

개아짐이 개들을 몰아넣는 소리가 들린다. 잘못한 아이를 매질하듯 모질게 이어지는 말소리가 간간이 방바닥을 치는 나무토막 소리에 잘린다. 통로의 공명 때문에 울부짖음이 한층 더 음울하다. 악다구니에도 불구하고 씨름하는 소리는 질기게 계속된다. 어쩌다 뒤엉킨 소음이 들리기는 하지만 개들에게 욕설을 퍼붓는 건 처음이다. 무작정 짜증을 누르고 서 있다가 갑자기 의기양양한 생각이 든다.

윤희네가 큰 걸음으로 계단을 올라온다. 이층으로 올라서자자 곧바로 앵커맨처럼 중계를 시작한다. 207호가 현관문을 따는 동안 아이가 덜 닫힌 옆집 현관문을 건드렸단다. 문틈으로 뛰어나온 개가 말릴 새도 없이 아이의 정강이를 물었고, 비명을 들은 개아짐이 아래층에서 뛰어 올라왔다는 말이다. 택시를 잡아주고 병원 가서 검사부터 하라고 시켰다며 윤희네는 208호 집 현관문을 슬쩍 열어본다. 집 안에 갇혀 있던 아우성이 계단으로 밀려나온다. 흰 개 한 마리가 낑낑대며 부엌 쪽으로 뒷걸음을 친다. 짖지 못하는 거로 보아 놈의 성대를 제거한 모양이다. 화분 틈에서 내다보는 강아지들도 있다. 알고 있던 것보다 훨씬 숫자가 많은 개 때문이 아니라 벌어지는 풍경이 놀랍다. 문간방 문틈으로 악착같이 대가리를 내밀며 울부짖는 개들에게 사정없이 빗자루가 떨어진다. 개아짐이 바지를 엉덩이에 걸친 채 빗자루를 휘두를 때마다 풍성한 살점이 따로 놀며 출렁댄다. 그악스레 욕설을 쏟으며 문간방을 수습하고 돌아서는 그녀의 얼굴이 눈물로 번들거린다. 미처 현관문이 열린 줄 몰랐던지 우리를 본 그녀가 당황하며 손바닥으로 눈물을 훔쳐낸다.

"애는 즈 엄마랑 병원 갔어요."

윤희네가 냉큼 보고한다. 개아짐은 대답 대신 신발장 틈으로 빗자루를 욱여넣을 뿐이다. 굳은 표정으로 거실에 널린 수건이며 휴지통을 치우는 그녀의 행동거지가 거칠다. 뭔가 할 말이 있는 듯 현관문을 붙들고 서 있던 윤희네가 입술을 씰룩인다. 나는 윤희네 어깨를 툭 건드리고 눈짓을 준다. 함께 돌아서는데 개아짐의 목소리가 뒤통수를 친다.

"츳, 변변치 못한 여편네들, 애새끼 하나 건사 못하는 위인들이 입만 살아선."

마치 나더러 들으라고 하는 소리 같다. 비위가 뒤집혀 단숨에 계단을 올라온 나는 일단 윤희네 집으로 따라 들어간다.

"적반하장이라더니, 누구한테 욕하는 거예요 지금?"

"아짐, 뻔뻔스럽네에."

윤희네도 그만 혀를 찬다. 그녀가 개아짐에게 감정을 드러내는 건 처음이다. 개아짐의 일방적 의도이긴 하지만 그녀와 개아짐은 특별한 관계다. 전라도 억양이 남아 있는 그녀의 말투를 붙들고 동향 사람이라며 야단스레 편애를 해왔던 것이다. 필요하다 싶으면 아무한테나 써먹는 말인 줄 알기에 정작 윤희네는 그녀의 고향을 모른다고 했다.

"잘됐어요. 이 기회에 결단을 내야지 한 줄에서 안 만날 수도 없고, 애들하고 맘놓고 살겠어요 어디?"

"참말로, 뭘 믿고 저렇게 떳떳한데. 사단은 애저녁에 나부렀구먼도."

혀를 차며 윤희네가 일거리를 집어 든다. 이해할 수 없다. 아무리 몰상식한 사람이라도 제집 개가 사고를 냈는데 어찌 저리 뻔뻔할 수 있을까? 그러니 시끄럽다는 소리 따위에 신경 쓸 위인이 애초부터 아니었던 거다.

"광견병이 얼마나 무서운데, 절대 그냥 넘어가면 안 돼요."

윤희네가 고개를 번쩍 들더니 입술을 씰룩거린다.

"이참에 아주 담판을 내야 한다고요. 한 집 취미 생활하는 데 여러 사람 목숨 걸 일 있어요? 꼭 해야겠다면 천상 자기네가 단독주택 나가 살아야지 별수 없잖아요?"

"갈라믄 벌써 갔지, 뭐한다구 버텨."

"글쎄 그건 그 집 사정이죠, 한 번 문 놈이 또 물지 말란 법 있어요?"

그녀가 다시 윗니로 입술을 꾹 누른다.

"그도, 사람만 안 나쁘믄 잘들 살아야지."

기가 막히다. 기껏 입을 맞추다 말고 변덕이 난 이유가 뭘까.

"아짐 신장이 병이 나서 은제 쩍부터 변변히 치료도 못 받고 산다……"

알 만하다. 환자 앞에선 무조건 후해지는 그녀 특유의 인심이 발동한 것이다.

"누가 먼저 나쁘게 굴었는데요? 것도 다 뿌린 대로 거두는 거지 뭐."

대꾸는 했지만 구멍 난 풍선처럼 바람이 빠지는 기분이다.

"사람 몸 아픈데 뭐인들 보이겠어. 그저 안됐잖아요, 누군들 아프고 자픈 사람 있으까."

윤희네가 한숨을 푹 쉰다. 그녀와는 어차피 결론이 안 나오는 이야기다. 하지만 이번에 기회를 놓치면, 여기서 이사 나가는 날까지 저 개새끼들의 악다구니 속에 살아야 한다. 그것만은 참을 수 없다. 갑자기 마음이 급해진다. 마음 같아서는 동네를 한 바퀴 돌면서 연판장이라도 돌리고 싶다. 발 빠른 개아짐이 먼저 207호의 입을 막기 전에 공론화시켜야 한다. 나는 벌떡 일어나 베란다 밖을 내다본다. 빈 주차장으로 포장을 반쯤 걷어올린 트럭이 들어서는 게 보인다. 반찬 차다.

—신선한 채소가 왔어요, 빛깔 좋은 과일이 왔어요, 싱싱한 생선이 왔어요.

느린 박자에 구성진 목소리가 확성기를 통해 울린다.

—산지에서 공급하는 값싸고 맛 좋은 생물이 왔어요, 고루고루 왔어요.

리듬을 실어 기분 좋게 채근하는 스피커 소리에 윤희네가 일어선다. 부스럭거리며 잔돈을 챙겨 드는 그녀를 따라 내려간다. 마당에는 앞 동 여자 두엇과 우리 줄 여자들이 나와 있다. 여자들과 눈인사를 나누고 순두부 한 국자를 샀더니 덤이 반 국자다.

"저, 병원 갔던 사람 오네."

윤희네가 소리쳐 돌아보니 마당으로 들어선 택시에서 207호가 아이를 데리고 내린다.

"저 집 왜 그래요?"

508호가 묻는다.

"애가 208호 개한테 물렸어요. 개 물리는 것이 보통 위험한 일이 아닌데, 그래도 개아짐 눈썹 하나 까딱 않더라고요."

내 말에 눈이 등잔만 해진 여자들 시선이 애한테 쏠린다.

"애는 어티게 됐어요?"

207호가 아이의 칠부 바지를 올려 종아리를 보여준다. 딴딴하게 묶은 붕대에 누런 약물이 배어 있다.

"두고 봐야 한대요."

207호의 뒷말을 윤희네가 나서서 얼른 이어준다.

"이빨 자국이 여섯 개나 났대요."

그러자 너도나도 한마디씩 거든다.

"그 집 개들 을마나 사나운지 집도 뿌셔먹게 생겼어."

"한창 짖을 때 보면 개가 한 열댓 마리는 되는 거 같애. 동네가 점잖아서 그렇지, 이건 진짜 아홉시 뉴스에 나올 일이야. 안 그래요?"

407호의 말에 508호가 거든다.

"우린 몰랐으니까 들어왔으지, 소문나면 집도 안 나가요. 이 기회에 개새끼들 몰아내야 사람이 살지."

왁자해지는 틈에 207호가 아이를 안고 건물로 들어간다. 누가 먼저랄 것도 없이 뒤따라 들어간다.

이층에 올라서서 207호가 개아짐네 초인종을 누른다. 아직도 갇혀 있는지 개 짖는 소리가 멀게 들린다. 개아짐은 집을 비운 듯 아무 반응이 없다.

"없는 거 아니에요?"

207호가 돌아본다. 그럴 리 없다. 그녀가 현관문을 두어 번 두드린다.

"문 열어요, 아줌마 거기 있는 거 알아요."

여자들이 수군거리더니, 손잡이를 잡아당겨보고 쾅쾅거리며 문을 두드린다.

"있는 거 다 안다고요. 비겁하게 피하지 말고 나와서 얼굴을 보이란 말이야."

"개를 없애든지 사람이 나가든지 결단을 내."

얼굴을 마주보지 않아서인지 돌연 반말 투다. 열리지 않는 문이 화를 돋운 걸까? 순식간에 불어난 분노가 걷잡을 수 없이 대문을 차고 흔든다. 안에서 짖는 개소리가 집 안을 컹컹 울리더니 문고리 따는 소리가 들리고 곧 현관문이 열린다. 얼굴이 노래진 개아짐이 현관에 버티고 서 있다.

"우리 애 문 놈이 어느 놈이에요?"

207호가 쏘아붙인다. 대꾸가 없는 개아짐에게 그녀가 한발 다 가선다.

"우리 애 광견병 걸리면 어쩔 거예요, 아줌마가 책임질 거야?"

개아짐이 대꾸할 새도 없이 407호가 나선다.

"우린 더 이상 못 참아요. 개새끼들 짖는 소리도 지긋지긋하고 개 비린내도 참을 만큼 참았어. 개를 없애든지 아줌마가 나가든지 결정을 해요. 이건 애완견을 키우는 게 아니라 숫제 개 사육을 하고 있잖아!"

"집 내논 지 넉 달이 지났는데, 보고 가는 사람은 많아도 계약이 안 돼. 냄새나는 저층에 개새끼들까지 짖어대는데 누가 오냔 말야. 개새끼들 덕분에 집값마저 떨어졌어. 알기나 해요?"

같은 줄에 살면서 그동안 분을 참고 있었던 듯 508호가 쏘아붙인다. 나도 끼어든다.

"어쨌든 우린, 연판장 돌리고 주민들 합의 얻어서 고소할 거예요. 피해 보상은 물론이고 끝까지 싸울 거예요. 아줌마가 그렇게 우습게 보는 세입자도 주거 환경에 대한 기본권은 주장할 수 있다는 걸 보여줄 테니 두고 보세요."

내 말이 끝나기도 전에 개아짐이 털썩 주저앉더니 핏기가 가신 입술로 가쁜 숨을 몰아쉰다.

"고만, 고만들 해!"

윤희네가 개아짐의 등을 냉큼 받쳐내며 소리친다. 신장이 안 좋은데 치료도 못하고 있다던 그녀의 말이 생각나 더럭 겁도 나지만, 연기를 하는 게 아닌가 의심스럽기도 하다. 한참 숨 고르기를 하던 개아짐이 느리게 내뱉는다.

"그 집들은 애들 없능가? 새끼들 안 키워?"

그러곤 숨이 안 쉬어지는 듯 가슴을 친다.

"이 징한 것을 나라고 하고 싶어서 하는 중 아나? 못할 짓인 건 내가 할 소리네. 내 가진 거라곤 이놈의 집배끼 없는데, 허리도 못쓰는 우리 집 양반 일자리 털어묵고 나댕기지. 나도 몸뚱이는 아퍼 쌓고, 내가 무슨 재간 있냐고. 그 집 애덜은 그래도 에미 애비는 있잖어. 불쌍한 우리 조카 새끼덜 데려다 멕이지도 못허고 입히지도 못허고 사는디. 내 맘 졸이는 걸 누가 안가, 개새끼라두 팔어묵어야 내가 산게. 사람이 살고 봐야지. 인자 집 떠날 날도 머잖았는디, 불쌍한 그 새끼덜 고등핵교는 갤켜야 헐 거 아닝가. 나 내놓을 것은 목숨배끼 없어. 가덜 델고 있는 동안은, 날 죽인대도 할 수 없당게……"

개아짐의 말소리가 목울음에 잠겨버린다. 윤희네가 찬물을 떠오는 동안 고개를 떨어뜨리고 있던 여자들이 하나둘 흩어진다. 칭얼거리는 아이를 달래며 207호가 집으로 들어가버리자 통로엔 나 혼자뿐이다. 잦은 울음을 삼키는 개아짐과 윤희네를 두고 계단을 올라온다. 쇳덩이라도 매달린 듯 발이 무겁다.

어둑한 창밖을 보며 남편의 휴대폰으로 전화를 건다. 구멍이라도 난 듯 가슴이 헛헛해지고 자꾸만 눈 밑이 시리다. 전화는 불통이다. 손가락 하나도 움직일 의욕이 나지 않아 아이 옆에 다시 눕는다. 베란다 창으로 멀리 산중턱을 가로지르는 서울외곽순환고속도로가 보인다. 특별시를 중심으로 띠를 둘러 안팎을 구별한 느낌 때문에 저 도로를 볼 적마다 마음이 상한다. 퇴근 무렵인데도 교통 체증 없이 연속 질주하는 자동차 불빛이 검은 산중턱에 야광 띠를 이루고 있다. 그 아래 산 밑을 지나는 산업도로는 언제나처럼 정체 중이다. 종일 밀리다시피 하는 그 도로는 복잡한 재래시장 같다. 낯익은 풍경이다. 두 개의 도로가 마치 서로 다른 무대 같다. 질주하는 순환도로가 특별시로 입성하는 무대라면 정체 중인 산업도로는 변두리로 내려가는 무대다. 지금 나는 저 자잘한 불빛들 사이에 끼어 옴짝달싹 못한 채 변두리로 마냥 흘러가고 있는 것이다.

잔뜩 웅크린 아이를 바로 눕히는데 목덜미에서 열기가 만져진다. 서둘러 해열제를 찾는다. 다행히 냉장고 구석에 먹다 남은 부루펜 시럽이 있다. 고여 드는 어둠을 실내등으로 밀어내고 아이를 깨운다. 자던 입에 억지로 저녁을 먹이고 곧바로 해열제를 먹인다. 열기에 축 처진 아이는 칭얼댈 힘도 없는지 다시 잠들어 버린다.

입맛을 잃은 채 식탁에 앉아 있는데 전화벨이 울린다. 남편이다. 조금 늦겠다는 말끝에 피곤한 목소리로 묻는다.

"당신, 나 없어도 살 수 있지?"

"생뚱맞기는. 근데 무슨 일 있어요?"

"그냥, 당신한테 미안해서 해본 소리야."

자존심이 강한 남편에겐 드문 일이다.

"왜 그래, 회사에 문제 생겼어?"

남편은 대답이 없다.

"당신이 뭘 또 잘못한 거야?"

한참을 더 침묵하고 있던 그가 입을 연다.

"그래. 재수 없게 경쟁사 프로젝트를 유출하다 걸려들었어."

"그럼 어떻게 되는 거야?"

가슴이 철렁 내려앉아 다그친다.

"복잡해. 어음을 못 막아서 연장 걸어놓고 있었는데, 약속한 업체에선 결재도 안 나오고. 씨발, 미치겠다."

"무슨 소리야, 일 저지른 지 얼마나 됐다고 또 그래?"

나도 모르게 소리를 질러버린다. 수화기 저편에서 들려오는 숨소리가 무겁다.

"어떻게든 해결이 되겠지. 당분간 못 들어가도 누리 잘 챙기고 있어. 누가 전화하면 나하고 연락 안 된다고 해. 알았지?"

감정을 수습하는 남편의 목소리에서 불길함이 느껴진다.

"잠깐만 여보, 끊지 마……"

그러나 전화는 이미 끊긴 뒤다. 브레이크를 건 듯 심장이 제대로 뛰지 않는다. 곧바로 남편의 휴대폰으로 전화를 걸어본다. 불통이다. 급여가 입금되지 않은 통장이 퍼뜩 떠오른다. '당장 이번 달부터 생활비가 끊기는 걸까', 허둥대는 마음을 누르며 거푸 전화를 돌려본다. 회사 전화도 받지 않기는 마찬가지다. 동어반복을 계속하는 부재중 서비스에 치가 떨린다. 순식간에 몸에서 열기가 빠져나가는 것 같다.

해열제를 한 번 더 먹였는데도 아이는 두어 시간 열이 내렸다가 다시 뜨거워져 있다. 열한시면 약국도 문을 닫은 시간이다. 혹시나 하는 기대로 윤희네로 전화를 건다. 좌약을 찾아든 그녀가 당장 건너온다.

"진작 병원을 가야제, 이 밤까지 아를 고생시키네."

그녀는 핀잔부터 한다. 누리의 이마며 목덜미를 만져본 그녀가 혀를 찬다. 코로 열기를 뿜어내는 아이에게 좌약을 투입하는 사이 그녀가 얼음 팩을 만든다. 얼음찜질하는 동안 아이는 홍옥처럼 들뜬 얼굴을 부르르 떤다. 그녀가 거즈에 찬물을 적셔와 아이의 팔이며 다리를 씻어낸다.

"숨구멍이 맥히지 않아야 열이 빠질 텐데……"

늦은 시간에 달려와준 그녀가 새삼 고마워 눈시울이 뜨거워진다.

"열만 떨어지면 별일도 아닌데, 하이고 내가 쓰잘머리 없이 소란만 떨었네."

되려 그녀가 무안해한다.

"누리 아빠 오늘따라 늦네에?"

나는 고개만 끄덕인다. 남편을 생각하자 가슴이 콱 멘다. 그녀에게 표정을 들키지 않으려고 지그시 입술을 깨물고는 벗겨놓은 아이의 옷을 모은다.

"한 꾸러미 남은 거 마저 끝내고 자야제."

그녀가 서둘러 일어선다.

"밤일까지 할 만큼 그렇게 일이 많아요?"

"아따 나도 피곤한데, 한 아줌마가 말도 없이 관둬서 일이 밀렸어요."

그녀의 말에 갑자기 귀가 뜨인다.

"그거 아무나 해도 돼요? 거 하면 한 달에 얼마나 나와요?"

얼결에 내 입에서 튀어나온 말이다. 그녀가 주춤한다. 동네서 누가 한다고 하면 일은 대주겠다고 누누이 말해오던 차다.

"누구 할 사람 있어요?"

그녀가 눈을 맞추며 다가선다.

"그냥, 좀…… 해볼까 싶어서요."

확신이 안 서는 목소리로 대답은 했지만 그녀의 시선을 똑바로 볼 수가 없다. 대답 대신 그녀가 끄룩 웃는다.

"누리네요? 하이고, 벨일이네. 누리 엄마같이 고운 사람이 헐게 따로 있지. 거 힘들어 못해요. 우리네야, 어쩔 수 없어서 하는 거지."

어색한 웃음을 남기고 건너가버린다. 얼굴이 화끈하면서 느닷없이 스포츠센터 여자들이 떠오른다. 보석 상자를 붙이거나 접은 리본을 지지느라 거칠어진 손들. '구질구질해!' 구차스런 생각을 떨쳐내려 세차게 머리를 흔들어보지만 소용이 없다. 문틈으로 악착같이 대가리를 내밀며 빗자루를 맞던 개들과 그악스레 욕설을 퍼부으며 매질을 하는 개아짐의 모습이 따라붙는다. 그런 따위의 감상에 휘둘리지 않으려 이를 악문다. 거실과 부엌의 세간들이 눈물 속으로 조잡하게 엉겨든다. 가슴뼈가 접힌 듯 숨이 막힌다.

소독

신발주머니를 돌리며 아이들이 뛰어간다. 그 아이들 틈에 끼어 학교 후문을 통과하면서 나는 장애물 경기를 하듯 두 개의 계단을 한 번에 뛰어내린다. 건널목을 건너면서부터 줄곧 뛰었더니 숨이 차서 심장이 터질 것 같다. 손으로 가슴을 꾹 누르고 숨을 고르면서 놀이터와 운동장을 훑어본다. 이렇게 급할 때 아이의 담임이라도 만나면 여간 민망한 일이 아니다. 다행히 교사들은 보이지 않는다. 모래판 미끄럼틀에 모여 노는 저학년 아이들과 초록색으로 단장한 운동장의 우레탄 트랙을 달리는 축구부의 모습이 여느 때와 다름없다.

급식소 입구에 부려진 부식 박스들을 대강 훑어보며 나는 위생 장화를 신는다. 야채와 생선 박스 사이에 노끈으로 묶여 있는 사과를 보는 순간 오른쪽 손목이 시큰거린다. 흰 스티로폼 용기에 담긴 사과가 거대한 알덩어리 같다. 저걸 가지고 씨름을 하다보면 어느새 하루가 지나갈 것이다. 파트너인 엘지 언니가 없는 오늘 같은 날엔 하고 싶지 않은 일이다.

조리실 안에선 이미 복장을 갖춘 직원들이 조례를 마치고 흩어지는 중이다. 대충 눈인사를 날리고 탈의실로 달려간다. 한번 등을 보인 조리사는 뒤돌아보지 않고 사무실로 들어가지만, 진짜 무서운 건 직원들의 눈이다. 우리 같은 비정규직에게 직접적인 간섭을 하는 건 정직원이기 때문이다. 눈길이 마주친 직원 정희에게 변명 대신 찌그러진 웃음을 던지고는 위생복을 갈아입는다. 아무리 급해도 조리 전 규칙을 생략할 수는 없다. 세면실을 거쳐 소독기에 손을 넣는다. 싸한 알코올 냄새와 함께 소독액이 분사된다. 손끝이 쓰벅쓰벅 쑤셔온다. 아침 설거지를 하면서 출근을 서두르다 싱크대 포밍이 벗겨진 틈새에 왼쪽 손가락을 베었다. 젠장, 서둘러 속장갑을 끼고 노란색 장갑을 덧긴다. 영양사한테 상처를 들키는 날엔 그야말로 끝장이다. 더구나 다섯 명의 직원과 여덟 명의 비정규직 중 쉬기로 한 한 명을 빼면 나는 오늘도 꼴찌를 한 셈이다.

뭐야, 무슨 일을 이렇게 해? 손질된 임연수어 궤짝을 수돗가로 밀어붙이던 솔이가 꽥 소리를 지른다. 어느 결에 포장을 뜯었는지 이미 사과 바구니에 물을 뿌리기 시작한 진우가 멈칫한다. 과일과 생선을 한군데서 씻을 수는 없는 노릇이다. 국거리 감자를 손질하던 승배가 목을 빼고는 혀를 찬다. 되려 솔이를 쏘아보며 출구 쪽 수도를 가리키고 있지만, 진우가 애초에 자리를 잘못 잡은 거다. 저 여편네는 두서없이 일하는 게 장기다. 손발이 맞지 않는 일꾼은 애물단지다. 결국 직원 정희가 달려와 질서를 잡는다. 사과 바구니를 미느라 하늘로 곧추세운 진우의 엉덩이를 향해 솔이가 눈을 흘긴다. 바구니를 들어올리며 진우도 볼을 실룩거린다. 오늘도 조용히 지내기는 글렀다.

가서 허리 좀 펴면서 행주나 널고 와. 사과 씻는 일을 마친 진우를 세탁실로 보낸다. 누군가에게 지시받는 걸 질색하는 그녀지만 허리나 펴고 오라는 내 말에 호기롭게 웃으며 돌아선다. 처음 일하러 왔을 때부터 그녀는 좀 엉뚱했다. 비정규직 전원이 이 학교의 자모들이기 때문에 편의상 아이의 이름으로 서로를 부르는데, 그녀는 진우라고 부를 때마다 질색을 했다. 식당 일용직 호칭 따위로 귀한 아들 이름을 들먹거리는 게 싫다는 거였다. 많이 불러줘야 명줄이 길어지는 거라고 승배가 너스레를 떤 후 그녀는 마음을 바꿨다. 첫날부터 야무진 손끝을 인정받아 멤버가 되었지만, 그녀는 뻣뻣한 고집 때문에 인정을 받지 못한다. 안쓰럽긴 하지만 할 수 없다. 일단 일이 시작되면 서로의 마음을 들여다보기는 고사하고 눈 맞출 겨를도 없다.

낯선 여자가 문을 열고 조리실 안을 기웃대더니 곧바로 사무실로 다가가 노크한다. 엘지 언니를 대체할 일용직 파출부인 모양이다. 그런데 깃을 세운 바바리 맵시가 파출부 같지 않다. 영양사가 직원 정회를 불러 턱짓을 하고는 사무실로 돌아간다. 조리실을 둘러보면서 정희를 따라가는 여자의 행동이 몹시 굼뜨다. 순간 장군이랑 내 눈이 마주친다. 뭔가 불길하다. 손가락에 물방울만 묻어도 톡톡 퉁겨내는 팔자 좋은 여편네들이나 한나절 어물쩍 시간 때우고 일당이나 채가는 여자들은 안 오는 게 도와주는 거다. 일손이 맞아도 급식소 일은 늘 벅차다. 비정규직 멤버 중 누군가 갑자기 쉬게 될 때마다 용역업체에서 단골로 보내주는 일용직 여자가 서너 명 있는데, 그네들이 오면 그래도 괜찮은 편이다. 하지만, 생판 해보지 않은 파출부를 보내면 헤매다가 하루가 가버린다. 오늘 처음 온 바바리 여자도 복장 갖추는 데 십 분은 걸릴 것 같은 분위기다.

어제 마무리하고 소독제에 담가두었던 행주며 속장갑을 널고 온 진우가 정희의 지시로 국거리를 준비하러 간다. 결국 사과를 손질하는 일은 바바리 여자와 내 몫이 된다. 바바라랑 그저 손이 맞기를 바랄 뿐이다. 나는 손잡이가 달린 플라스틱 바가지에 뜨거운 물을 받아다가 작업대 열소독을 시작한다. 스테인리스 스틸 작업대 위로 더운물이 지나가면서 뽀얀 김이 안개처럼 피어올라온다. 그 위에 알코올을 스프레이하고 위생 행주로 물기를 걷어낸다. 따끈한 작업대 위로 사과 바구니를 올린다. 십 분이 지나도 바바리는 나타나지 않는다. 나는 탈의실 쪽을 힐끔 돌아보고는 혼자서 일을 시작한다. 마음이 급해진다. 늦어도 열한시까지는 손질을 마쳐야 한다.

위생 복장을 갖춘 바바리가 탈의실에서 나온다. 비닐 앞치마를 바짝 붙들어 매고 장갑 세 켤레를 든 채 두리번대는 모습이 한심하기 짝이 없다. 쯧, 미련스런 여편네, 아무래도 한심이라고 불러줘야겠다. 조리실에선 다섯 개의 장갑을 쓴다. 소독된 면장갑과 채소나 과일을 다듬을 때 사용하는 비닐장갑을 빼면 세 개의 고무장갑을 쓰는 셈이다. 음식을 만질 땐 노란색, 생선을 조리할 땐 분홍색, 설거지할 땐 빨간색을 쓴다. 이것들은 엄격하게 쓰임이 구별되어 있기 때문에 절대로 헷갈려선 안 된다. 그런데도 매번 노란 장갑을 낄 때 열소독하는 걸 잊어버린다. 나는 손짓으로 내 양 옆구리에 끼워 놓은 장갑을 가리키고 비닐장갑 위에 면장갑을 끼라고 제스처를 보여준다. 엘지 언니라면 손발이 척척 맞아서 재미나게 해치울 일이지만 꾸물대는 여자를 보고 있자니 짜증이 치민다. 그런 내 속을 아는지 모르는지 바바리가 느릿느릿 다가와서 말을 붙인다. 어디서 소독하는 거예요? 맙소사, 눈구멍은 장식용인가. 눈에 잘 띄도록 세면실 입구에 설치되어 있는 소독기를 가리킨다. 바바리는 고까운 표정으로 돌아서서 소독기 앞으로 간다. 그녀의 굳은 표정이 어디선가 본 듯 낯설지 않다. 키가 큰 편인 그녀의 뒷모습은 그러나 위생복으로 위장하고 있어서 구별이 안 된다. 나는 찜찜한 마음을 돌려 조리기구를 챙긴다. 멸균해서 덮어놓은 이동식 수납장 속에서 감자칼과 과도를 꺼낸다. 열처리를 해서 반들반들 윤이 나는 금속성 도구를 손에 쥐자 물컹한 것들이 짓이겨지는 영상이 따라붙는다. 나도 모르게 진저리를 친다. 인터넷 TV 채널에서 밤이나 낮이나 내보내는 영화의 잔영이다. 부엌에서 벌어지는 난투극들은 한결같이 잔인해서 조리 기구를 쓸 때마다 연상된다.

자동 기계처럼 손으론 사과 담글 설탕물을 만들면서 엘지 언니 생각을 한다. 체한 것처럼 속이 불편하다. 어제 오후에 일당을 받고 사인할 때 영양사가 체크해놓은 일정표를 보았다. 낼 파출부 오네? 또 하루 괴롭게 생겼구먼! 이렇게 말한 사람은 장군이었다. 여덟 명의 비정규직은 서로를 훑어보았다. 그따위 일에 신경 쓸 필요가 없는 정직원들은 신발을 갈아 신고 순식간에 사라져버렸다. 엘지 언니가 미안하다는 표정으로 내일 일이 있어서 쉬게 되었다고 변명했다. 내게 따로 말을 하지 않아서 의외였지만, 언니의 사정을 모르지 않아서 장군이의 어깨를 토닥여 입을 막았다. "내일 일은 내일 걱정 하자구우!" 그러고는 서둘러 해산하도록 먼저 나왔다. 교문 앞에서 잠시 서성이며 엘지 언니를 기다렸지만, 아이들을 만나러 갔는지 나오질 않아서 발길을 돌렸다. 무슨 일일까, 하루 일당이라도 더 받으려고 하루를 쪼개고 쪼개 투잡 쓰리잡 하는 언니가 내게 말 못할 사정이란 무얼까! 집으로 돌아가는 내내 언니의 말 못할 사정과 빤한 내 사정을 생각하느라 문구점 여자가 인사하는 것도 모르고 지나칠 뻔했다. 매달 살아가기가 바듯하지만 이번 달엔 추석 명절이 들어 있어 턱없이 마이너스를 냈다. 간신히 오지랖만 가렸어도 명절은 돈지랄이다. 뜯어가지 않으면 다행인 동서들한테야 바랄 것도 없지만 입이 딱 벌어지게 비싼 제수 비용 때문에 숫제 뭘 하는 척할 수도 없었다. 그저 말막음으로 차례상을 올린 것이 걸려서 눈 딱 감고 십만 원을 봉투에 넣어 시어머니께 드렸다. 무릎이 아파서 절절매는 친정엄마한테도 노상 말로만 다그칠 수 없어 병원비로 십만 원을 쥐여드렸다. 상여금을 받던 좋은 시절에 비하면 푼돈에 불과하지만 내 딴에는 무리한 지출이었다. 준호를 구슬려 피아노 학원과 태권도 학원을 당분간 쉬기로 해놓고 맞은 추석이었다. 그런데도 좋은 소리는커녕 인사치레 한마디 건네오지 않았다. 그렇다고 부동산 중개업을 하는 친구한테 빌붙어 용돈이나 겨우 가리는 남편의 사정을 말할 수도 없었다. 노인네들이 알아봐야 살이 내리도록 성화나 해댈 게 뻔했다. 차라리 내 속이 문드러지는 게 나았다.

비정규직 중에는 재미 삼아 아르바이트를 하는 여자도 둘이나 끼어 있었다. 일명 자가용 커플이었다. 나나 엘지 언니처럼 먹고사는 일이 다급하지 않은 그네들은 여유가 있었다. 머플러나 액세서리를 교환하면서 쇼핑몰 따위의 분위기를 속닥거리곤 했다. 그네들에 의하면 맡은 일만 하면 눈치볼 일도 없고, 오후 서너시면 끝나니 이만큼 깨끗한 일도 없다며 급식소가 매력 만점이라고 했다. 세 아이와 시부모까지 모시고 있는 엘지 언니에게 무슨 사정이 있는 건지 통화라도 해볼걸, 하고 생각하는 동안에도 쉴 새 없이 손아귀에서 사과 껍질이 벗겨진다. 속에 낀 비닐장갑에 흠집이라도 났는지 상처 난 손가락이 쓰벅쓰벅 쑤셔온다.

직원 경주가 바바리를 부른다. 불린 미역과 썰어놓은 감자 바구니를 옮기기 위해서다. 나도 모르게 신경이 곤두선다. 힘든 일은 비정규직을 부려먹는 게 당연한 것처럼 아무 때나 불러대는 직원들에게 화가 난다. 엄연히 맡은 일이 있는데, 일의 리듬을 깨뜨려가면서 불러댈 때는 모멸감마저 느낀다. 그러나 목을 넘어온 내 말은 입속에서 침이 되어 한 바퀴 돌고는 다시 삼켜진다. 대신 사과 알이 손아귀를 빠져나가 통째로 설탕물에 빠진다. 요란한 소리에 생선을 튀기던 장군이가 깜짝 놀란다. 기름 솥에 물이라도 튀는 날엔 화상을 면치 못할 일이다. 등줄기에 진땀이 흐르고 나도 모르게 휴, 한숨이 나온다. 나는 젖은 면장갑을 벗어버리고 새것으로 갈아 낀다. 상머슴 모양 거칠게 생겨먹은 손을 볼 때마다 유난히 곱다란 엘지 언니의 손이 생각난다. 일이 손에 익을 때까지는 언니도 꽤나 애를 먹었지만 그래도 악착같이 매달려 일을 끝내는 성격이라 손발 맞추기가 쉬웠다. 언니를 알게 된 지 이 년이 되어간다.

재작년 가을, 학교에서 돌아온 준호가 졸졸 따라다니며 부탁을 했다. 엘지 아파트에 사는 친구 재영이 엄마가 급식소에 나가게 됐으니까 그 아줌마랑 친하게 지내라는 거였다. 알고 보니 준호네 조모임 때마다 집으로 불러서 간식도 챙겨 먹이고 활동도 도와주던 자모였다. 내 위로 연장자가 생긴 것도 좋았지만 이상하게 언니가 남 같지 않았다. 푸근함은 천성인 모양인지,

언니에겐 불가사의한 넉넉함이 있었다. 뾰족하게 구는 사람까지도 이쁘게 봐주기란 쉬운 일이 아니다. 언니가 온 후로 일꾼들 분위기가 많이 좋아졌다. 늘 먼저 살펴주는 사람은 옆 사람에게 친절을 베풀 기회를 주지 않는다. 사출물 제조업을 하다가 부도를 맞은 언니의 남편 이야기를 듣고서야 나도 언니에게 위로할 기회를 얻었다.

부도를 맞고도 멀쩡할 수 있는 공장이 얼마나 될까? 도미노처럼 휩쓸려 넘어질 수밖에 없는 연쇄 부도는 그러나 멀쩡한 사람을 범법자로 만들고 심지어 도주하게 만들었다. 남편이 잠적한 이후 이 년 동안 언니는 세상을 다 살아버린 사람처럼 늙어버렸다. 느닷없이 생활을 떠맡아서 파트타임으로 우체국에서 편지를 분리하고 제과점에서 빵을 포장하거나 보습학원의 건물 청소를 했지만 고등학교에 다니는 큰아이의 입시학원비도 낼 수 없었다.

그러는 사이 생활비가 목을 조르면서 빚이 눈덩이처럼 불어났다. 결국 언니는 따로 지내온 시부모님과 살림을 합쳐 학교에서는 꽤 먼 엘지 아파트로 이사를 했다. 전세금을 내고 남은 돈으로 빚도 갚아야 했고, 당장 낮 시간 동안 나가서 일하려면 아이들을 보살펴줄 손길도 필요했던 차였다. 급식소 일은 정규직은 아니지만 일하는 시간에 비해 일당이 괜찮은 편이다. 그런데도 언니는 지난달부터 한 가지 일을 더 하고 있다. '24시 찜질방'에서 청소 일을 맡은 것이다. 사람이 뜸한 밤 열두시부터 새벽까지

하는 일이다. 말로는 괜찮은 일이라고 하지만 언니는 요즘 들어 움찔 놀라면서 허리를 짚고 주저앉는 일이 빈번하다. 젖은 찜질 복을 수거하다가 허리를 삐끗한 모양인데, 치료 받을 시간이 없다보니 파스만 갈아 붙이면서 견디고 있다. 하루이틀하고 말 일도 아닌데 저렇게 미련을 떨다가 허리를 못쓰게 되지나 않을까 걱정이다. 언니가 없는 조리실은 소란스럽기는 하지만 뭔가 뭉텅 빠진 느낌이다. 병원에라도 가려고 휴무를 냈다면 더욱 걱정이다. 미련할 만큼 자기 몸을 챙길 줄 모르는 언니가 일부러 휴무를 낼 만큼 어디가 안 좋기 때문이라는 말이니까. 그래도 진료를 미룰 수는 없는 일이다.

생리 이틀째인 내 컨디션도 최악이다. 저절로 한숨을 몰아쉰다. 언니가 일하는 찜질방에 가서 밤새 허리라도 지지면 좀 풀리려나. 무지근한 허리를 뜨끈한 옥돌에 지지면서 언니와 뒹굴 수 있다면. 오늘 밤에라도 가봐야겠다. 생각만 해도 뭉쳤던 기분이 누그러지면서 언니와 함께 있는 것 같다.

하얀 사과 알이 설탕물 속에 쌓여간다. 사과를 집어 들고 수없이 돌려댄 손아귀가 서서히 저리더니 이제는 감각도 없다. 영양사가 사무실 안에서 전화통을 붙들고 건성으로 작업실을 넘겨다본다. 직원들은 배식 나갈 식기들을 소독하느라 열처리 코너에 몰려 있다. 두 번이나 불려가서 무거운 함지박을 들어 옮긴 바바리는 분위기에 적응이 되지 않는 자세로 칼질을 하고 있다. 껍질을 벗기기 좋게 사과의 꼭지 부분을 따서 옮겨주는 일인데 정신

없이 해도 손이 모자랄 상황에 사과 한 알을 들고 쩔쩔매면서 한쪽 끝에 두 번씩 칼질을 하고는 한 번씩 작업실을 둘러보기까지 한다. 빌어먹을 여편네, 저 여편네도 아마 요리학원 쫓아다니면서 온갖 요리를 다 배웠을 것이다. 그 정도는 기본이라고 교양을 떨 것이 뻔하다.

지역의 학교에서 급식을 조달받던 이 학교에 학생 수가 늘어나기 시작한 건 분당-평창 간 복선전철 개통이 가시화되면서부터였다. 학교는 서둘러 급식소를 짓고 직원을 모집했다. 지원서를 낸 자모들이 많이 있었지만, 학교에서는 젊은 여자들을 채용했다. 탈락한 여자들 사이에선 조리사 자격증이 없어서 불리했다는 이야기가 오갔다. 비정규직이라도 해보겠냐는 연락을 받았을 때 나는 두말하지 않고 허락했다. 찬물 더운물 가릴 처지가 아니었다. 그때부터 사 년이 넘게 그네들과 함께하고 있다. 직원으로 채용된 그들과 나의 대우는 급료에서부터 비교가 안 되지만 일에서는 그야말로 하늘과 땅 차이다. 관리직이랍시고 주인이라도 된 것처럼 이미 하고 있는 일을 번복해서 지시하고 참견할 땐 울화가 치민다. 영양사의 짧은 잔소리는 고스란히 정규직의 몫이지만 갖가지 트집이 되어 비정규직에게 전달된다. 심지어 점심시간의 짧은 티타임까지 감시할 때는 당장 위생복을 벗어서 패대기치고 싶다.

개수대에서 껍질 작업을 마친 사과 바구니를 작업대로 옮긴다. 손목이 시큰하는 바람에 하마터면 바구니를 놓칠 뻔했다. 내리지도 올리지도 못한 채 쩔쩔매고 있는데도 바바리는 그냥 서서 쳐다볼 뿐이다. 두부찜을 끝낸 장군이가 달려와 냉큼 바구니를 받쳐낸다. 장단이 맞는다는 건 바로 이런 거다. 온몸이 둥글고 단단한 장군이의 얼굴이 홍옥처럼 붉다. 매일 오후 입술을 야무지게 다물고 급식소를 기웃대는 장군이 남매가 그녀를 쏙 빼닮았다. 하얀 사과 알을 사등분해서 씨를 파내는 장군이의 손끝에서 과도가 재게 돌아간다. 설탕물 속에 손질이 끝난 사과 조각들이 늘어간다. 드디어 일이 진척되기 시작한다. 도마 소리와 조리 기구 휘두르는 소리, 찜솥이 증기를 뿜어내는 소리가 뒤엉킨다. 장군이가 손을 보태 긴장이 좀 풀린다.

국, 밥, 튀김, 찜 순으로 먼저 조리를 끝낸 조에서 일차 설거지를 시작한다. 요리를 만드는 데 사용한 모든 기구를 중앙 수도 앞으로 모은다. 조리실은 다시 한바탕 소란스러워진다. 불어야 닦이는 것들은 뜨거운 물을 부어 겹쳐놓고, 기름 설거지들은 밀가루 반죽 고무함지 속에 담가놓는다. 그사이 두 사람이나 더 붙어서 사과 작업을 겨우 마무리한다. 후유, 저절로 한숨이 나온다. 직원 정희의 지시로 영재가 일꾼들의 밥상을 차리기 위해 몇 개의 작업대를 끌어다 붙인다. 장단이 맞아 돌아가면 일은 그야말로 일사천리다. 막 조리된 음식들이 배식판에 척척 담기며 허기를 자극한다. 조리 기구들이 한바탕 열소독을 거쳐 제자리로 들어가고 설거지를 마친 조원들이 식사를 시작한다.

일찌감치 장갑을 벗고 서 있는 바바리에게 먼저 식사하라고 말해놓고 나는 사방에 튄 사과 껍질과 따낸 꼭지를 긁어서 음식물 쓰레기통에 던져 넣는다. 비닐장갑 위에 낀 면장갑이 사과의 산성 즙에 누렇게 젖어버렸다. 장갑을 벗어 세탁 바구니에 던져넣고는 앞치마를 벗는다. 온몸을 두르도록 디자인된 비닐 앞치마 속까지 사과 껍질이 들어와 있다. 몸에서는 이미 쉰내가 나기 시작한다. 식사도 급하지만 화장실이 먼저다. 생리 이틀째라서 허리에 힘이 들어갈 때마다 불안한 걸 참고 있었다. 용량이 초과할 위기였던 패드를 새로 갈아내고 작업복 바지의 안팎을 살핀다. 젠장. 정색하며 직장 여성들에게 생리휴가를 보장해줘야 한다던 뉴스 앵커의 얼굴이 떠오른다. 그런 날이 오긴 올까. 더구나 우리 같은 일용직에게. 화장실을 나오면서 습관적으로 소독기에 손을 집어넣는다. 이런! 또 알코올 냄새를 맡으며 밥을 먹게 생겼다.

식탁에선 끓인 누룽지를 가지고 진우와 솔이가 싸우고 있다. 저 여편네들은 언제고 붙을 준비가 되어 있는 싸움닭 같다. 두부찜이 맛있게 됐어 언니, 츤츤히 먹어. 장군이가 두부찜을 한 국자 떠서 내 식판에 얹어준다. 두부찜 양념이 넘쳐서 임연수어 튀김으로 흘러든다. 야야, 그렇다고 섞어찌개를 만드냐? 농담 반 진담 반 통을 준다. 장군이 덕분에 네 맛도 내 맛도 아닌 생선튀김을 먹게 되어버렸지만 밉지 않다. 참 성격도 여러 질이다. 주책없이 철철 넘쳐나는 정 때문에 장군이는 오히려 사고 덩어리다.

두 주일 전쯤의 일이다. 불시에 위생 검사를 하는 바람에 미처 자르지 못한 손톱을 들킨 몇몇 비정규직원들 때문에 영양사로부터 질책을 들었다. 게다가 승배가 목걸이 빼놓는 걸 잊어버려서 밥 먹듯이 듣는 위생 규칙에 대해 일장 연설을 들었다. 직원들까지 눈치를 주는 바람에 기분을 잡쳐버렸는데, 그보다 기막힌 건 영양사의 다음 말이었다. 학년별로 교실에 급식을 올릴 때 수업에 방해되지 않도록 조용히 해달라는 지시였다. 입속에서 저절로 욕설이 치밀었다. 밝혀두자면 이 학교는 급식 환경이 자동화 시스템으로 되어 있지 않다. 급식소를 지어놓고 조리실만 만들면 저절로 급식이 될까. 어림없는 말이다. 배식할 땐 오십 개가 넘는 학급의 급식 바구니를 손으로 날라야 한다. 인력거에 차곡차곡 쌓은 급식 바구니를 교실 건물까지 끌어다 주는 일은 소사 아저씨들이 도와준다. 문제는 다음이다. 교실로 가는 급식 시설이라곤 건물 중앙에 설치한 세탁기만 한 화물 엘리베이터가 전부다. 급식 바구니를 층별 학급 수만큼 엘리베이터에 나눠 올리면 당번이 한 층씩 미리 올라가 있다가 바구니를 내린다. 말이 바구니지 보통 삼사십 명 분의 식사가 담긴 바구니는 웬만한 힘으론 움직이지도 않는다. 여름이면 소독된 배식판 위로 땀이 뚝뚝 떨어져 내리는 게 예사다. 한 사람은 밑에서 올려주고 한 사람은 위에서 내려야 하기 때문에 각 층에서 바구니를 내릴 때는 당번 혼자서 할 수밖에 없다. 급식 바구니를 끌어내릴 때마다 미주알이 빠질 듯 힘을 빼고 나면 진짜로 눈앞이 노랗다. 사태가 그런데 더 이상 어떻게 조용히 하라는 말인가? 우리가 진짜 화나는 이유는 따로 있었다. 직원들은 조리실을 떠나는 법이 없기 때문에 그런 막노동은 순전히 비정규직의 몫이었다. 그렇다고 영양사나 선생들이 그 일이 어떤지 상상이나 할까? 덕분에 그날 오전 작업은 험악한 분위기에서 이루어졌다. 원리 원칙대로 일용직은 뜨거운 물이나 소독제 소모품 따위를 직원들에게 주문했다. 모든 경계는 허물어질수록 편해 보이지만 그만큼 부담도 늘어나게 마련이다. 데거나 다치기라도 하면 치료 보상은 고사하고 일자리조차 뺏겨버리는 게 일용직 파출부의 처지이고 보면, 원칙을 요구하는 것이야말로 비정규직의 유일한 권리인 것이다. 그래서 그날의 분위기는 정직원과 비정규직 사이의 모호해지고 오염된 경계를 한바탕 소독하여 질서를 회복시키는 중대한 결과를 초래했다.

배식 바구니가 나가고 여우비처럼 잠깐 긋고 지나가는 티타임 시간이 되었다. 다들 커피를 한잔씩 마시며 탈의실에 모여 앉았는데 배식을 마치고 온 장군이가 툭 내뱉었다. 하도 시끄럽다 그래서 오늘은 울 애기네 교실에 밥도 못 끌어다 줬네! 다른 날은? 눕다시피 벽을 베고 있던 승배가 벌떡 일어나며 물었다. 일학년은 맨날 끌어다 줬지. 애기덜이 어티케 옮겨 그 무건 눔을! 단호하고도 자랑스러운 얼굴로 장군이가 받았다. 모두 기가 막혔다. 결국 수업 방해의 원인 제공자는 우리 중에 있었던 것이다. 갑자기 베개며 토시며 면장갑이 장군이에게 날아들었다. 야, 걱정도 팔자다. 육학년 도우미도 있고 선생덜 있는데 애기들이 왜 그걸 날러어! 그래, 너 아니면 누가 그러겠냐? 야야, 장군이 동생일학년 몇 반이야. 교실도 맨 끝이지? 모두 한마디씩 퍼부었다. 아녀, 애기들 반은 다 끌어다 줬지. 장군이가 오동통한 손을 휘저으며 변명했다. 잘났다 잘났어, 그렇게 해주면 누가 알아준대냐? 그러니까 쟤가 원인 제공한 걸 가지고 우리가 단체로 혼났단 말이지? 조용히 수업하는데 갑자기 복도에서 급식 바구니 끌어다 놓느라고 끼익 소리 나면 을마나 시끄럽겠냐? 야, 진짜, 누가 장군이 아니랄까 봐 힘자랑하냐? 솔이가 가세해서 질책을 퍼부었다. 그 흥분의 도가니에서 정작 장군이는 뚱그란 얼굴에 혀를 빼물고 쿡쿡 웃어대기만 했다. 결국엔 모두가 박장대소하고 말았지만 씁쓸한 기분을 지울 수 없었다. 잘한다고 한 일을 가지고 꾸중이나 듣고 다니는 장군이, 구박을 받아도 꿋꿋한 장군이라면 그러고도 남을 법했다. 나는 그보다 더한 일을 했대도 대책 없이 따끈따끈한 장군이를 이해할 수 있다. 들척지근한 두부 양념 때문인지 생선튀김이 맛있다. 나는 남김없이 식판을 비우고 일어난다. 밥상에서도 꼴찌다.

교직원 젓가락 누가 챙겼어요? 직원 경주가 묻는다. 아무도 대답을 안 한다. 웃음에 인색한 그녀는 말투마저 건조해서 무슨 말을 해도 꼭 따지는 것 같다. 누구라도 체크를 해야지이, 참 엉망이네에. 둘러보는 그녀에게 진우가 쏘아붙인다. 우린 다 땜빵들인데 누구한테 책임을 물어? 맞는 말이다. 돌아서는 경주를 향해 솔이와 진우가 동시에 삐죽거린다. 저럴 땐 명콤비가 따로 없다.

식사 후 조리실에 잠깐이나마 조용한 시간이 찾아온다. 배식을 준비하는 시간이다.

몇몇은 식사 전에 불려놓은 기름 설거지를 하고 몇몇은 계수해놓은 음식 통을 반별로 바구니에 담는다. 한쪽에선 국이, 또 한쪽에선 밥이 각각 반별 보온 용기에 퍼 옮겨진다. 저것이 끝나면 음식 바구니들은 조리실 복도를 떠날 것이다. 직원 경주와 정희가 핸드카에 소독된 식판을 반별 인원수대로 분배한다. 오전 일의 마지막 순서다.

한두 번도 아니고, 빨간 손으로 왜 이래! 직원 경주가 소리를 지른다. 동시에 조리실 바닥으로 식판이 요란하게 나뒹그라진다. 식판을 세워놓고 세고 있었나 보다. 삽시간에 일꾼들의 긴장한 시선이 중앙에서 엉킨다. 씻어낸 조리 바구니를 옮기느라 진우가 빨간 장갑을 낀 손으로 핸드카를 밀었던 모양이다. 아니, 일부러 그런 것도 아니고, 다시 하면 될 거 아니야! 진우가 홱 돌아서서 직원 경주를 노려본다. 정희가 승배를 불러 바닥에 흩어진 식판을 개수대에 담가놓으라고 지시한다. 그러곤 냉큼 끓는 물을 떠다가 핸드카 손잡이에 붓고는 자신의 앞치마와 장갑 낀 손, 그리고 경주의 손과 앞치마에 거푸 끼얹는다. 이 손에 드러운 균이라도 득실거릴까 봐 유난들 떠는 거야? 미처 말릴 새도 없이 진우가 시비를 붙는다. 저렇게 나오면 비정규직에게 전혀

득 될 게 없다. 나도 모르게 진우의 어깨를 거칠게 밀어붙인다. 왜들 이래? 규칙이 그렇게 생겨먹은 걸 따져서 뭐하게. 암말 말고 할 일들이나 해. 휙 돌아선 진우가 내게 눈을 흘기고는 세면실로 들어가버린다. 집중되었던 시선들이 일시에 흩어진다. 직원 경주와 정희도 하던 일을 계속한다. 휴, 여편네 성질머리하곤! 진우를 향해서 한숨이 흘러나온다.

장군이가 바바리를 재촉해서 데리고 나간다. 슬며시 장군이한테 미안한 마음이 든다. 원래 오늘은 나와 장군이가 배식 당번이다. 파출부나 새 일꾼이 오면 꼭 배식을 내보내기 때문에 자연스레 당번이 하루 밀리기도 하지만 시원찮은 내 손목을 생각해서 장군이가 나서는 것이다. 느려터진 사람과 배식하려면 속이 뒤집힐 게 뻔하다. 배식 당번끼리는 서로 다른 층에서 바구니를 받아야 하므로 사인이 맞아야 한다. 지난번에 파출부가 왔을 땐 내가 함께 배식을 나갔다. 여자는 아무리 설명을 해도 엘리베이터를 제시간에 내려보내지 않았다. 결국 열나게 계단을 오르내리며 엘리베이터를 작동하고 급식 바구니를 올리는 동안 구경만 했다. 나이가 들어 보이긴 했지만 일을 하겠다고 온 건지 감독을 하겠다고 온 건지 분별이 없는 여자였다. 나는 속으로 배식조를 조바심하며 세면실에서 나온 진우를 살핀다. 잔뜩 입을 내민 채 그녀는 중앙 수도 근처에 밀려와 있는 작업대를 제자리로 끌어다 맞춘다. 벌써 오후 일을 준비하는 것이다. 사실 그녀만큼 손빠른 일꾼을 구하기는 쉽지 않을 것이다. 성질이 지랄 맞아 그렇지 일 하나는 씨억씨억 잘해대는 상일꾼이다.

티타임이다. 장갑과 행주치마를 벗자 다친 손가락이 불에 덴 것처럼 쏨벅거린다. 시큰거리던 손목은 숫제 아무 느낌이 없다. 일꾼들이 탈의실로 들어간 후 몰래 주머니에 넣어 온 소염진통제를 먹는다. 직원 정희가 외출복으로 갈아입고 나가는 것이 보인다. 뭔가 급한 일이 있는 모양이다. 나는 배식하고 남은 사과 조각들을 반찬통에 담아 방으로 가져간다. 즉시 먹어치우지 못한 모든 음식물은 분리수거통으로 직행하는 게 규칙이다. 처음엔 멀쩡한 음식을 버리는 것을 이해할 수 없었다. 아무리 많이 남아도 음식물 반출은 금지다. 음식이라는 게 딱 맞춰 준비하는 것이 힘든 일이긴 하지만, 대중없이 재료를 주문해서 고기며 볶음 등을 조리했다가 그대로 버릴 때는 여간 아까운 게 아니다. 또 규정대로 만들어진 음식이지만 메뉴에 따라서는 아이들의 입에 맞지 않아 버려지는 경우도 많다. 결식아동이니 무의탁 노인이니 방송에서 떠들 때마다 생선 가시처럼 버린 음식이 마음에 걸린다. 모든 것이 영양사 소관이니까 할 말은 없지만 그놈의 원칙들이 답답할 때가 한두 번이 아니다. 철저하게 소독을 시키는 건 좋지만, 복잡한 소독 절차가 일을 방해할 때도 많다. 안전한 직장을 가진 사람들이 그렇듯이 똑떨어지게 계산적인 것도 그렇고 어쩐지 이번 영양사는 정이 가지 않는다. 그녀는 특별한 일이 없는 한 비정규직을 직접 상대하지 않는다. 그러므로 나이 어린 영양사에게 꼬박꼬박 지시를 받는 것은 직원들의 몫이다. 그녀가 온 뒤부터 정규직의 책임이 강조되어 비정규직의 불만이 다소 누그러졌다. 엘지 언니는 일꾼을 부릴 줄 아는 그녀의 일솜씨와 젊음이 부럽다고 했다.

커피 쟁반을 물리자 일꾼들이 허리를 펴느라 손바닥만한 카펫 위에 가로세로 눕는다. 나도 생리통 때문에 허리께가 무지근하지만 카펫이 좁아 겨우 엉덩이만 붙이고 앉아 있다. 땀이 식으면서 온몸이 척척하다. 바닥이 차가운데도 불구하고 열이 많은 진우는 숫제 겉옷을 벗어버리고 누웠다. 캐비닛에 기댄 채 떠드는 이야기를 귓등으로 들으며 깜박 졸았나 보다. 벌써 다들 마신 거야? 배식을 마친 장군이가 바바리를 데리고 들어오며 묻는다. 나는 장군이의 얼굴을 살피며 그네들에게 커피를 따라준다. 야, 식은 죽 먹기라더니 술술 잘 넘어간다. 노상 웃는 얼굴로 장난을 걸어대는 장군이가 한입에 식은 커피를 부어 넣고 감탄한다. 바바리는 찬 바닥에 앉아 마뜩잖은 얼굴로 웅크리고 있다. 언니, 화장실 좀 중앙으로 돌려봐, 나 좀 올라앉게. 장군이가 누워 있는 솔이의 엉덩이를 밀어낸다. 화장실이라고 생각 말고 그냥 기대면 되잖아. 누워 있던 솔이가 눈은 감은 채 엉덩이를 끌어당긴다. 장군이가 솔이 쪽으로 다가앉으며 바바리에게 카펫으로 올라앉으라고 눈짓을 한다. 지금 일하는 사람은 당번이에요? 바바리가 올라앉으며 묻는다. 밖에서 오후 일을 준비하는 직원들 이야기다. 지금 일하는 사람은 벼슬아치고, 쉬는 사람은 노가다지. 승배가 답변한다. 받는 대우가 다른데 똑같이 쉬면 안 되지. 진우가 덧붙인다. 맞아, 첨엔 위험한 일 절대 못하게 했는데, 지금은 그런 것도 없고 갈수록 감시만 하려고 해. 다치면 우리만 손핸데. 솔이도 거든다. 승배가 벌떡 일어나며 마무리 짓는다. 쉬는 시간 잘 찾아먹어야 돼. 솔직히 재덜이 하는 일이나 우리가 하는 일이나 다른 게 뭐 있냐. 승배의 말을 진우가 자른다. 다른 거 있잖아, 분명히 다르지. 재들이 언제 힘쓰는 거 봤어? 누가 배식을 나가는지 들어오는지 재들이 신경이나 쓰냐고.

탈의실 문이 열리면서 직원 정희가 들어온다. 머쓱해진 승배가 말끝을 흐린다. 언니, 어디 갔다 와요? 장군이가 어색한 분위기를 깨뜨린다. 요 앞에 연세 정형외과요. 정희가 위생복을 꺼내며 대꾸한다. 우리끼리 하는 말을 들은 것도 같다. 왜, 어디 불편해요? 솔이가 시침을 떼고 묻는다. 손목 아픈 지가 벌써 꽤 됐는데 점점 더 심해져서 엑스레이 찍어봤어요. 정희가 오른손을 뒤집어 손목을 내보이며 대꾸한다. 어머, 병원에선 뭐래요? 어티게 아픈데 그래요? 대단한 뉴스라도 만난 양 누운 사람이 다 일어난다. 무리해서 그렇다고, 당분간 쉬면서 물리치료 받으라는데, 일단 진통제만 받아 왔어요. 대답을 하며 정희는 순식간에 위생복으로 변장한다. 아유 어쩐대, 직원이라 쉬지고 못하고. 얼결에 내 입에서 튀어나온 말이다. 말을 하고 보니 수습할 길이 없다. 끝나고 치료하러 다녀요. 애초에 고쳐서 써야지, 안 그럼 건드리기만 해도 덧나서 보통 성가신 게 아니야. 나는 여러 말을 끌어다 붙인다. 그냥 좀 버티고 있다가 방학하면 침이라도 맞아

봐야죠. 정희가 신경 끄라는 듯 잘라 말하고 나간다. 그녀가 나가자마자 다들 한마디씩 한다. 정직원이라 나쁜 것도 있네요. 그럼, 직원이라고 다 좋겠어. 우리 같은 팔자가 차라리 맘 편하지. 틈새에 자가용 커플도 한마디 거든다. 근데, 저것도 산재 처리되나? 진우의 궁금증을 끝으로 말이 끊긴다. 우리 모두에게 예민한 부분이다. 잠시 생각에 빠진 사이 장군이가 풀썩 나선다. 근데 정희 언닌 아플 만도 해. 일 욕심이 여간 많아? 장군이 말대로다. 그녀만큼 빠르게 식판을 부셔내는 사람을 나는 아직 보지 못했다. 나를 포함해서 진우, 승배, 장군이가 손 빠르다는 말을 듣고 있지만 식판 부셔내는 일로는 정희를 당할 사람이 없다. 일 뿐 아니라 정직원 중에서는 마음 씀씀이도 괜찮은 편이다. 다들 비슷한 생각을 하는 듯 조용하다. 정직원이 쉬게 되면 직원을 새로 뽑아야 하는 거 아냐? 혼잣말처럼 진우가 속삭인다. 찬물을 끼얹은 듯 표정들이 굳어진다. 그렇게 된다면 우리 중 한 사람이 행운을 잡게 될지도 모를 일이다. 분명한 것은 나나 엘지 언니에겐 해당이 없다는 거다. 이왕이면 한 살이라도 젊은 사람에게 기회가 돌아가는 것이 세상 이치다. 승산이 없는 기회는 차라리 없는 게 낫다. 만약 우리 중 누군가가 정직원으로 채용된 후에도 지금 같은 팀워크를 유지할 수 있을지 아무도 장담할 수 없다.

티타임이 끝나간다. 내가 시계를 들여다보고 일어나자 장군이와 바바리도 일어난다. 왜덜 벌써 인나, 아직 시간 남었잖아. 길게 누워 있던 승배가 속장갑과 토시를 챙기며 투정이다. 말은 그렇게 하면서도 몸은 제일 먼저 탈의실을 빠져나간다. 일을 보면 게걸스러워지는 품성 때문에 모두 이 일을 견디는지도 모른다. 비정규직 중 제일 오래된 내 입장에선 지금의 구성원들이 쓸만하다. 그동안 여러 명의 자모가 일을 해보겠다고 덤볐지만 고정 멤버가 되지는 못했다. 일도 일이거니와 텃세를 견디고 팀원이 되는 것이 생각만큼 쉬운 일이 아니기 때문이다.

소사 아저씨들이 바구니를 수거해서 밀차로 들여온다. 중앙에 고무함지를 늘어놓고 뜨거운 물에 세제를 푼다. 진우와 솔이가 분리를 맡아 수저와 컵, 국자, 주걱, 집게 등을 고무함지 안으로 던져 넣는다. 일사불란하게 자기 일에 빠진 일꾼들이 온 사방에서 쨍강쨍강 식기를 부딪치며 박자를 맞춘다. 이 소란 속에 있는 동안은 아무 걱정도 끼어들지 못한다. 연신 쌓이는 국통과 밥통에도 일꾼이 한 조씩 붙었다. 가장 일이 많은 식판조에는 직원 정희와 세 사람이 매달렸다. 한 사람은 건더기를 헹구어 작업대 위로 올려주고 두 사람은 식판을 닦는다. 직원 정희는 닦은 식판을 헹궈 살균소독기 안에 집어넣고 기계를 돌린다. 소독기를 통과한 식판을 직원 경주가 이중으로 어슷하게 겹쳐 수납장에 정리한다. 가장 바쁜 사람은 정희다. 승배와 내가 마주서서 닦는데, 세척기가 돌아가는 틈틈이 그녀도 식판을 닦는다. 아무리 바빠도 다섯 개의 홈 안에 일일이 수세미를 돌린 후 식판을 어슷하게 쌓는다. 그 모든 과정이 리듬을 타는 일이다. 온몸의 완급을 유연하게 조절하면서 왼편에서 한 켜 줄이고 빠른 손놀림으로 식판 위를 빙그르르 돌아 오른쪽으로 한 켜 쌓는 일. 비트가 강한 댄스 음악에 장단을 맞추듯 그렇게 리듬 속으로 스며들어야 진척이 된다. 한창 몰입할 때면 무심한 춤 동작에 빠진 것처럼 보인다.

일하는 동안에는 손목에 무리가 가는지 허리가 곪는지 모른다. 정희의 손이 물보라가 일도록 식판 위를 지나간다. 습관대로 가늘어빠진 손목을 한껏 무리하고 있다. 정희를 보고 있자니 내 손목이 시큰거린다. 저렇게 몰입하다보면 몸을 아낄 틈이 없다. 아프다고 당장 쉴 수도 없을뿐더러, 지금까지 지켜온 일자리가 아까워서라도 그녀는 쉬이 일을 놓지 못하리라.

바바리는 엉거주춤한 자세로 바닥에 앉아 컵을 닦고 있다. 보통은 수저와 집게까지 한 사람이 처리할 일을 붙들고 죽을 쑤고 있다. 아주 오랫동안 관찰했던 것처럼 그녀의 옆얼굴이 낯익다. 어디서 봤더라. 나는 슬쩍 여자를 살피면서 헹굼통에 뜨거운 물을 쏟아붓는다. 물살이 국자를 돌아 여자의 팔로 튀어 오른다. 괜찮아요? 다급하게 묻는다. 당황한 중에도 짜증이 치민다. 토시는 어쩌고 팔을 늘어뜨리고 앉았을까. 여자가 불쾌한 표정으로 팔을 문지르더니 거품 묻은 장갑을 낀 손으로 쥐어짠다. 찬물과 섞이면서 튄 바람에 화상은 면한 모양이다. 그런데도 언제까지고 팔을 주무르고 있을 폼이다. 나는 여자를 대신해 물속에서 집기들을 건져내어 분리한다. 반짝이는 금속성에서 눈을 돌리는 순간 여자의 얼굴이 확연하게 눈에 들어온다. 일일교사! 스승의 날 준호 담임과 함께 만났던 회장 엄마다. 얼굴로 피가 몰려드는 것 같다. 나도 모르게 일그러지는 입술을 꼭 다문다.

지난 오월이었다. 스승의 날을 맞아 사적인 어떤 선물도 받지 않는다는 학교장의 의례적인 공문이 왔지만, 노련한 자모들은 한 주일 전부터 선물을 챙기느라 기민하게 움직였다. 녹색어머니회나 아람단, 운영위원회 혹은 반대표 등의 직임을 맡아 평소 학교에 자주 드나들고 교사들과 관계를 잘 맺고 있는 자모들이었다. 방과 후 프로그램에 재능 기부를 하는 자모들도 있었다. 나도 올해는 어떻게든 아들놈 준호 담임에게 성의를 표하고 싶어서 조바심했다. 이왕이면 몸에 좋은 것을 주고 싶었다. 이것저것 생각해보았지만 마땅한 것이 떠오르질 않았다. 이름을 알 만한 건강보조식품들은 값만 비싸지 마음에 차질 않았다. 고심한 끝에 농사짓는 친정 오빠한테 토종꿀을 부탁했다. 식구들이나 먹인다고 오갑산 마름에 허드레로 토종벌을 치는데, 봄부터 가을까지 온갖 잡화 꿀이 채워진 뒤에 따는 거라서 내 딴엔 돈으로 따질 수 없는 귀한 거였다. 문제는 급식소 일꾼으로 일하면서 담임을 만나기가 어렵다는 거였다. 교직원들보다 먼저 학교에 도착해서 학생들 종례 후에나 일이 끝나므로 시간이 맞지 않는 까닭이었다. 방과 후에 잠깐의 시간이 있지만 땀내가 풀풀 나는 작업복 차림으론 담임을 보기 민망했다. 그렇다고 뭐 대단한 걸 준비한 것도 아닌데 식사비까지 들여가며 밖에서 만나기는 더욱 부담스러웠다. 이래저래 날짜를 놓쳐서 당일에 짬을 내었다. 스승의 날은 보통 오전 수업만 하므로 급식이 없었다. 나는 아이들이 끝날 시간에 학교에 도착해서 오학년 삼반 교실을 기웃거렸다. 담임과 같은 또래로 보이는 젊은 여자가 마주앉아 있었다. 둘은 연신 깔깔거리며 언제 끝날지 모르는 수다에 빠져 있었다. 복도에서 한참을 기다려도 잡담이 끝나지 않아 앞문을 두드렸다. 담임이 문을 열어주며 반갑게 인사를 건넸지만 나를 알아보진 못했다. 준호 엄마예요. 교실로 들어서며 두 사람에게 인사했다. 오늘 일일교사 하신 회장 엄마예요. 담임이 자모를 소개했다. 순간 회장 엄마가 그렇게 대단해 보일 수가 없었다. 담임보다도 그녀에게 더 기가 죽었다. 수고 많으시지요? 가까스로 건네는 내 인사에 그녀는 의례적으로 고개를 까딱여주었다. 예의상 웃는 얼굴 속에 경계하는 눈빛이 뚜렷했다. 내가 급식소에서 일하고 있다는 걸 기억해낸 담임이 친절하게도 그녀에게 나를 소개했다. 그녀의 얼굴에 의기양양한 냉소가 피어올랐다. 진즉 찾아뵈었어야 하는데, 바쁘게 살다 보니 사람 노릇도 못하고 사네요. 선생님 이거 토종꿀이에요. 변변찮은 건데, 목에 좋은 거라서 가져왔어요. 나는 불쑥 보자기를 내밀었다. 담임은 손사래를 쳤지만 받아서 교탁 밑으로 밀어넣었다. 교탁엔 안개꽃과 아스파라거스로 장식한 큼직한 카네이션 꽃바구니가 놓여 있었다. 담임은 준호가 내성적이라며 차분해서 공부는 잘 따라온다고 말했다. 다른 자모를 앞에 두고 있어서 그런지 담임의 말은 공허했다. 나도 어색하기는 마찬가지였다. 몹시 지루한 얼굴로 손톱을 들여다보고 있는 회장 엄마에게 신경이 쓰여 말 한마디 제대로 나누지 못한 채 일어섰다. 인사를 던지고 돌아서는데, 그녀가 담임에게 식사나 하러 가자고 했다. 함께 가자는 빈말조차 건너오지 않는 그 자리를 나는 도망치듯 빠져나왔다. 복도에 나오자 요의가 느껴지면서 짜증이 치밀었다. 회장 엄마의 냉랭한 태도도 그렇고 모처럼 기회를 잡았는데 준호 이야기를 제대로 나누지 못한 것이 여간 속상한 게 아니었다. 복도 끝에 있는 화장실에서 일을 보고 나오려는데 발소리가 들렸다. 스승의 날에 교실을 얼씬거리는 내 꼴을 누구에게도 보여주고 싶지 않아서 지나가길 기다렸다. 텅 빈 복도에 하이힐이 찍히는 소리가 엇박자로 울렸다.

과일이니 꿀이니 이렇게 짐 되는 걸 왜 하나 몰라. 그러게 말예요. 간단하고 좋은 것도 얼마든지 있는데. 회장 엄마와 담임의 목소리였다. 확성기에서 울려 나온 것처럼 두 사람의 말소리가 귓바퀴에 와서 얹혔다. 차츰 괜한 일을 벌여서 망신을 자초한 것이 비루하게 느껴졌다. 노상 치맛바람을 곁눈질하면서도 변변치 못하게 굴고 있는 자신이 한심해서 견딜 수가 없었다. 집까지 걸어오는 내내 무릎이 후들거렸다. 집게발이 달린 듯 담임과 회장 엄마의 목소리가 귓바퀴에서 떨어지지 않았다. 열소독이라도 해서 씻어버리고 싶었다. 그 뒤론 어쩌다 담임과 마주쳐도 겨우 묵례만 보낼 뿐 내 쪽에서 등을 돌렸다. 그날의 모욕적인 말이 잊히지 않았다.

손목이 욱신거린다. 여자의 옆얼굴에서 눈을 뗄 수가 없다. 마뜩잖은 얼굴 속에 설핏 녹아 있는 냉랭함에 뜨거운 물을 끼얹고 싶은 충동을 누른다. 이상한 일이다. 아무리 생각해도 일당을 몸으로 때우는 일 따위에 끼어들 여자는 아니다. 어쩌면 그녀는 조리실 환경과 위생 상태를 감시하러 왔는지도 모른다. 자기 존재감을 드러내기 위해 아무 일에나 참견하며 함부로 평가하는 사람들이 있기 마련이다. 어쩌면 오늘의 모든 조리 과정은 그녀의 입을 통해 담임과 교직원들에게 보고될지도 모른다. 위산이 역류할 때처럼 기분이 더럽다. 나는 뜨거운 물과 땀 사이에서 질척대는 장갑을 벗으면서 휘적휘적 화장실로 들어간다.

아무리 바빠도 볼일을 생략할 순 없는 거지이! 장군이 목소리다. 장군이 넌 화장실도 샘으로 댕기지? 변기에 앉은 채 대꾸하자 그녀가 쿡쿡 웃는다. 근데 오늘은 왜 이렇게 허리가 아린지 몰라. 특별난 것도 없는데 힘에 부치네. 내가 패드를 갈아내는 동안 먼저 나간 장군이가 툴툴댄다. 다들 밥줄 떨어질까 봐 난린데, 느려터진 손으로 해보겠다고 나서는 걸 말릴 수도 없고. 솔이의 목소리다. 화장실서 쑤군대다 눈총 맞겠다, 뭔 얘긴지 이따 말해줘 언니. 한마디 던져놓고 장군이가 튀어 나간다. 무슨 말예요? 나도 팅팅 분 손가락에 장갑을 끼면서 솔이에게 묻는다. 오늘 온 파출부요. 우리 학교 자모래요. 오학년 몇 반 회장 엄마라던데, 일손 필요할 때 다시 불러달라고 영양사랑 직원들한테 부탁하데요. 순간 나도 모르게 욕설이 튀어나오려는 걸 욱여넣는다. 어이가 없다. 작정하고 끼어들어 보시겠다! 꼭두각시처럼 앞치마를 조여 매고 뒤뚱거리던 여자의 모습이 떠올랐다. 그 꼴을 매일 봐주려면 인내심이 꽤나 필요할 것이다. 서둘러 화장실을 나오면서 락스물을 부어놓은 발판에 발을 들여놓는 순간 미끄하면서 발판이 밀린다. 허리가 삐끗한다. 등줄기에 진땀이 배 나오고 저절로 이빨이 맞물린다. 지독하게 재수 없는 날이다.

나는 불편한 허리를 장갑 낀 손으로 받치고 조리실을 둘러본다. 뒤에서 칼부림이 나도 모를 만큼 각자의 소음에 빠져 있다. 나는 허드레로 쓰는 들통을 찾아내어 뜨거운 물을 한 바가지 붓는다. 거기에 주방용 세제와 락스를 충분히 풀어 소독수를 만든다. 힐끗 바바리를 보니 배식 바구니를 붙들고 앉아 알뜰히 수세미질을 하는 중이다. 저 속도라면 오십 개의 바구니를 닦는데 일박 이일은 걸릴 것이다. 나는 손짓으로 그녀를 부른다. 나와 눈이 마주쳤음에도 불구하고 그 일에 미련이라도 있는 것처럼 그녀가 미적거린다. 재차 눈을 마주치고 그녀 쪽으로 들통을 내밀자 마지못해 일어선다. 이거요, 마무리 작업인데 하수구 뚜껑 걷어내고 배수로 끝까지 싹싹 닦아요. 나는 철수세미를 찾아주며 홈 안창까지 깨끗하게 닦으라고 덧붙인다. 시큰둥한 얼굴로 통을 받아든 그녀가 무작정 중앙 조리대 쪽으로 걸어간다. 나는 달려가 그녀의 손에 들린 들통을 낚아챈다. 그녀가 손잡이를 거칠게 놓는 바람에 락스물이 내 몸으로 출렁 튄다. 왼팔이 뜨

겁다. 나는 들통을 놓고 얼른 찬물을 어깨에 끼얹는다. 숫제 앞
뒤 없는 전차네, 여기서 배수구가 시작되는데 위쪽부터 닦아야
지 같은 일 두 번 할 일 있어요? 그녀가 위생모를 쓱 벗으며 험
한 눈길로 나를 건너다본다. 무서울 것 없다. 쏘듯이 마주보는
내 눈을 피해 그녀가 천장으로 눈길을 돌린다. 위생복 안에 입
은 남방셔츠의 어깨로 락스물이 배어들면서 냄새가 진동한다.
나는 들통을 들어다 배수 홈이 시작되는 사무실 칸막이 앞에 털
썩 내려놓는다. 돌아서서 그녀와 눈이 마주치자 이번에도 그녀
가 눈길을 돌린다. 들통을 향해 걸어가는 그녀의 얼굴이 잔뜩 굳
어 있다. 그녀가 하수구 뚜껑을 걷어내는 걸 확인하고 나서야 나
는 끝나가는 바닥 설거지에 합세한다. 고무함지를 부셔서 포개
놓고 돌아보니 바닥보다 한 뼘은 낮은 하수구 홈을 철수세미로
긁어내느라 그녀의 어깨가 출렁거린다. 몹시 엉거주춤해 보이
지만 일에 열중해서 내 시선을 의식하지 못한다. 위생모에 비누
거품이 튄 줄도 모르고 락스통을 끌어당기는 그녀에게서 눈을
뗄 수가 없다. 온몸의 힘이 팔로 쏠리는 저 일은 온몸에 후유증
을 남긴다. 적어도 사흘은 다리가 당기고 온몸이 욱신거려 옴짝
달싹 못할 것이다. 일당 값을 톡톡히 치르는 셈이다. 슬며시 짜
증이 누그러든다. 대체 일용직으로 뛰어들 어떤 사정이 생긴 걸
까? 토시를 끼지 않은 그녀의 팔이 보인다. 위생복을 덧입기는
했지만 어깨에 락스물이 튄 내 남방셔츠나 오늘 그녀가 입고 온
티셔츠는 표백제가 함유된 독한 세제에 탈색되어 허드레 작업복

이 될 것이다. 뭐든 지나치게 소독하면 색깔과 무늬까지 지워지게 마련이다. 그렇다면 감정이나 상처 따위를 표백하는 소독약은 없을까.

마무리를 끝낸 직원들은 탈의실로 들어가버리고, 나는 당번 자모를 도와 급식소 수로의 끝줄까지 씻어내고 남은 소독수를 하수구로 흘려보낸다. 알싸한 약품 냄새에 자모와 내가 동시에 재채기를 한다. 거푸 나오는 재채기에 맘속에서 근질거리던 것들이 쑥 빠져나간다.

전염

뜨거운 물줄기로 거울을 닦아낸다. 말개진 거울 속에 담긴 유빈의 몸은 흰 거품에 싸여 있어 그런대로 풍만해 보인다. 샤워기를 들어 등 쪽부터 거품을 씻어낸다. 아로마 향의 풍성한 거품이 녹아내리면서 마른 어깨선과 빈약한 가슴이 드러난다.

　샤워기에서 뿜어져 나오는 물줄기에 머리칼을 쓸어넘기면서 그녀는 낮에 치수를 잰 여자의 몸을 떠올린다. 용산 주공아파트에서였다. 까만 바비인형 같은 아기가 미국인 아빠와 똑 닮았다고 자랑스러워하는 여자의 몸은 단단했다. 아이를 낳은 흔적 같은 건 어디에도 없었다. 풍만한 힙선에도 불구하고 살결이 트지 않은 배와 가는 허리선 때문에 그녀의 몸은 물오른 갯버들처럼 유연해 보였다. 게다가 여자의 가슴은 거의 완벽했다. 꼭지를 중심으로 위아래 둘레를 재서 산출한 그녀의 가슴 사이즈는 75에 C컵이었다. 하루에도 몇 번씩 줄자를 둘러 여자들의 벗은 몸을 재왔지만, 부러울 정도의 아름다움을 느낀 건 처음이었다.

유빈은 서둘러 욕실에서 빠져나온다. 보디 타월로 대충 물기를 걷어내고 화장대 앞에 선 그녀는 잠깐 자신의 가슴을 들여다본다. 시선을 사로잡을 만한 매력이라곤 없다. 거울을 뒤로하고 한 바퀴 돌면서 다리를 내려다본다. 뒷모습의 완벽한 각선미가 그래도 위안이 된다. 빈약한 가슴은 기능성 브래지어로 충분히 채울 수 있다. 누구보다 먼저 맞춤 속옷의 덕을 톡톡히 보고 있는 것이다. 다단계 사업의 매력이 바로 여기에 있다. 물건을 써보고 효과를 경험하면 일에 대한 애정은 물론이고 자신감까지 생긴다. 자사 제품에 확신을 갖는 것이 최우선이기 때문이다. 그것은 교육 시간마다 업 라인 사업자들이 늘 강조하던 말이기도 했다.

라인! 라인을 생각하자 가슴이 벅차다. 오늘 승진한 세 명의 회원들에게 그동안 쏟은 공이 얼마인가. 어엿한 사업자가 된 그들도 이제 자기 라인을 거느리게 된 것이다. 꾸준히 교육에 참여하는 다운 라인 회원들도 무리 없이 점수를 채워가는 중이다. 탄탄한 구도로 네트워크를 만들어가는 라인이 자랑스럽다. 갑자기 쓸쓸한 생각이 든다. 이런 날은 스폰서와 자축이라도 하면서 맘껏 기뻐해야 할 밤이 아닌가 말이다. 형기, 그가 곁에 있었다면 이렇게 성과를 거둔 날을 그냥 보내진 않았으리라. 출장 중인 그의 빈자리가 새삼 허전하다.

가운을 걸치고 머리의 물기를 대충 걷어낸 그녀는 휴대폰의 메시지를 점검한다. 친구 수화에게서 문자 메시지가 들어와 있다. 그녀는 잠깐 고민한다. 전화를 해주기엔 이미 늦은 시간이다. 보나마나 넋두리를 받아줄 상대가 필요한 거겠지. 하지만 그렇게 치부해버리기엔 마음 한구석이 찜찜하다. 그렇다고 무턱대고 응수를 해주기도 불편한 관계다. 더구나 내일은 고등학교 동창회가 있는 날이다. 수화가 끼어들면 일이 복잡해질 게 뻔하다. 라인을 확장하는 데 절호의 기회가 될 이번 동창회를 망칠 수는 없다. 낚을 것이 풍성한 시장을 앞에 놓고 그녀는 긴장과 함께 약간의 불안을 느낀다. 형기의 부재가 주는 상실감과 긴장이 그녀의 기분을 가라앉게 한다. 새로운 시장으로 진입할 때마다 불안에 시달리는 그녀의 심리를 형기는 완벽주의 콤플렉스라고 진단했다. 맞는 말이다. 그녀에게 불확실성이란 모험과 도전을 불러일으키는 강렬한 유혹이면서 동시에 불길함이다. 불길함과 유혹의 상관관계에 대해 그녀는 이미 결론을 내린 바 있다. 인간에게 살아갈 이유를 제공해주는 건 생각보다 대단한 것이 아니다. 삶이란 그저 불길함과 유혹의 경계를 넘나드는 일에 다름 아니라는 걸 부모님을 보내면서 터득한 그녀다. 긴장을 하든 기대를 하든, 상황은 닥치게 마련이다. 다행히 그녀는 자신의 강점과 약점을 파악하고 있다. 지금 그녀에게 필요한 것은 오래된 관계를 포맷하는 일이다. 시장이 될 가능성과 규모를 고려하여 동창 및

지인들을 분류하는 일, 그것만이 소모전을 최소화할 수 있는 길이다. 그중 수화만은 예외의 인물이다. 포맷하거나 분류할 대상이 아니기 때문이다.

무거운 생각들을 밀어내고 유빈은 컴퓨터를 부팅시킨다. 하루를 마감하는 마지막 순서다. 다단계 사업을 시작하면서 홈페이지를 만들어 인터넷 서버업체에 주소를 접수해두었던 것이 점차 방문객이 많아졌다. 요즘 들어선 꽤 많은 글이 올라온다. 유빈은 우선 새로 등록된 글들을 훑어본다. 그중에 '혼다'라는 닉네임이 눈에 띈다. 형기다. 그가 유빈에게 할 말이 있을 때는 보안을 위해 메일로 하는 것이 보통이다. 그러나 가끔은 홈에 들어와 글을 남기기도 한다. 그럴 때는 모호한 상징어로 올리기때문에 많은 사람이 볼지라도 내용을 판독하지는 못한다. 형기도 그녀도 그것을 즐겼다. 그것은 모르핀에 중독되는 것과도 같았다. 둘만이 소통하는 언어가 늘어나고 있음을 확인할 때마다예기치 못한 고통에 가슴을 떨었다. 전에는 결코 알 수 없었던감정 속에서 그녀는 몰랐으면 좋았을 엑스터시에 휘둘리고 있음을 인정했다.

아이가 길 떠나는 날 / 주네브 / 난타

형기다운 방법이다. 함께 난타 공연을 보기 위해 숨바꼭질하듯 일행을 따돌리던 날이 생각난다. 이른 저녁 공개적인 장소라는 것이 신경 쓰여 공연 내내 조마조마했었다. 주네브는 커피전문점으로 바뀌기 전의 단골 카페 이름이다. 칸막이가 되어 있어 최근까지 이용하던 곳이다. 커피전문점으로 바뀌고 나서도 높은 파티션들을 곳곳에 놓아 구석 자리는 룸 분위기였다. 언젠가 형기가 네티즌들이 즐겨보는 '운명과 행운' 사이트에서 글을 퍼다 홈에 게시한 적이 있었다. 제목이 '아이가 길 떠나는 날'이었던가? 탄생일이 둘 다 목요일이라는 걸 확인하곤 목요일의 아이는 길을 떠난다는 탄생 운을 들먹이며 그녀가 댓글을 달았었다.

단 세 줄의 글이지만 목요일 커피숍에서 저녁 일곱시에 만나자는 메시지를 알아본다. 피곤한 하루가 형기의 석 줄 메시지로 색깔이 바뀐다. 그녀는 그가 이번 여행에서 뭔가 결단을 내릴 것을 알고 있다. L호텔에서 만난 날 그는 뭔가에 쫓기듯 두 번이나 비슷한 말을 중얼댔다.

—이대로는 안 돼.

—결정을 내려야 해.

그때마다 그녀는 그의 손등을 톡톡 쳐주는 것으로 대답을 대신했다. 어떤 형태로도 만족스러운 그림이 그려지지 않았기 때문이다.

수화의 남편 형기가 일본으로 출장 가기 전인 지난주 화요일 유빈은 그 두 사람을 만났다. 서로 다른 시간대였음은 물론이다. 그날 점심 모임에 나온 수화는 친구들에게 남편 형기가 출장 간다는 말을 흘렸다. 점심 후 픽업 장소로 향하는 유빈에게 약속

장소를 핑계로 수화가 따라붙었다. 유빈의 차에 오른 수화는 하루 거리 여행을 계획하고 있다고 털어놓았다. 볼링 클럽에서 만난 부동산 중개업자와의 연애가 빠른 진도를 보이고 있음을 알 수 있었다. 사진작가를 만나고 있다며 들떠 있던 두어 달 전의 모습과 조금도 변한 것이 없었다. 반복되는 감정의 놀이에 푹 젖어 있는 수화에게서 유빈은 문드러진 권태를 읽었다. 비슷한 권태에 빠져 있는 안방 마담 친구들을 헬스장이나 사우나로 몰고 다니던 수화가 볼링에 빠진 것은 불과 얼마 전이었다. 자고로 연애는 일회용 젓가락처럼 가벼워야 하는 거라고 강론하는 수화다웠다. 수화의 연애담을 들어주면서 유빈은 조금씩 관계에 대한 미안함을 갚아가고 있었다. 수화에게 사랑이란 잠시 몸에 걸고 다니는 컬렉션에 불과했다. 그날 밤 형기와 그녀가 L호텔을 나온 시간은 새벽 두시쯤이었다. 그날따라 무거운 발걸음을 돌려 집으로 향하는 그에게 유빈은 묻고 싶었다. 아내인 수화에게 그가 예의를 갖출 필요가 있는 건지, 수화가 아내로서 그에게 권리를 주장할 자격이 있는 건지, 부부라는 것이 그렇게 미련한 의무감을 매개로 존속 가능한 것인지. 그러나 그뿐이었다. 자신의 질문 속에 들어 있는 답을 그녀는 모르지 않았다.

단골 방문객들의 메시지를 대강 훑어본다. 턱이 빠진 듯한 채팅어의 나열일 뿐 내용이 없다. 편지함의 스팸 메일을 삭제한 후 휴지통을 비우고 홈으로 돌아온다. 홈에 올린 유빈의 사진은 십년 전 대학 마지막 학기에 입사 원서를 위해서 찍은 스냅사진이

다. 명절을 앞두고 고향으로 떠났던 그녀의 부모가 뺑소니 교통
사고의 피해자가 되어 약간의 국가지원 보상금으로 돌아온 해였
다. 앳된 얼굴 위로 그늘이 드리워진 그 사진을 마음에 들어 한
건 형기였다. 사진 속 그녀는 호박색 머플러를 두르고 있다. 사
고 당시 엄마가 두르고 있던 것이다. 그즈음 그녀는 경기도 광주
에 마련한 부모님의 공원묘지를 찾는 대신 엄마의 머플러를 늘
몸에 지니고 다녔다. 엄마가 그리워서가 아니라 그것이 혼자라
는 사실을 실감하게 하는 유일한 물건이었기 때문이다.

컴퓨터를 끄면서 유빈은 수화와의 통화를 뒤로 미루기로 작정
한다. 더 이상 독촉이 오지 않는 거로 봐서 사소한 수다 충동임
이 분명하다. 그런 일이라면 동창회를 끝낸 후에라도 늦지 않으
리라. 다행히 수화가 동창회에 나올 가능성은 희박하다. 그녀의
관심을 살 만한 일이 없기 때문이다. 수화를 생각하자 입안이 텁
텁해진다. 시원한 음료 생각이 간절하지만, 늦은 밤의 수분 섭취
는 몸매의 숙적이 될 게 뻔하다. 짜릿한 탄산음료의 유혹을 포근
한 단잠으로 대체하기 위해 그녀는 휴대폰의 알람 기능을 확인
하고 침대에 눕는다.

막 선잠이 드는데 휴대폰이 울린다. 폴더를 열면서 스탠드를
켠다. 이미 시간은 새벽 한시를 넘기고 있다.

―나 수화야. 지금 전화 받을 수 있어?

순식간에 정신이 든다. 일어나 침대 밑으로 발을 내리며 유빈
은 긴장한다. 우선 무슨 일인지 가늠해볼 시간이 필요하다. 그녀

가 변명을 시작하기도 전에 엄살이 날아든다.

—빈아, 나 지금 가슴 떨려서 죽을 거 같아.

형기에게 무슨 일이 생긴 걸까? 혹 무슨 눈치라도? 그럴 리 없다.

—차근차근 말해봐.

유빈의 가라앉은 목소리에 그녀가 잠시 숨을 고른다.

—전화론 말할 수 없어. 내가 지금 그리 갈게.

그러고는 전화가 끊긴다. 다혈질인 그녀가 후닥닥 현관을 나서는 게 눈에 선하다. 유빈은 당황해서 집 안을 둘러본다. 특별히 거슬리는 건 없지만 형기의 흔적이 남아 있어선 안 된다. 수화는 덜렁대는 성격이지만 한번 넘겨짚으면 사정없이 진도를 나가버리는 상상력을 가졌다. 그 때문에 사소한 일로 주변 사람들과 원수가 되는 경우가 종종 있었다.

주 단위로 홈스쿨 방문 수업을 하면서 염증을 키워가던 유빈에게 형기는 나름대로 위안을 주는 친구였다. 그들의 관계가 동창 이상으로 발전하게 된 건 형기가 다단계 사업의 동업자로 유빈을 끌어들이고 나서부터였다. 수화를 사이에 두고 지켜오던 객관적 거리가 따스한 토스트 사이에 끼인 치즈처럼 녹아버렸다. 두어 달 전부터 그는 새로운 일에 손을 대고 있었다. 그의 말에 의하면 같은 네트워크 마케팅이지만 단계며 절차가 단순해서 훨씬 승산이 있는 일이었다. 희소성과 함께 효능이 인정되어 원료 함량이 높을수록 고가로 인정받는 건강보조식품을 유통하는 일로 투자율이 높긴 하지만, 바로 그 점이 초기 사업자에게 결정적 기회가 되는 거라고 했다. 그가 해오던 기존 사업의 라인 관리는 유빈에게 맡겨졌다. 그가 중고 시장에서조차 한물간 그녀의 아반떼를 그랜저로 바꿔준 것도 그 때문이었다. 그의 새 사업에 그녀가 한 팀으로 등록했음은 물론이었다. 이미 꽤 많은 투자가 공동으로 이루어진 상태였다. 유일한 재산인 집을 담보로 현금을 대출한 유빈의 입장에서 그것은 인생을 건 도박이었지만 그녀는 자신의 판단을 믿어 의심치 않았다.

픽업장에서 가져온 제품들과 카탈로그를 챙겨서 치운다. 수화, 그녀는 아직 모른다. 유빈이 형기와 본격적으로 동업을 하고 있다는 걸. 수화를 포함한 모임 친구들에겐 우선 삼성동 본사의 학습지 연구원으로 자리를 옮겼다고 이야기해두었다. 다른 시장은 다 진출하면서 고등학교 동창회만은 건드리지 않은 것도 수화 때문이었다. 그녀가 눈치채는 날이면 형기와의 관계도 비밀에 부칠 수만은 없을 거였다. 다행한 일은 위험을 피해갈 변명의 여지가 생겼다는 것이다. 형기가 새 사업을 시작하는 바람에 엇갈려 이쪽에서 그와 만난 일은 없었다는. 하지만 그런 상황은 벌어지지 않을 것이다. 준비도 없이 적을 맞을 수는 없는 일이므로.

형기에게서 받은 콤팩트디스크며 책, 심지어는 스카프와 향수병까지도 수납 박스 속으로 자리를 옮긴다. 누군가를 의식하며 집을 치우는 건 오랜만이다. 유빈은 웬만한 이유로는 방문객을 허용하지 않는다. 얼마 전까지만 해도 형기조차 집 안에 들이는 걸 꺼렸다. 혼자만의 공간에 대한 애착이 그만큼 강했다. 수화의 바람기가 활화산처럼 분출되는 동안은 그녀의 급습을 걱정할 필요가 없다. 하지만 휴화산이 될 무렵이면 어김없이 한번은 거쳐 가야 하는 것이다.

수화가 집 안으로 들어선다. 이미 완벽하게 형기의 흔적을 걷어낸 뒤다. 가슴과 힙이 풍만해서 질투가 날 만큼 여성스러운 수화는 어깨와 등을 멋스럽게 드러낸 롱 블라우스에 칠부 스키니진 차림이다. 집 앞 슈퍼에 갈 때조차도 코디가 완벽해야만 집을 나서는 그녀답다. 야무진 얼굴 속에 흔들리는 눈빛을 유빈은 놓치지 않는다. 수화의 충혈된 눈이 그녀가 찾아온 이유를 항변하고 있다. 채 말을 건네기도 전에 수화가 무너진다. 신발도 벗지 못한 그녀의 발목이 불행하게 구겨져버린다.

—무슨 일이야, 집에 뭔 일 생긴 거야?

수화가 고개를 흔든다.

—그럼 승미 아빠한테?

거푸 머리를 흔들어대는 그녀를 보면서 유빈은 몰래 안도의 한숨을 쉰다. 센 불에서 후딱 지져낸 생선구이처럼 숯이 되어버린 사랑 타령인 것이 분명하다.

—오늘 밤 여기서 지내도 돼? 한잔해도 되겠어?

묻긴 했지만 유빈은 수화의 반응을 살피지 않고 주방으로 간다. 냉장고에서 마시다 둔 브랜디를 찾아낸다. 우선은 치미는 짜증을 감출 시간을 벌기 위해 천천히 잔과 쟁반을 챙긴다. 실연을

호소하는 수화에 대해 그녀의 역할은 이미 정해져 있다. 빤한 결론이지만, 남녀 간의 갈등이란 결국 당사자의 문제일 뿐이다.

유빈이 육포 따위의 마른안주를 차려 들고 주방을 나왔을 때 이미 수화는 소파로 자리를 옮긴 후다. 유빈은 말없이 양주잔에 얼음 몇 조각을 넣는다.

—마셔.

유빈에게서 술잔을 받아든 수화가 급하게 잔을 비운다. 유빈이 고개를 끄덕인다. 이야기를 시작하라는 재촉이다. 오랫동안 수화는 유빈의 조언을 들어왔다. 시끄러웠던 결혼 전 남자관계나 결혼 후 부부간의 불편한 문제들이 끊임없이 유빈을 필요로 했다. 동창끼리 결혼하는 걸 지켜보고 그들의 불화를 중재하다가 둘 사이의 애매한 공유물이 되는 건 특별할 것도 없는 인연일 뿐이다. 점차 유빈은 그녀가 지겨워졌다. 언제나 자신을 향해 감정을 쏟아내는 상대에겐 당도가 높거나 낮은 사탕밖에는 처방해줄 것이 없음을 그녀는 알고 있었다. 수화의 엄살이 짜증스러워졌을 무렵 그녀는 수화의 존재를 변주시켰다. 아주 유약하지만 치명적인 적으로. 한 쌍의 애완동물 같았던 수화 부부는 그녀에게 각기 다른 역할을 배당받은 셈이었다. 그렇게 해서 그녀는 관계의 긴장을 복원할 수 있었다. 역으로 수화에게 유빈은 언제나 가까이 있어주는 존재, 치부까지라도 보여줄 수 있는 유일한 존재였는지 모른다. 치부를 보이면 보일수록 더욱 의존하게 되고 한편으론 혐오하게 되는 관계, 극히 경계가 모호한 그

것이 자신의 경우처럼 배신을 전제한 신뢰감은 아닌지 유빈은
궁금했다.

—말해봐. 여행은 다녀온 거야?

수화가 고개를 끄덕인다. 이제 기다려야 할 때다. 고해 성사를
들어주기 위해 신부는 존재하는 거니까.

—나 왜 이렇게 한심한지 몰라. 지금 생각해보니까 여행은 그
작자 계획이었어. 깨끗하게 당한 거야. 근데 빈아, 더 기막힌 게
뭔지 아니? 그 작자가 글쎄, 나만 건드린 게 아니라는 거야. 다
른 여자들도 당한 거 있지. 첨엔 임야를 보여줬어. 그 일대가 개
발 계획이 잡혀 있어서 돈이 될 땅이라고. 계약금만 나눠서 투
자하면 계약이 성사되는 조건으로 담보대출을 받을 수 있으니까
잔금은 걱정할 게 없댔어. 작자가 나서면 즉시 넘길 거니까 길어
야 몇 달이라고. 다 믿은 게 실수지 뭐. 그 작자 말대로 다시 넘
길 때까지 몇 달 이자만 부담하면 이익금을 배당받는 줄 알았어.
홀려서 그랬는지 귀가 얇아서 그랬는지 그땐 그럴듯하게 들린
거 있지.

두번째 잔을 들이켜고 수화가 머리를 흔든다.

—근데, 나는 그렇다 치고 그 여자들은 어떻게 넘어갔을까?
그 작자 재주가 비상한 건가?

—그 작자 재주 운운할 때니 지금?

유빈이 수화의 입을 막는다. 그래도 그녀는 아랑곳없이 푸념
을 털어낸다.

─내게 하듯 그랬을까? 그냥 거래를 한 걸까? 그 자식보담도 내가 한심해 미치겠어.

기운이 빠져나가는 사람처럼 그녀의 말이 느려진다. 마치 그 것만이 가장 중요한 의문점이라는 듯.

─그래서 투자를 했다는 말이야? 얼마나 되는데?

─삼 분의 일. 지분에 욕심이 있었으면 더 했을는지도 몰라.

─얼마나 들어갔는데?

─이억.

수화가 건조하게 발음한다. 유빈은 입술이 말라오는 걸 느낀다.

─계약서는?

─못 받았어, 내가 낸 건 일부니까.

그러곤 변명처럼 덧붙인다.

─그만한 값어치는 될 건이었어. 결국 이렇게 됐지만.

유빈은 기가 막히다.

─형기 씨도 알고 있니?

유빈의 입에서 무심결에 형기의 이름이 튀어나오자 수화가 불에 덴 것처럼 움찔한다.

─미쳤니? 그인 아직 몰라. 이번에 알면 우린 진짜 끝장이야.

말은 그렇게 했지만 크게 걱정하는 표정이 아니다.

─이제 어떡할 거야?

그녀의 질문에 수화가 한숨을 쉰다.

─오빠한테 들키면 시끄러워질 거야. 지난번 카드빚 탕감해주

면서 그걸로 마지막이라고 더럽게 큰소리쳐댔거든. 만만치는 않지만 엄마한테 부탁해봐야지 뭐.

될 대로 되라는 식의 무성의한 반응이다. 그러나 그녀의 엄마는 알 만한 사람은 다 아는 독종이다. 젊은 날 십여 년을 남편과 별거하며 지냈던 그녀는 남편이 직장암으로 죽음이 임박해 있을 때 전략적으로 화해하고 법적 유산을 상속받았다. 남편이 죽은 뒤 미련 없이 분가해버린 그녀에게서 돈을 빼내는 일이 만만치는 않을 거였다. 보이는 것이 전부가 아닐 수도 있다. 어쩌면 수화는 부유한 친정엄마 덕분에 형기 모르게 일을 잘 해결할 수 있을지도 모른다. 혹시 수화가 보유하고 있는 그 비상 카드가 형기와 그녀를 부부이게 하는 건 아닐까? 선뜻 스친 생각이 빠져나가지 못하고 가슴속에 고여 든다.

—그런데 뭐가 문제야? 돈 문제는 솟아날 구멍이 있는 셈이고, 배신당한 것 때문에?

자신도 모르게 유빈의 목소리에 힘이 들어간다.

—아냐, 그런 거. 같이 당한 여자들 있잖아, 고소니 복수니 해봐야 결국 소문밖에 더 나겠어? 나 시끄러운 거 못 견디잖아.

수화가 피곤한 듯 소파 모서리로 쓰러진다. 만일 형기가 이 일을 알면 그는 어떤 선택을 할까? 지금까지 그들 부부생활에 잡음을 제공한 건 주로 수화였다. 그런데도 정리되지 않은 건 어쩌면 형기가 아직도 무의식중에 처가에 의존하고 있기 때문이 아닐까? 실제로 수화의 아버지가 살아 있을 때 형기는 장인의 지원을 받으며 체인점에 식품류를 대주는 유통업을 했었다. 처음 몇 년간은 체인점의 숫자가 아찔할 만큼 늘어나서 관리가 힘들 지경이었다. 경기가 침체기로 돌아서자 잡아놓은 물건들은 물류비만 잡아먹는 짐 덩어리가 되었다. 게다가 곧장 밀어닥치기 시작한 반품 재고들은 엄청난 적자를 내며 그를 시궁창으로 밀어넣었다. 그때부터 형기에 대한 수화의 존중은 사라져버렸다. 수화의 사치를 감당하기에 형기는 너무 소박한 남편이었던 것이다. 수화에게 소박함이란 무능함과 일맥상통하는 말이라는 걸 유빈은 안다. 그녀가 잡념에 빠진 사이 육포를 씹던 수화가 화장실로 들어간다.

—빈아, 너도 이거 쓰네? 이거 흔하지 않은 건데.

화장실에서 나온 수화는 완전히 생기를 되찾은 얼굴로 오데코롱을 들고 흔든다. 형기의 흔적이다. 화장실을 점검하지 않은 게 실수다.

—선물 받은 거야, 같이 노처녀였던 연구실 직원이 신혼여행 갔다 오면서 사 왔어, 자기만 행복해져서 미안하다고.

얼결에 둘러댔지만 만족스러운 변명이다.

—우리 형기 씨도 나갈 때마다 샤워코롱이니 오데코롱 사 오는데……

자랑인지 혹은 억지 수렴인지 수화가 묘한 뉘앙스로 말끝을 흐린다.

—같게.

그녀는 올 때처럼 눈도 맞추지 않고 현관문을 열고 사라진다. 동창회 이야기를 떠보려던 유빈은 기회를 잃고 만다. 쟁반을 개수대에 얹어두고 침대로 돌아왔지만 잠이 오지 않는다. 시간은 이미 두시다. 수화가 다녀갔다는 게 꿈을 꾼 것처럼 현실감이 없다. 갈무리하면 할수록 집요하게 따라붙는 잡념이 조각난 기억들 사이로 그녀를 휘몰아간다. 그녀는 그런 식으로 방임된 상태에 놓이는 것을 경계한다. 무역회사 일을 그만두고 실직 상태로 있는 잠시 동안의 우울한 기억 때문이다. 불면에 시달리던 그즈음 그녀는 자주 부모님이 있는 광주 공원묘지를 향해 밤길 드라이브를 나섰다. 중부 3터널 앞의 높은 교량을 지나갈 때마다 죽기에 더없이 좋은 장소라는 생각을 했었다. 그런 생각은 돌아오는 길에 자해 충동이 되어 그녀를 괴롭혔다. 그녀는 알고 있다. 열패감이 숨기고 있는 자기 파괴의 에너지를.

잠을 청하기 위해 할 수 없이 브랜디로 혓바닥을 적시고 돌아온다. 침을 삼킬 때마다 달콤한 브랜디 향이 안개처럼 몸속으로 스며든다. 수화가 벌인 일을 형기는 어떻게 받아들일까. 모르고 지나가기에 이번 일은 액수가 크다. 무리 없이 수습이 된대도 둘 사이의 관계가 지켜져야 할 이유는 더 이상 없는 것이다. 유빈은 한숨을 쉬고 돌아눕는다. 온몸의 관절들을 느슨하게 풀어놓는 알코올 기운을 느끼며 푹신한 베개에 얼굴을 묻는다. 형기가 출장에서 돌아올 즈음엔 관계의 질서가 훨씬 선명해지리라.

퇴근 시간에 강북으로 차를 가지고 가는 것이 미련한 짓인 줄 알면서도 유빈은 시간에 쫓겨 할 수 없이 운전대를 잡는다. 하필 인사동이람. 지난밤 수화의 방문으로 오전 활동이 늦어진 탓도 있지만 오후 스케줄에 차질이 생긴 건 픽업장에서 받은 김팀장의 전화 때문이다. 이미 라인을 거느린 실버 회원이라 미팅을 허용한 것이 시간을 잡아먹고 말았다. 세미나를 돕는 대신 약간의 시간을 벌어둔 것이 그나마 소득이었다. 그녀에게 신입회원들의 애프터를 일임한 것이다. 강북으로 진입해 인사동에서 가까운 G 주차장에 파킹을 하는 데 삼십 분이 소요된다. 이미 일곱시. 유빈은 짜증을 누르며 생각을 고쳐먹는다. 주빈이 등장하기에는 적절한 타이밍이라고.

문화의 거리 세번째 골목으로 들어서 약속 장소인 '가무'를 찾는데, 맞은편에서 간판을 두리번거리며 걸어오는 낯익은 얼굴과 눈이 마주친다. 형기의 단짝 명욱이다. 동창회 운영을 도맡아서 찬조를 해대는 사업가다. 꽤 오래전 아주 잠깐 수화의 관심을 샀지만 형기 때문에 유혹을 물리친 의리파이기도 하다. 수화가 동창회에 발길을 끊은 것이 명욱 때문이라는 심증은 이미 유효기간이 지났지만, 수화 같은 유한마담이 좋아하기엔 그가 너무 올곧은 스타일이라 어차피 인연이 되었다 해도 시작하자마자 끝장이 났을 것이다.

—이유빈, 웬 숙녀분인가 했네, 잘 지냈어?

그녀를 알아본 그가 반가움을 과장하며 손을 들어 보인다.

—오랜만이야, 근데 송명욱, 자신이 주빈이라고 착각하는 건

아니지?

그녀의 장난에 그가 너스레를 떤다.

—그러는 넌 주빈이라서 이 시간에 나타나는 거야?

그녀가 명욱의 눈을 똑바로 바라보며 정색을 한다.

—두말하면 잔소리지.

둘은 함께 낄낄대고는 간판을 힐끗거린다. 명욱이 슬며시 묻는다.

—참, 수화랑 연락돼? 형기 자식이랑 연락이 끊겼는데, 수화한테 확인하기가 뭣해서.

그가 직접 수화의 이름을 입에 담는 것은 의외다. 형기의 이름을 듣자 유빈은 자신도 모르게 놀란다. 하마터면 형기가 출장 중이라고 말할 뻔했다.

—언제부터 연락이 끊겼는데?

—그저께 점심에 만났는데 그날부터 연락이 안 돼.

그럴 리 없다. 그가 출장을 떠난 지 일주일이 되어간다. 약속대로라면 형기는 이틀 후에나 돌아와 그녀와 커피숍에서 만나게 될 거였다.

—어제 수화 만났거든. 근데 남편 얘기는 안 하던데.

당황한 표정을 지워내는 유빈의 말에 명욱의 눈빛이 긴장한다.

—수화가 무슨 얘기 안 하던?

—무슨 얘기?

유빈이 고개를 세우고 되묻자 명욱이 시선을 돌린다.

—아직 모르고 있나 보네.

말끝을 흐리는 그의 모습이 뭔가 개운치 않다.

—무슨 말이야, 수화가 뭘 몰라?

유빈이 다그치자 그제야 명욱이 얼룩을 가리듯 수습한다.

—아니, 형기 자식한테 뭔 일이 난 것 같은데, 수화가 모르고 있는 거 같아서.

궁금증으로 조갈이 난 유빈의 눈에 금융회사 간판 뒤로 '가무'라는 궁서체 간판이 들어온다. 명욱이 눈치채기 전에 유빈이 돌아선다.

—골목이 틀렸나 봐. 이럴 게 아니라 이왕 늦었는데 어디 들어가서 잠깐 이야기 좀 듣자.

유빈은 말을 꺼내놓곤 멈칫한다. 형기 소식에 대한 자신의 조바심을 들켜버린 건 아닌지 명욱의 눈치를 살핀다.

—별 얘기 아닌데…… 그럼 그럴까?

명욱이 주변을 둘러보곤 두 평 남짓한 꽃집에 출입구가 붙어 있는 카페로 들어간다. 급한 마음에 따라 들어가긴 했지만 안도 비좁기는 마찬가지라 빈자리가 없다. 유빈이 카운터 앞자리에 자리를 잡고 앉자 명욱이 따라 앉으면서 아메리카노를 시킨다.

—여기 오니까 옛날 생각난다.

그녀의 조바심은 아랑곳없이 카페의 조악한 실내를 둘러본 명욱이 추억 타령이다.

—그보다 형기한테 큰일났다는 거 무슨 말이야, 수화가 뭘

몰라?

명욱이 그녀의 얼굴을 들여다보며 웃음을 흘린다.

—지나간 일인데 뭐. 알아야 좋을 것도 없고.

유빈은 기분이 상한다. 명욱이 너스레를 떠는 게 완연하게 느껴졌기 때문이다.

—먼저 말 꺼내놓고 딴전은!

유빈이 민망함을 무마하며 눈을 흘긴다. 그러고는 변명 같은 빈말을 붙인다.

—수화한테 별일 없어야 할 텐데.

명욱이 담배를 꺼내 물고는 말을 받는다.

—그래, 아무리 답답한들 친구놈 얘길 어따 대고 떠들어보겠냐, 우리끼리나 통하는 거지.

명욱이 고개를 돌리고 첫 연기를 뿜어낸다. 그 순간이 지루할 만큼 길다.

—석 달 전에 형기 자식이 하도 졸라서 노후 대책 하는 셈 치고 투자를 했는데, 이 자식이 자꾸만 출자를 더 하라는 거야. 그래서 장기 출자는 못하고 단기 회전이라고 못박고는 회사 운영 자금에서 좀 돌려줬지. 근데 요즘 제조업이 워낙 불경기잖아. 가을 들어서니까 자금이 조이더라고. 이제 막 사업 시작해서 어려운 건 알지만 형기한테 일부라도 좋으니까 돌려달라고 했지. 그랬더니 자꾸만 약속을 번복하고 피하는 거야. 알아봤더니 그 자식 하는 사업이 뜬구름 잡는 거더라고. 독소를 배출해서 병도 고

치고 다이어트도 하는 건강보조식품을 취급한다던가. 말은 뭐 네트워크 마케팅이라는데, 그게 다 피라미드나 다단계 같은 거지 뭐. 나뿐만이 아니라 제과점 하는 기석이 알지? 걔 어머니 암 재발해서 치료비 대느라 정신없는데, 그깟 밀가루 주물러서 얼마나 번다고 걔까지 건드렸더라.

유빈은 머릿속이 멍해진다. 마른침을 삼키며 시선을 피해 커피를 후룩 마신다. 지독하게 쓰다.

—수화는 형기가 출장 간 거로 알고 있던데.

—출장은 무슨.

명욱이 담뱃불을 비벼 끄는데 휴대폰이 울린다.

—송명욱입니다. 어이, 근처에 와 있어. 골목은 맞게 찾았네. 금방 간다니까…… 그럴 게 아니라 이쪽으로 와라. 꽃집 옆에 있는 카페야.

—영배랑 기석이야. 와도 괜찮지?

다 결정해놓고 양해를 구한다.

—영등포에서 노래방 하다가 적자 내고 피자 체인점 차린 준영이 있지? 걔가 그저께 전화를 했어. 형기랑 만나기로 했는데, 오랜만에 동창들끼리 점심이나 먹자고. 그래서 형기 자식 만나려고 준영이네 피자집으로 갔지. 근데 이 자식 그날도 준영이한테 회원 가입 어쩌고 하면서 투자 이야길 하더라고. 내가 늦지 않고 갔기에 망정이지. 내가 준영이한테 끼어들지 말라고 했다. 아니나 다를까 그 자식 당황하는 꼴을 보니까 이미 다 망가진 것

같더라. 몇몇이 같이 만난 자리라 좀 이따 따로 만나 얘기 좀 하
자고 했더니 대답만 해놓고 줄행랑처서는……

—어이, 여기야.

말하다 말고 출구 쪽을 보며 명욱이 손을 뻔쩍 든다. 영배와
기석이다. 준영이도 있다.

—이게 누구야, 이유빈, 명욱이랑 따로 데이트하는 사인 줄 몰
랐는데.

눈썹이 진한 영배가 유들거리자 명욱이 팔꿈치로 툭 친다.

—수화네 소식 좀 동냥할 수 있을까 해서 특별히 좀 모셨다.
엽차라도 마셔라.

—엽차는 무슨, 여기 흑맥주 다섯 병만 주쇼. 뭐 대구포라도
같이 주면 좋고.

배가 나온 기석이 술로 밀어붙인다. 이미 다들 얼근해 보인다.

—다들 모였냐?

명욱이 턱짓을 하며 묻는다.

—이유빈 안 나타나면 아무도 안 온 거야. 이유빈이 만인의 연
인인 거 너 몰랐냐?

기석이 던진 말장난에 명욱이 면박을 놓는다.

—집어치워 인마, 동창끼리.

순간 유빈은 기분이 묘해진다. 가슴선을 강조하는 블라우스
안의 기능성 브래지어를 들킨 것처럼 낯이 뜨겁다.

—나오긴 좀 나왔더라만 어수선해.

하이네크라인 남방에 기지 바지를 차려입은 준영이다. 기석이 명욱과 눈을 맞춘다.

—우리 말고 당한 애들이 더 있을지 몰라. 알고 보니까 우리 사촌형도 당했더라고. 나 참 이노무 세상 망조가 들라는지. 동창생 하나가 그걸 시작해서 교육장에 몇 번 붙들려 다녔는데, 형네야 개나발 가진 게 없으니까 몇천 손해 보고 종쳤지만 형 친구네는 집안이 다 패가망신했더라고.

기석이 들고 있던 맥주잔을 비우고는 자작한다.

—그게 바로 전염병이지. 세상에 공짜가 어딨냐. 돈 벌기가 그렇게 쉬우면 거 모르는 게 등신이게. 이건 한 놈 벼락부자 시킬라고 열 놈은 망해먹고 수백 놈 억울한 거라니까.

준영이 느릿느릿 뱉어내자 영배가 받는다.

—그게 무슨 균이냐? 전염되게? 그나저나 수화까지 모르게 벌인 일이면 그 자식이 해결할 방법이 있겠냐? 듣자 하니까 수화네도 예전 같지 않은가 보던데.

전염병이라니! 유빈은 불안과 배신감이 뒤엉켜 갈증이 난다. 애써 침착해지려고 침을 삼키는 순간 귓속이 멍해지면서 가는 소음이 들리기 시작한다. 머리를 가로젓는 대신 동창들을 똑바로 바라본다.

—수환, 예전처럼 잘 지내고 있어. 무슨 말을 어디까지 믿어야 할지 모르겠다.

명욱이 유빈의 눈을 들여다보며 천천히 힘주어 말한다.

―내가 오늘 알아봤는데, 걔네 집도 지난주에 월세로 돌려놨더라고. 수화가 언제까지 모를 순 없을 거야. 걔 성격에 곧 뒤집어지겠지.

지난주라면, 그건 수화가 한 일이 아닐까? 아니다. 만약 그렇게 난처해진 게 사실이라면 그건 형기가 한 일일 수도 있다. 수화라면 집을 건드리면서까지 형기를 자극하지는 않았으리라. 평소 웬만한 수준 이상의 사치로 친구를 사귀는 그녀이고 보면 손쉽게 사채를 썼을 수도 있었을 테니까. 유빈은 눈앞이 아득해져온다. 채워주는 대로 맥주를 거푸 들이켠 후다.

―약속이 있어서 가봐야겠어. 잠깐 들러서 얼굴들이나 보려고 했는데, 먼저 일어날게.

어이없어하는 동창들을 남겨두고 유빈이 일어난다. 명욱이 따라 나온다.

―이유빈. 다른 일 있는 건 아니지? 형기한테 며칠 말미를 줘보고, 그러고 나서 연락해보자. 내가 전화할게.

명욱이 목소리를 낮추며 덧붙인다.

―오해는 마라. 형기한테 너랑 일하고 있다는 얘길 들어서 하는 말이니까.

명욱의 시선을 똑바로 맞받아치지 못한 채 고개만 끄덕여주고 골목을 빠져나온다. 그는 이미 다 알고 있었던 것이다. 아니 동창들 전체가 알고 있는 건지도 모른다. 갑자기 속이 메스꺼워지면서 모든 것이 저절로 이해가 된다. 처음부터 수화가 아니라 자신에게 묻고 싶었던 것이다.

휘청대는 발아래로 펼쳐진 골목이 깊고도 낯설다. 술기운에 현기증을 느끼면서도 정확히 유료주차장을 짚어간다. 주차장이 보이는 골목에 다다르자 그녀는 잠시 하수구 앞에 주저앉았다 일어난다. 그랜저 차종을 찾아 키를 돌리고 운전석에 앉자마자 다시 문을 연다. 자동으로 켜지는 실내등을 수동으로 밀어놓고는 그녀는 어둠 속으로 먹은 것을 토해낸다. 기분이 아주 더럽긴 하지만 부글거리던 쓴 물을 토하고 나니 속이 좀 편해진 것같다. 그대로 좌석을 눕힌 채 취기가 걷히길 기다리며 눈을 감는다. 그에게 무슨 일이 일어난 걸까? 그녀가 네트워크 사업을 시작한 건 엄밀히 말하면 형기보다는 수화 때문이었다. 수화를 통해 기능성 속옷을 구입하면서 가볍게 회원으로 등록한 것이 발단이었다. 형기가 하는 일을 못마땅해하며 끊임없이 빈정대던 수화는 그때만큼은 남편을 돕는 것처럼 보였다. 어쩌면 자신이 사용해본 속옷 중에서 가장 좋은 것을 친구에게 권한 것일 수도 있었다. 그것이 수화에게는 남편 좋고 친구 좋은 경우로 보였을까? 시동을 켜놓은 차 안이 에어컨 때문에 선득하다. 유빈은 천천히 기어를 넣는다.

도심 복판의 도로는 두어 시간 전이나 다름없이 통행량이 많다. 안국동 사거리를 빠져나와 세종문화회관 앞에서 신호 대기하는 동안 그녀는 몸을 부르르 떤다. 자신의 안팎에서 사정없이 울려대는 소음들 때문에 머릿속이 터질 것만 같다. 그녀가 가까스로 분리해낸 바깥의 소음은 휴대폰 소리다. 그녀는 전화를 받는 대신 뚫리기 시작한 대로를 향해 차를 몰기 시작한다. 이틀 후면, 그를 만난다. 반복해서 닿는 생각의 끝에 형기가 있다. 그것이 그녀를 움직여간다. 목적하지 않아도 저절로 향할 곳이 있다면 그곳이 바로 그가 있는 곳이리라.

유빈은 한참을 망설인다. 의도하지 않았지만 그녀가 와 있는 곳은 이미 수화네 아파트 단지 안이다. 차를 모는 동안 그녀의 기억과 의식은 부지런히 몇 달 동안의 일을 종합하여 절대적인 하나의 스토리를 만들어냈다. 그것의 실과 허를 아는 것은 경우의 수를 도출해내는 확률 게임과도 같은 것이다. 자신이 만들어낸 스토리 때문에 유빈은 안정을 찾았고 얼마쯤은 행복해져서 형기의 마음이 묻어 있는 승용차의 핸들을 두 손으로 쓰다듬었다. 그녀는 형기가 고의로 사기를 쳤다고는 결코 생각지 않았다. 또한 기석의 말대로 패가망신하는 사업에 그렇게 미련스럽게 투자할 바보는 더더욱 아니라고 생각했다. 그에게 얹힌 짐을 벗는 유일한 해결책은 도피뿐임을 이해했다. 그리고 지금은 그 도피의 동반자와 접선을 기다리는 중이다. 접선 암호는 '아이가 길 떠나는 날 / 주네브 / 난타'이다. 형기가 그녀와 소통하기 위해 선택한 암호, 그것의 특별함 때문에 그녀는 안도했다. 아니 뭉클하리만큼 행복했다. 그가 스폰서이면서 동시에 생의 유일한 동반자라는 건 의심할 여지가 없었다.

유빈은 천천히 번호를 누른다. 코맹맹이 소리로 전화를 받은 수화가 금방 내려가겠다며 전화를 끊는다. 유빈은 갑자기 운명의 칼자루를 쥔 듯한 기분이 된다. 조금 전 그녀가 명욱에게서 건네받은 칼이다. 그것이 그녀와 수화가 나눠 가질 수 있는 전부다. 운명은 그녀에게 칼자루 쪽이든 칼날 쪽이든 잡게 할 것이다. 재미있는 건 이것이 수화가 시작한 게임이라는 것이다. 어디서 시작됐든 관계는 한곳으로 흐르는 것이 아니기에 시작점과 상관없는 곳에 마침표를 찍는다. 유빈은 그 점이 마음에 들었다. 하여, 두서없이 폭로해버리고 싶은 자신을 타이른다. 그리고 결연하게 다짐한다. 단지 확인이 필요한 것뿐이라고.

스팀 마사지라도 한 듯 얼굴이 빨간 수화가 그녀의 차에 오른다.

—일은 잘 해결된 거야?

느닷없이 수화에게 어제 일을 묻는다. 수화가 샐쭉 웃는다.

—오빠가 해주기로 했어. 이번 일 빨리 해결 못하면 이혼당한다고 뻥쳤지 뭐. 애랑 나랑 평생 짐 될까 봐 그러는지 이제부턴 서로 알은체도 하지 말잔다. 그나마 엄마는 삶은 호박에 이빨도 안 들어가더라. 노인네한테 진짜 질려버렸어. 빈아 나 이제 다 시들해졌다. 정신 차리고 형기 씨랑 우리 승미 위해서 살 거다.

느닷없이 수화가 반성하는 시간이 되어버린다. 유빈은 안다. 수화의 허기가 주기적으로 성찰의 시간을 갖는다는 걸. 그런 절차를 거쳐 그녀의 모습이 다시 익숙한 레일로 올라선다는 걸. 유빈은 갑자기 깨닫는다. 수화에겐 더 이상 확인할 것이 없다.

―승미 아빠 오기 전에 해결했음 잘됐네. 이제 들어가.

갑작스러운 유빈의 작별 인사에 수화가 눈을 흘긴다.

―나 사기당한 거 그이도 알아. 오빠가 이야기했거든.

가슴이 꺼질 만큼 놀란 유빈이 반사적으로 묻는다.

―돌아왔어?

고개를 끄덕이며 수화가 먼 눈빛이 된다.

―예정보다 일찍 돌아와서는 한바탕 뒤집어엎고 한다는 소리
가 글쎄, 한국에서 사는 거 지긋지긋하니까 나가잔다. 진짜 느닷
없는 인간 아니니? 근데 농담이 아니더라고. 나도 일 저질러놓
고 말 안 들을 재간이 없어서 이번 기회에 나가려고 해. 여기가
지겹기도 하고.

유빈은 자신의 귀를 의심한다. 거짓말같이 딱 그쳤던 머릿속
소음이 다시 들리기 시작한다.

―너랑, 나간다고……

―놀랬니? 아직 결정 난 거 아니니까 나중에 전화할게, 가라.

유빈의 어깨를 툭 건드리고 수화가 내린다. 차문을 닫으려다
말고 묻는다.

―오늘은 엘리자베스 아덴이네?

유빈이 흠칫 놀란 눈으로 바라보자 수화가 묘한 미소를 흘린
다. 손을 흔들고 출구로 들어가버리는 수화의 뒷모습을 보다가
유빈은 목울대를 밀고 올라오는 구역질을 가까스로 삼킨다. 조
금 전 수화의 표정이 차창에 박혀 있다. 익숙한 표정이다. 무언

가를 알고 있으면서 짐짓 딴전을 부릴 때 떠오르는 그녀 특유의 표정인 것이다. 느물대면서도 상대를 꿰뚫어보는 듯한. 언젠가부터 수화는 그녀가 쓰는 향수, 특히 형기에서 받은 것의 이름을 정확히 맞혔다. 그럴 때 그녀의 표정이 어떤 질문 같은 걸 내포하고 있는 걸 어렴풋이 느꼈지만 불편할 만큼은 아니었다. 유빈은 그 질문의 해답을 그녀가 쥐고 있는 건 아닌지, 의문과 확신 사이에서 갈피를 잡을 수 없었다. 그녀는 몹시 혼란한 마음으로 단지를 빠져나온다. 오로지 빨리 벗어나고 싶은 생각뿐이다.

한참을 달리던 유빈은 자신의 집을 지나쳤음을 알아챈다. 자신의 무의식이 가고 싶어 하는 곳이 어디인지도. 이미 모든 걸 수용할 채비가 끝나 있었다. 그녀는 절망 속에서 담담하게 수긍했다. 부모가 떠나던 날처럼 준비 없는 상황이 자신을 찾아왔다는 걸. 아주 오래전 계획을 실행하듯 마음은 오히려 담담했다.

올림픽도로를 빠져나와 중부고속도로로 들어선다. 세 개의 중부 터널을 통과하는 동안 그녀를 추월한 차들은 으르렁거리는 짐승의 소리를 굴속에 남기고 사라진다. 중형차 한 대가 불화살 쏘듯 지나가자 운전대를 잡은 그녀의 손이 휘청 흔들린다. 가속기를 밟은 발에 저절로 힘이 주어진다. 조명이 환한 터널 끝은 블랙홀이다. 깜깜한 어둠을 향해 빛의 터널을 질주하다 보면 어느 순간 입을 여는 황홀한 블랙홀을 만나게 되리라. 이 운행의 영원한 목표 지점이 될 중부 3터널이 가까워져오고 있다. 직진 도로에서 높이 십오 미터의 교량이 나타날 때까지 계속해서 속도를 높인다. 시속 백팔십 킬로를 확인하는 그녀의 시야에 편도 이차선의 교량이 클로즈업된다. 가속기의 페달에서 발을 떼지 않으리라고 마지막으로 다짐하며 차선을 넘어 교량의 난간을 향해 천천히 핸들을 꺾는다. 윙윙거리던 대뇌의 소음이 뚝 그친다. 순간 전조등에 잘려나간 어둠의 틈새로 꽃잎처럼 나부끼며 떨어지는 호박색 머플러가 보인다. 그녀는 무의식중에 브레이크를 잡는다. 교량을 통과해 이차선 가드레일에 범퍼를 부딪치면서 차가 멈춘다. 마비 직전의 폐가 산소를 끌어들이자 가까스로 심장이 뛰기 시작한다.

도대체 무슨 생각을 했던 걸까? 핸들을 껴안고 전진의 자세를 취한 그녀는 눈을 뜬다. 질식할 듯한 긴장이 잦아들면서 안정이 찾아온다. 호박색 머플러! 그녀는 잠시 혼자라는 중대한 사실을 잊을 뻔한 자신을 꾸짖는다. 그렇다. 그녀는 다시 혼자다. 늘 그랬듯이 지금 그녀는 철저히 혼자인 것이다. 그녀는 비로소 자신이 승자라는 걸 이해한다. 가장 결정적인 것들은 이미 그녀에게 주어져 있었다. 그녀에겐 독버섯처럼 포자를 퍼뜨리는 탄탄한 라인과 멋진 승용차와 담보로 잡혀 있긴 하지만 이자만 지불하면 별 문제 없는 아파트가 있다.

라인! 라인을 생각하자 정신이 명료해진다. 그녀에게 전염병자라고 말하는 손가락들이 보인다. 추파를 던지는 동창들의 얼굴도 보인다. 하지만 상관없다. 라인이 있는 한. 라인을 키울 수만 있다면. 브레이크를 밟은 다리와 운전대를 잡은 팔에서 연소

되지 않은 기이한 힘이 뻗쳐 올라온다. 마치 그녀의 몸안에 무쇠 같은 힘이 갇혀 있어 이 순간 출구를 찾는 것 같다. 심호흡을 하고 핸들을 돌려 갓길을 벗어나면서 유빈은 턱이 으스러지도록 어금니를 문다. 네트워크를 거느린 사업자로서 완벽하게 성공한 자신의 모습이 그려진다. 서두를 필요는 없다. 이대로 가속기 페달을 밟고 방향 조정만 하면 되는 것이다. 그물의 벼릿줄은 이미 그녀의 손에 쥐어져 있는 것이다. 유빈의 얼굴에 떠오른 살기 띤 웃음이 입술 근육을 따라 눈가로 옮겨간다.

도마뱀이

숨 쉬는

방

바이브가 젖은 걸레를 들고 위층으로 올라간다. 그 애의 발밑에서 나무 계단이 찌걱댄다. 거실 소파에 앉아 있는 내 눈치를 살피느라 뒤꿈치를 들어보지만, 조심하면 할수록 낡은 계단은 요란한 소리를 낼 뿐이다. 나와 눈이 마주치자 바이브가 어깨를 움츠리며 소리 없이 웃는다. 눈만 마주치면 웃음을 주고받는 대화법에 언제쯤 익숙해질 수 있을까. 나는 어색해진 시선을 벽시계로 돌린다. 오전 열한시. 한국 시간으론 이미 열두시다.

오늘도 최사장에게선 연락이 없다. 송수화기를 집어 들고 마닐라 지역번호를 누르다 주춤한다. 스페인계 필리핀 여자와 결혼한 최사장은 처가 식구들과 함께 살고 있다. 필리핀의 여느 가족처럼 대가족인 셈이었다. 이미 오십 줄인 그보다 열댓 살이나 어린 그의 아내 자네트는 막내딸임에도 불구하고 부모님과 함께 지내고 있었다. 그 정도는 나도 이해한다. 그런데 자네트의 자매들과 그 가족들까지 그의 집에 바글바글 모여 사는 이유는 아무래도 한국인의 상식으로는 이해할 수 없다. 만약 최사장이 직접 전화를 받지 않는다면 큰 낭패다. 그의 가족들이 쏟아내는 타갈로그어를 나는 단 한마디도 알아들을 수 없다. 슬며시 송수화기를 내려놓고 돌아서는데, 블라인드 틈에서 무언가 움직인다. 늘씬한 몸에 기다란 꼬리를 가진 도마뱀이다.

놈은 창문 위 천장 모서리에 멈춰 있다. 속이 비칠 듯 투명한 꼬리가 연두색 몸통을 따라 날렵하게 휘어져 있다. 미동도 없이 형광등을 노려보는 놈의 시선 끝에서 가뭇한 날벌레 한 마리가 선회하고 있다. 빛을 포기하지 않는 한 저 날벌레는 죽음을 피할 수 없을 것이다. 파충류라면 질색인 나는 두 발을 소파 위로 끌어올린 채 놈을 주시한다. 방충망을 치고 살충제를 뿌려도 끊임없이 날벌레가 들어오는 것처럼 아무리 문단속을 해도 놈을 막을 수는 없는 모양이다. 처음처럼 혐오스럽진 않지만 놈을 보고 나면 아직도 한동안 온몸이 근질거린다.

드디어 놈이 움직인다. 놈의 꼬리가 경련을 일으키는 순간 형광등 불빛을 맴돌던 날벌레가 감쪽같이 사라진다. 놈의 입속으로 빨려 들어가는 날벌레의 공포가 그대로 목덜미에 와서 얹힌다. 놈에게서 눈을 떼지 못한 채 근질거리는 뒷목을 쓸어내린다.

급하게 수로 속으로 파고드는 하수 소리가 들린다. 이층 화장실이다. 나는 움찔 놀라 계단을 뛰어 올라간다. 바이브에게 방 청소를 맡기지 말라고 한 딸애의 당부가 떠오른 것이다. 한 달 전 잃어버린 반지를 화장품 바구니 안에서 찾아내고도 딸애는 여전히 바이브를 의심했다. 며칠 전엔 비누가 없어졌다고 소란을 피우더니, 오늘 아침엔 설탕 봉지가 비었다고 투덜거렸다.

딸애 방의 문틈으로 바이브의 등허리가 보인다. 책상 밑으로 걸레를 밀어넣는 그 애의 겨드랑이가 흠씬 젖었다. 카펫 좋아하는 나라에서 바닥 걸레질이라니, 하녀 애들이 한국식 방 청소를 힘들어하는 걸 모르는 바 아니다. 그렇다고 더운 날씨에 개운치 않은 카펫 위에서 살 수는 없는 노릇이다. 그 애가 딸애 방의 청소를 끝내고 건너오기 전에 재빨리 내 방을 점검한다. 여권과 얼마간의 비상금을 딸애가 보관하고 있기 때문에 내가 챙길 것은 사실 페소가 든 지갑과 금붙이 따위의 자잘한 것들뿐이다. 손을 대면 금방이라도 표가 날 물건들이지만 나는 시계며 액세서리를 외출복 주머니에 넣어둔다.

아래층에 내려오자 희미한 진동음이 울린다. 휴대폰 벨소리다. 딸애가 두고 나가지 않은 이상 집 안에 그런 물건이 있을 리 없다. 식탁 주위를 훑어보곤 방충망이 쳐져 있는 바이브의 방을 슬쩍 들여다본다. 옷걸이용 행어에 싱글 매트가 전부인 그 방은 부엌에 딸린 하녀 방이다. 바이브를 들인 지 석 달이 되어가지만, 한쪽 구석에 천으로 만들어진 가방이 놓여 있을 뿐, 사람이 사는 방 같지 않다. 돌아서려는 순간 다시 진동음이 울린다. 바

이브 방이 확실하다. 에코백 한쪽에 옅은 빛이 나타났다 사라진
다. 저 애가 휴대폰을 가지고 있었던가? 딸애는 휴대폰을 쓰는
하녀를 좋아하지 않는다. 그런 아이는 보나마나 남자 친구가 있
어서 하루 종일 문자나 치면서 나갈 궁리에 마음을 빼앗기기 때
문에 집안일은 뒷전이라는 것이다. 그러다 급료 받는 날 대책 없
이 일을 때려치울 수도 있다는 것이다. 일리가 있는 말이다. 그
런데 주급을 한푼도 쓰지 않고 일 년 이상 모아야 살 수 있는 저
비싼 물건을 저 애는 어떻게 손에 넣었을까? 딸애한테 휴대폰을
들키는 날엔 저 애는 끝장이다.

　주차장을 지나 골목으로 나선다. 뛰거나 걷기에 좋은 시간은
아니지만 그것마저 하지 않으면 혼자서는 집 밖으로 나갈 일이
없다. 메트로마닐라에서 멀지 않은 라스피냐스 시의 로즈 에버
뉴. 이 블록엔 다른 한국인 가정도 더러 있는 모양이다. 현관문
앞에 벗어놓은 신발들을 보면 알 수 있다. 김치를 먹는 것만큼이
나 좌식 생활을 고집하는 것이 한국인의 특성인 까닭이다. 그걸
알고 나서는 불안했던 마음이 좀 편해졌지만 그렇다고 인사를
하고 지내는 사람은 없다. 처음엔 외국인과 마주치는 게 두려워
서 집 밖으론 나올 엄두도 내지 못했다. 그나마 경계를 풀게 된
것은 최사장의 아내 쟈네트와 그 가족들 덕분이다. 남편인 최사
장과 달리 성격이 세심한 쟈네트는 이틀이 멀다 하고 나를 초대
했다. 그렇게 어울리면서 영어도 배우고 현지 생활에 적응하라
는 그 나름의 배려였다. 쟈네트의 자매들과 카드를 할 때면 성격

이 곰살맞은 쟈네트가 타갈로그어를 영어로, 영어를 다시 서툰 한국말로 통역해주었다.

그렇게 다정했던 쟈네트가 돌변하여 냉랭해질 거라고 짐작이나 했을까. 나도 모르게 한숨이 나온다. 코너를 돌자 잘 가꾸어진 인도인의 정원이 보인다. 어마어마하게 큰 잭프루트 열매가 정원 밖으로 떨어질 듯 매달려 있다. 익을수록 달콤하면서도 과육의 결을 따라 씹는 맛이 있는 저 과일을 볼 때마다 늙은 호박이 생각난다. 솜털이 부숭부숭한 호박 넝쿨에나 매달려 있어야 어울릴 것 같다. 처음 그것을 보았을 땐 인조 과일인 줄 알았다. 굵은 나무둥치에 그런 과일이 매달려 있는 게 너무도 엉뚱해 보였기 때문이다. 하긴 엉뚱한 일은 언제라도 일어날 수 있는 것인지도 모른다. 내가 필리핀에 와서 낯모르는 사람들 틈에 섞여 있는 것이나 쟈네트가 한국인인 최사장에게 결사적으로 매달리는 것도 엉뚱하긴 마찬가지다. 쟈네트와 잘 지냈던 지난 시간 역시 비현실적이다.

쟈네트의 불편한 탐색전은 느닷없이 시작되었다. 처음엔 그저 최사장이 우리 집에 드나드는 걸 경계하는 정도였다. 곧 쟈네트의 탐색은 피곤한 심문으로 발전했다. 언제나 이해할 만한 이유를 설명하라고 요구하는 그녀 덕분에 나는 사소한 것일수록 말로 설명하기가 구차하다는 걸 알게 되었다. 쟈네트의 질문은 명쾌했다. 왜 너의 딸 문제를 내 남편에게 물어보냐는 거였다. 한국인 남자와 여자가 아이들 교육이나 현지에 관한 그저 일상적

정보를 주고받기 위해 만나는 걸 그녀는 이해할 수 없었다. 최사장은 하루 한 번 정도 산책하는 길에 가볍게 들렀다가 한두 시간 이런저런 이야기를 나누곤 돌아갔다. 그 일이 쟈네트의 입장에선 결코 용납할 수 없는 일이었다. 최사장은 비즈니스 때문에 나를 만나는 거라 변명이라도 했지만, 그녀를 설득시킬 언어 실력을 갖추지 못한 내겐 변명의 여지가 없었다. 쟈네트의 눈치를 보느라 발길이 뜸해지기 전 최사장은 집에 올 때마다 한국 식료품점에 들러 라면을 사 오곤 했다. 오랜 타국 생활에 오죽할까 싶어 두말없이 라면을 끓여 김치를 내주곤 했다.

걸음을 일정한 상태로 유지하면서 모퉁이를 돈다. 두 바퀴를 돌았을 뿐인데 뒷목이 후끈거린다. 더 걷기엔 너무 더운 한낮이다. 딸애가 학교에서 돌아오는 대로 최사장 집엘 들러볼 궁리를 하며 집으로 발길을 돌린다. 언제까지 쟈네트의 눈치만 보면서 기다리고 있을 순 없는 일이다. 애초에 서류를 접수하면서 최사장은 비자가 나오려면 시간이 좀 걸릴 거라고 말했다. 나온다는 날짜를 두 주일이나 지나쳤지만 필리핀 행정을 고려해볼 때 그 정도는 늦는 것도 아니었다. 최사장이 수시로 이민국에 드나들면서 담당자를 닦달한 덕분에 그나마도 진전이 있었다. 몇 달 전 두 눈 멀쩡히 뜨고 차 값을 날릴 뻔했을 때도 최사장은 큰 도움을 주었다. 그때 일을 생각하면 아직도 가슴이 서늘하다.

중고차 매매를 겸해 식당을 하고 있는 윤사장을 알게 된 건 남편 때문이었다. 남편이 들어올 때마다 식사를 하러 가던 한식당

주인이었다. 몇 번 만나 안면을 익혔다고 쉽게 그를 믿어버린 것이 불찰이었다. 도요타에서 만든 소형 콜로라를 인수하던 날 나는 무엇이 잘못되었는지 알지 못했다. 집까지 차를 가져온 사람은 낯선 필리핀 사내였고 영어를 썼다. 사내의 말 중에 요행히 '사인'이란 단어를 알아들었다. 사내가 내미는 서류에 서명을 하자 그는 두꺼운 입술을 말아 올리며 웃어 보이곤 트라이시클을 잡아타고 떠났다. 그가 골목을 벗어난 후에야 번호판이 없는 것을 알아차렸다. 윤사장은 즉석에서 문제를 알아차리지 못한 내게 모든 책임을 돌렸다. 차를 판 사람과 연락이 두절되었으며 그런 일은 흔하다는 것이 윤사장의 대답이었다. 당황스럽고 한편 분해서 어찌할 바를 모르고 있는데, 달러만 있으면 못할 일이 없으니 번호판일랑 걱정하지 말라고 최사장이 위로했다. 그러곤 운전기사 알란을 데려와서 일단 차를 쓰게 해주었다. 차량등록 서류를 꾸며 새 번호판을 뽑아오는 동안 고속도로나 공항을 출입하면서 적잖은 벌금을 물어야 했지만 아쉬운 대로 차를 쓸 수 있었다. 그즈음, 딸애는 같은 일을 당한 사람이 멋모르고 경찰에 신고했다가 은행에 잡혀 있는 매물이라는 것이 밝혀져 차만 뺏겼다는 말을 듣고 왔다. 최사장이 있어 그래도 우린 다행이라고 딸애 앞에서 자위하는 것이 고작이었다. 어쨌든 그 사소한 실수로 미화 팔백 불이 번호판 값으로 더 들어갔다. 그나마도 최사장이나 되니까 가능한 일이었다. 영어라면 젬병인 남편이 아니라 최사장이 옆에 있다는 것이 그렇게 든든할 수가 없었다.

한낮의 더위 속에서 들어오니 집 안이 그늘 속처럼 시원하다. 대나무 소파에 누워 TV를 켠다. 아리랑 채널에선 클래식 연주회를 방영하고 있다. 다른 채널을 이리저리 돌려봐도 연속극이나 영화 같은 볼 만한 프로가 없다. 청소를 마친 바이브가 빨래를 안고 뒷마당으로 나간다. 저 애는 하수구로 비누 거품을 흘려보내면서 더운 오후 시간을 견딜 것이다. 처음 집에 들이던 날 부엌 한쪽에 딸린 식모 방에 짐 정리를 마치고 저 애는 뒷마당을 바라보며 소리 없이 울었다. 눈빛에 두려움을 담고 있는 아이였다. 며칠 겪어보니 손끝이 야무지고 바지런한 데다 눈치가 빨랐다. 딸애는 바이브가 영어 발음도 좋고 공부도 웬만큼 한 것 같다고 했다. 무엇보다도 한인 가정을 전전하던 경력 때문인지 어지간한 한국말 정도는 알아들었다. 몇 명의 하녀가 거쳐갔지만 처음으로 눈에 차는 아이였다. 한인 사회의 관례라면서 처음 하녀를 들이자고 한 것은 딸애였다. 말은 그렇게 했지만 하녀처럼 보이는 제 엄마가 못마땅했기 때문이란 걸 알고 있었다. 그 후 딸애는 한 달이 멀다 하고 일하는 아이를 갈아치웠다. 생선 몇 토막이 없어졌다거나, 청소를 더럽게 한다거나 외출이 잦다는 등의 이유에서였다. 딸애는 세상의 냉혹함을 바닥까지 알아버린 늙은이처럼 굴었다. 때때로 찬바람이 도는 딸애의 행동이 염려스럽기도 했지만, 그래서 마음이 놓이기도 했다. 입시를 치를 무렵 답답증이 치솟을 정도로 소심하고 말이 없던 아이는 전혀 다른 사람이 되어 있었다. 딸애의 어디에 그런 성깔이 숨어 있었을까 의아할 정도였다. 혼자서는 똑바로 말 한마디 통할 수 없는 나로서는 딸애가 하녀를 들이든 내쫓든 참견할 여지가 없다.

소리를 죽여놓은 TV 화면에 음식을 먹는 사람들 모습이 비친다. 김이 오르는 통통한 면을 양념에 비벼 포크로 말아 올린 여자가 음식을 입안에 넣으며 엄지손가락을 세워 보인다. 딸애가 좋아하는 스파게티다. 갑자기 국수 생각이 난다. 야채가 골고루 들어간 비빔국수의 상큼한 양념 맛이 혀끝에서 살아난다. 시원한 멸치국물에 고명을 얹은 잔치국수라면 더할 나위 없을 것 같다. 오랜만에 느껴보는 식욕이다. 이곳에 온 후로 고추장에 비비거나 변변찮은 야채를 넣은 멀건 된장찌개로 끼니를 때우면서도 뭘 먹고 싶다는 생각이 나지 않았다.

냉장고를 뒤진다. 야채라곤 감자 몇 알과 양파뿐이다. 비빔국수를 포기하고 냄비에 물을 얹는다. 시원한 국물을 낼 만한 것이 마땅찮다. 밍밍한 국물은 생각만 해도 비위가 상한다. 할 수 없이 포기김치 한 쪽을 꺼내 잘게 썰어 넣는다. 김치통을 집어넣으려다 다시 뚜껑을 열어본다. 담근 지 얼마 되지도 않았는데 겨우 두어 쪽이 남아 있을 뿐이다. 딸애가 라면을 좋아해서 김치가 헤프긴 하지만 최사장이 드나드는 것도 아닌데 이건 좀 너무하다. 내일이라도 당장 김치를 담가야 할 모양이다. 일 년 내내 바기오에서 생산되는 배추는 한국의 고랭지 배추처럼 갓이 얇고 달다. 양념값이 비싸기는 해도 아무 때고 김치를 담가 먹을 수 있어 그나마 다행이다.

막 끓기 시작하는 국물에 내장을 발라놓은 멸치 몇 마리를 넣는다. 국물 맛을 내기엔 그래도 멸치가 최고다. 멸치의 아가미가 부드럽게 풀리는 것을 바라보다가 냉동실에서 가락국수를 꺼내 냄비 속에 넣는다. 국수가 푹 퍼질 때까지 냄비의 뚜껑을 닫아둔다. 잠깐 동안 필리핀에 와 있다는 게 믿어지지 않는다. 김치를 넣고 끓인 국수는 남편이 좋아하는 별식이다. 모처럼 집에 있는 날이거나 늦은 밤 출출할 때면 어김없이 국수를 주문했다. 숱하게 끓여주긴 했지만 마주앉아 국수를 먹어본 기억은 없다. 내가 좋아하는 건 맑은장국에 말아 먹는 잔치국수다. 처음 이곳에 왔을 땐 최사장 부부와 점심을 먹을 일이 있을 때마다 잔치국수를 끓여냈다. 매운 것을 잘 먹지 못하는 쟈네트 때문이었다. 닭죽이나 잔치국수는 필리핀 사람들이 즐겨 먹는 르까우 수프와 비슷해서 쟈네트도 좋아했지만 가끔은 최사장과 단둘이 먹기도 했다. 그는 오랜 외국 생활이 입맛까지 바꾸진 못하는 모양이라며 김치와 함께 국물 한 방울 남기지 않고 맛나게 그릇을 비웠다. 최사장의 발걸음이 뜸해진 뒤부터는 그나마 잊고 살았다.

뚜껑을 열자 진한 국물 냄새와 함께 뽀얀 김이 올라온다. 거품을 걷어내고 소금 간을 맞춘다. 익은 김치의 칼칼한 맛에 침이 고인다. 반찬도 없이 혼자 식탁에 앉아 국수 대접을 비우던 남편이 떠오른다. 지난달 잠깐 들어왔을 때 풍치를 치료 중이라 입맛이 없다면서 꺼칠한 턱을 문지르던 모습이 겹쳐진다. 뚜껑이 덜그럭거린다 싶더니 순식간에 국물이 넘어 가스 불이 꺼진다. 냄비를 들어내고 불판 주위를 훔치다가 행주를 던져버린다. 이런 건 바이브가 할 일인 것이다. 젓가락으로 국수를 젓는다. 구수한 냄새가 그럴듯하다. 냄비째 식탁에 옮겨놓고 국수를 한 젓가락 집어 먹는다. 헛바닥을 들어올리는 순간 너무 뜨거워 얼결에 삼켜버린다. 불덩이 하나가 식도를 따라 내려가는 것 같다. 가슴 전체가 파열된 것처럼 화끈거린다. 냉장고에서 생수병을 꺼내 들이켠다. 어이없게도 눈물이 쑥 빠진다. 젓가락을 개수통에 던져 넣고 남편 휴대폰으로 전화를 건다. 남편은 건조한 목소리로 나중에 연락하마 하고 전화를 끊어버린다. 늘 이런 식이다. 알 수 없는 분노가 끓어오른다. 평생 따스함이라곤 없는 사람, 어떤 상황이든 감정을 내비치지 않는 그가 이럴 땐 지나치게 폭력적으로 느껴진다. 바깥일이든 집안일이든 내 의견 따위는 필요치 않은 사람, 그것이 무관심 때문인지 혹은 묵살해야 할 만큼 내가 모자라기 때문인지 고민하지 않기로 한 다짐을 되씹는다. 물통을 챙겨 들고 다시 식탁에 앉았지만 이미 입맛은 달아난 후다.

빨래를 널고 들어오는 바이브에게 식탁을 가리킨다. 한국 음식도 곧잘 먹는 그 애가 윗입술을 열며 웃는다. 접시를 가져다가 국수를 덜어내는 그 애를 따라 나도 국수를 떠서 식탁에 앉는다.

"마사랍."

바이브가 눈웃음을 보내며 작게 중얼거린다. 맛있다는 말이라는 건 알겠다. 영어는 물론이고 타갈로그어도 잘하는 최사장에게서 귀동냥한 말이다. 트라이시클을 타거나 물건 살 때 필요한 말이라며 그는 몇 가지를 더 가르쳐주었다. 하지만 내가 기억하는 건 온세(하나), 도세(둘) 따위의 숫자 몇 개와 가난(오른쪽), 갈리(왼쪽)와 같은 방향을 가리키는 말뿐이다. 이제는 딸애가 이 나라 말을 웬만큼 한다. 교과목 중에 타갈로그어가 들어 있기도 하지만 이곳 친구들과 억척스레 어울린 결과다. 한숨을 쉬며 국수를 집어 올린다. 불어서 젓가락만 닿아도 국숫발이 뚝뚝 끊긴다. 수저통에서 숟가락을 꺼내 바이브에게 건네주고는 숟가락에 국수를 얹어서 보여준다. 나를 따라 하며 살포시 윗입술을 열어 보이는 바이브에게 마주 웃어준다. 종일 집 안에 둘이 있다 보면 딸아이보다 바이브가 더 살가울 때가 있다. 요즘 들어 딸애는 바이브와 비슷한 또래라는 게 믿기지 않을 만큼 그악스러워졌다. 가끔은 그런 딸애가 몹시 낯설게 느껴진다.

　필리핀으로 건너온 지 근 일 년, 내가 도마뱀 따위와 싸우면서 아리랑 TV에 익숙해지는 동안 딸애는 무섭게 이민 사회에 적응해갔다. 최사장이 소개한 국립학교의 서머스쿨에 참여하면서 그 애는 한인 교회에 나가 사람들을 만났다. 그 애의 모든 정보통은 교회에 있었다. 얼마 지나지 않아 그 애는 튜터를 소개받아 시간표대로 영어를 배웠다. 하지만 UP나 아테노 등 알아줄 만한 명문대에서 공부할 기회는 주어지지 않았다. 명문고의 전철을 착실히 밟아야 갈 수 있는 곳이기 때문이다. 딸애는 그런 자신의 상황을 재빨리 받아들였다. 마닐라를 중심으로 통학이 가능한 대학마다 원서를 쓰더니 사우스빌 국제대학에 들어갔다. 이학년

이상을 다니면 유학이 인정되어 한국 대학으로 편입할 수 있는 곳이었다. 그만한 정보를 가지고 유학을 주선한 최사장에게 감사하고 또 감사할 일이었다. 딸애가 튜터를 만나는 동안 나는 모기와 바퀴벌레가 우글거리는 정원을 청소했다. 그러곤 망고나무 아래 한국에서 가져온 오이나 호박, 상추 등 채소의 씨앗을 심었다. 배배 꼬인 열대 야채류를 사 먹느니 직접 키워보고 싶은 생각도 있었지만, 벙어리나 다름없는 내가 할 수 있는 것이라곤 울타리 안의 허드렛일로 시간을 소모하는 일뿐이었다. 집 안에 드나드는 시간제 어학 선생들은 모두 나를 하녀로 알았다. 딸애가 엄마라고 나를 소개하면 깜짝 놀라기 일쑤였다.

설거지를 끝내고 방에 들어간 바이브가 아무 기척이 없다. 소파 위에 길게 누워 팔걸이에 다리를 걸친다. 대나무 소파는 시원하긴 하지만 그리 안락하지 않다. 드르르, 손끝에서 미싱 땀이 박혀나간다. 십여 년 전 남편이 하던 의자 부품 공장이 부도를 맞았을 때 재봉사 일을 시작했다. 집에서 가까운 수영복 공장의 시다 일이었다. 그때만 해도 딸애가 어려서 선택의 여지가 없는 상황이었다. 결혼 전 우체국에서 일했던 내게 공장 일은 낯설었다. 턱없이 어린 미싱사들에게 거친 소릴 들어가며 일을 익히는 동안은 몹시도 고됐다. 남편 공장은 변변찮은 규모에 불황까지 겹쳐 어렵게 돌린 자금을 쑤셔박기 일쑤였다. 아무 희망도 없는 공장을 붙들고 미련 떠는 남편 때문에 내가 타고 앉은 재봉틀은 생계 수단이 되었다. 기술이 늘면서부터는 쏠쏠한 재미도 있

었다. 기능성 수영복의 특수 원단을 다루는 건 까다로운 기술을
요하는 일이었지만 그래서 높은 수당을 받았다. 변두리일망정
서울에서 버티면서 남들처럼 딸애를 학원에 보낼 수 있었던 것
도 다 재봉사 기술 덕분이었다. 오십견을 앓고, 호흡기 알레르기
를 달고 살면서도 억척스레 버텨낸 덕분에 계를 부어 목돈을 만
질 수도 있었다. 내가 남모르게 자부심을 갖는 것도 그렇게 모은
비자금 때문이었다. 물론 남편이 모르는 돈이었다. 알았다면 공
장 운영비로 벌써 날아가고 없었을 거였다. 미련하게 생겨서 일
복만을 타고난 줄 알았던 손이 호사를 맞았음에도 자꾸만 그때
가 그립다. 재봉틀을 만질 때의 편안함을 잊을 수 없다. 당년 여
름을 겨냥한 새 디자인의 수영복을 한 계절 앞서 신소재 원단으
로 뽑아낼 때의 통쾌한 손맛, 그 뿌듯한 느낌이 아직도 생생하
다. 손톱 끝을 더듬어본다. 검지 끝에서 운 좋게 거스러미가 걸
린다. 손톱을 찢어내고 이빨로 잘근잘근 씹다가 마늘을 생각해
낸다. 발소리를 내며 달려가 창고를 뒤진다. 양파 자루에 든 통
마늘을 찾아들자 뿌듯하기까지 하다. 창고 문을 닫는 소리에 바
이브가 냉큼 달려 나온다. 가는 팔로 마늘 자루를 받는 바이브에
게 손사래를 쳐보지만 막무가내다. 손을 귀에 대며 한잠 자라고
몇 번을 말해도 알아듣지 못한다. 바이브는 금방 두 손을 마주
잡고 비는 시늉을 한다.

"쏘리 맘, 쏘리 맘."

난감한 일이다. 어쩔 줄 몰라 하는 바이브에게 할 말이 생각나

지 않아 심부름을 시킨다.

"코리안 슈퍼마켓에 가서 라이스 사가지고 와, 라이스."

주머니에서 천 페소짜리 지폐를 꺼내주자 바이브의 얼굴이 금방 환해진다.

"워터멜론도 하나 사."

"예스 맘, 온리 완?"

말뜻을 알아들은 바이브가 눈웃음으로 검지를 세운다. 차도 없이 한국 슈퍼에 다녀오려면 시간이 걸릴 것이다.

바이브가 나간 뒤 한글판 마닐라 소식지를 꺼내서 펼친다. 활자 위에 통마늘을 쏟아놓고 잰 손놀림으로 마늘을 까기 시작한다. 쪼개낸 마늘의 디딜 싹을 잘라내는데 엄지 안쪽이 쓰리다. 손에 익지 않은 칼날이 상처를 낸 모양이다. 독한 마늘의 수액이 묻어나면서 살갗이 아려온다. 그러나 싫지 않다. 속껍질까지 벗기면서 열중해 있는데 전화벨 소리가 끼어든다. 차 쓸 일이 있으면 집으로 들어오겠다는 딸애의 전화다.

"최사장 집에 가려고 기다리고 있는데."

최사장을 좋아하지 않는 딸애 눈치를 보며 슬쩍 묻는다.

"연락도 없는걸, 뭐."

딸애가 핀잔을 놓는다.

"아쉬운 쪽에서 찾아다녀야 한 번이라도 더 신경을 쓰지. 그게 이 나라 식이라며?"

"몰라, 혼자서 가든 말든 맘대로 해."

딸애가 퉁명스럽게 전화를 끊는다. 말은 그렇게 해도 문제를 피해 갈 아이가 아니라는 걸 안다. 서울에 머물러 있었다면 딸애는 결코 무언가를 결정하거나 선택할 기회를 만나지 못했을 것이다. 필리핀이라는 히든카드가 없었다면……

두 해 전, 딸애는 입시에 실패했다는 이유만으로 삶을 유기했다. 그런 딸애를 부채질한 건 남편이었다.

"못난 것들은 집구석에 있어."

명절이 되어 큰집에 가면서 남편이 뱉어낸 말이었다. 그 순간 딸애의 눈빛에 떠오른 표정을 아직도 잊을 수 없다. 입시생을 둔 집에는 안부 인사도 묻지 않는 것이 예의라는 말이 있지만, 내 입장에서도 한번 뜨악해진 친인척과 친구들과의 관계를 풀 방법이 없었다. 남편은 불행을 제공한 딸애를 맹렬히 원망했다. 일체의 시선을 방문으로 차단시켜버리고 틀어박힌 딸애 역시 마찬가지였다. 그 애 입장에선 모두가 한패로 보였을 거였다. 딸애의 서랍에서 흰 알약병을 발견하고 나서야 나는 정신을 차렸다. 그 무렵 남편이 사업차 알고 지내던 최사장이 귀국한 건 결코 우연이 아니었다. 딸애 소식을 들은 그가 필리핀 유학을 권했다. 처음엔 그렇게 해보는 것도 대안이 될 수 있겠다 싶은 정도였다. 하지만 나는 곧 그 가능성에 열렬히 매달리게 되었다. 모든 지겨운 것들로부터 벗어나기에 그보다 좋은 방법은 없겠다는 생각이 들었던 것이다. 결정을 해놓고 보니 궁하면 통한다는 말이 저절로 나왔다. 재수생에게 주어지는 '벌금 천만 원에 집행유예

일 년!'이라는 불명예 선고를 전화위복으로 만들 기회가 온 거였다. 계획은 빠르게 진행되었다. 어차피 한 집 건너 한 명씩 유학을 떠나는 마당에 비행기로 네 시간 거리면 서울서 부산 거리밖에 더 되느냐고 친인척들에게 변명하면서 나는 이상한 기대감으로 들떴다. 그러면서도 열대 지방을 경험하지 못했기에 막상 준비를 하려니 막막했다. 그래서 그 준비라는 것이 뭘 사거나 챙기는 것이 아니라 주로 포기하는 쪽이었다. 단단히 얽혀 있다고 믿었던 삶의 덩굴손은 서운할 만큼 쉽게 나를 놓아주었다.

딸애가 들이닥쳐 닦달하기 전에 하던 일을 정리한다. 알 마늘을 대접에 담는데 '장기비자 최소비용……'이라는 활자가 눈에 들어온다. 마늘 껍질을 밀어내며 살핀다. 밑부분이 찢겨나가고 없다. 어차피 광고인 다음에야 믿을 게 뭐란 말인가. 숫자를 명시해서 보여주지 않는 비교급은 아무 쓸모가 없다. 껍질과 함께 신문을 말아 치우면서 쓴 입맛을 다신다. 뭔가 중요한 정보를 놓친 것만 같아 허전하다. 이미 벌여놓은 일이지만 남들처럼 장기비자를 만들어서 해마다 연장하는 것이 속 편했을 거라는 생각이 든다. 은퇴 비자만 있으면 이 나라에 사는 동안 자국민 이상으로 우대받을 수 있고 딸애가 졸업장을 받는 데도 훨씬 유리하다는 최사장의 말은 설득력이 있었다. 관절 질환을 가진 부유한 노년들이 이주하여 노후를 보내기에 필리핀은 기후나 물가 등 여러 가지 면에서 조건이 좋은 곳이었다. 그러기에 외국 자본을 유치하기 위해 필리핀 정부에서도 이런 제도를 운용하는 거라고 했다. 예치 비용은 한화로 칠천만 원 이상이고, 언제라도 비자를 반납하면 원금을 돌려받을 수 있다는 게 그의 설명이었다. 한 달에 한 번씩 이민국을 찾아다니며 비자를 연장하는 것도 신물이 난 터였다. 접수를 받고 승인을 내주는 데 이틀을 고스란히 잡아먹는 이민국 직원들의 행정이 갈수록 딸애의 성질을 부채질하고 있었다. 결국 남편 모르게 가지고 굴리던 비자금 칠천만 원을 몽땅 밀어넣었다. 이미 건너간 돈의 액수를 생각할 때마다 혀끝이 말려든다. 입안에 고여든 쓴 침을 삼키고는 신문 뭉치를 쓰레기통에 처박는다.

스킨로션에 선크림을 두드리는 거로 대충 화장을 마무리한다. 여름옷 일색인 몇 개의 외출복 중에 투피스를 찾아 입고 아래층으로 내려온다. 어찌된 일인지 바이브가 늦는다. 바람 한 점 없는 창밖을 둘러보고 리모컨을 찾아든다. 아리랑 채널에선 뉴스를 내보내고 있다. 한국인 남녀 앵커가 진행하는데, 영어로 진행하는 것도 모자라 중국어와 일본어가 자막으로 지나간다. 진원지를 알 수 없는 근지러움이 서서히 번지기 시작한다. 이리저리채널을 돌려본다. 만화와 함께 광고만 줄곧 내보내는 카툰 네트워크의 광고 음악이 지나간다. 무심코 발등을 후려친다. 염병할 놈의 모기다. 벌건 피가 손바닥에 묻어나길 기대했지만 손자국만 발등에 찍혔을 뿐이다. 용케 집 안의 어두운 그늘에 몸을 감추고 있다가 밤사이 집요한 공격을 가하는 열대 모기가 활동을 시작한 모양이다. 무의식적으로 집 안을 둘러본다. 아니나 다를

까, 도마뱀 한 마리가 천장에 붙어 있다. 놈은 언제나 사냥감과 동시에 눈에 띈다. 콘센트에 꽂힌 채 증발되어가는 액체 모기향을 확인한다. 분무용 살충제나 전기 모기향 따위로 해충들과 싸우는 건 미련한 짓임이 분명하다. 골목의 가로수나 정원수들은 주로 야자수나 바나나 혹은 망고나무, 이름 모를 아로마 따위의 달달한 과육을 맺는 것들이다. 진딧물이나 벌레들이 꼬이기엔 최적의 환경이다. 꿀을 풍부하게 섭취한 곤충을 매개로 먹이사슬이 형성되는 것이다. 언젠가 최사장이 말했다. 이곳의 먹이사슬에서 몸을 피하는 방법은 산지 과일의 수액을 체내에 채워 넣는 것뿐이라고. 열대 과일을 주식으로 삼는 원주민은 물것을 타지 않는다는 것이다.

'앓느니 죽지.'

도대체 적응이 안 되는 열대 과일들이 떠올라 나도 모르게 중얼거린다. 입가에 알레르기를 일으키는 망고와 뭉클한 고린내로 비위를 뒤집는 두리안 따위를 먹느니 차라리 모기와 싸우는 게 낫다.

천장에 길을 내듯 천천히 발을 내딛던 도마뱀이 형광등을 지나쳐 현관문 쪽으로 다가선다. 엄지손톱만 한 나방이 유럽풍 현관문의 스테인드글라스에 거푸 몸을 부딪치고 있다. 모자이크 무늬의 유리 조각으로 갈라져 들어오는 빛이 나방의 날개에 혼혼하게 녹아들면서 한 빛깔이 된다. 놈들의 사냥을 여러 번 지켜보았지만 마지막 순간을 제대로 본 적은 없다. 놈의 머리가 재빨리 움직이는 순간에 끝나버리는 사냥의 과정은 시야에 잡히지 않기 때문이다. 그럼에도 불구하고 긴 혓바닥이 나와 날곤충을 접수하는 장면은 느리게 확대되어 뇌리에 박혀 있다. 딸애 그림 책이거나 교육용 비디오에서 본 장면일 거였다. 놈과 나방의 거리는 불과 두어 뼘 정도로 가까워져 있다. 나방이 착지를 시도하기만 하면 모든 것이 끝난다. 잔뜩 긴장한 채 목을 움츠린 놈은 지금 나방의 움직임 속에서 단순한 반복성을 읽고 있을 것이다. 놈의 시선을 감지한 걸까? 빛의 농도가 짙은 아래쪽으로 나방이 이동한다. 스테인드글라스의 현란한 빛깔에 종횡무진 몸을 부딪는 나방을 따라 놈이 용의주도하게 움직인다. 빛과 빛 사이로 들어간 놈의 형체가 아련하다. 빛 속에서 놈이 푸른 입김을 토해내는 것 같다. 후끈한 열기 속에 놈의 기다란 꼬리가 녹아드는 듯 희미해진다. 숨 막히는 공간 안에 오직 빛살만이 가득 들어차 있다. 놈의 꼬리가 환영으로 드리워진 곳에서 한 뼘쯤 아래, 나방의 날갯짓이 살아난다. 빛을 탐하는 나방의 춤이 빨라지는 순간 얇은 초리 하나가 빛을 가른다. 부신 빛살 속에 놈도 나방도 보이지 않는다.

빛에서 시선을 거두자 실내가 캄캄하다. 이내가 낀 듯 흐릿해진 눈을 깜짝거려본다. 차츰 윤곽을 드러내는 거실 공간 어딘가에 놈이 있다는 게 비현실적으로 느껴진다. 모기에게 물린 발등의 가려움증만이 현실이라는 걸 말해줄 뿐이다. 발등을 벅벅 긁으며 나는 기왕에 시작한 거 모조리 사냥해버리라고 놈에게 주문을 건다. 어차피 먹잇감이 있는 한 놈의 사냥은 끝나지 않을 것이다.

창문 너머로 맞은편 집 대문이 열린다. 낯이 익은 하녀가 대문을 손으로 받친 채 밖을 살핀다. 야자나무에 둘러싸인 아름드리 고무나무가 밑동까지 드러난다. 열대 나무의 가지에 붙어 더부살이하는 온시디움이 통통한 뿌리를 늘어뜨린 채 그늘에 묻혀 있다. 건기에도 우기처럼 보이는 짙은 그늘 속에서 눈썹이 꿈틀대는 새까만 남자가 걸어 나온다. 긴장이라곤 없는 표정에 어두운 피부를 보자 더위가 훅 끼친다. 그는 뚜껑을 개조한 은색 지프를 타고 느리게 주차장을 빠져나간다. 그 길을 하녀가 오래 내다보고 서 있다. 하녀의 눈길을 따라 무심코 골목을 살피다 깜짝 놀라고 만다. 양손에 짐을 든 바이브의 어깨에 웬 남자가 몸을 의지하고 있다. 헐렁한 바지를 입고 있어서 잘 보이지 않았지만 한쪽 다리가 현저히 짧은 듯 절고 있는 남자의 팔이 기형아처럼 가늘다. 집 앞에 다다르자 바이브는 길가 야자나무 그늘에 그를 앉혀놓고는 말없이 돌아선다. 바이브를 따라오던 그의 눈빛이 주차장으로 들어서는 바이브의 어깨에서 길바닥으로 곤두박질친다. 현관문을 열고 집 안으로 들어온 바이브가 아무 일 없었던 듯 눈웃음을 보내며 봉지 속에서 종이 다발을 꺼내놓는다. 한글판 마닐라 소식지다. 깜냥에 생각해서 가져온 꼴이다. 부엌으로 걸어가는 그 애의 등이 흠씬 젖어 있다. 쌀과 수박이 꽤 무거웠던 모양이다. 게다가 남자까지 매달고 오다니. 바깥의 남자는 야자나무에 익숙한 자세로 몸을 기대고 있다. 낯익은 모습이다. 거리에서 흔히 보는 사람들처럼 낡은 천 조각으로 머리를 싸맨 그를 본 적이 있다. 가끔 집 근처 화단에 걸터앉아 있던 남자다. 남자 친구는 아닌 것 같고, 바이브의 오빠나 동생인가?

소형 콜로라가 주차장으로 들어선다. 딸애의 목소리가 급하게 현관문을 연다.

"그 아저씨, 무슨 연락 없었지? 장미 언니랑 통화했는데, 그 집 매니저가 어제 비자 찾아왔대. 우리도 어떻게 됐는지 확인해 보라던데?"

장미라면 딸애가 다니는 한인 교회 서집사네 외동딸이다. 한국 슈퍼를 겸하고 있어 이따금 마주치면 인사를 주고받아 안면은 있지만 그 이상은 아니다. 처음 최사장과 비자 문제를 논의할 때 딸애가 대행업자에게 비자 업무를 의뢰한 서집사네 이야기를 했었다. 딸애는 최사장보다는 전문 대행업자가 일을 더 빨리 처리해줄 거라고 했지만, 어차피 비용을 들이는데, 최사장에게 의뢰하는 것이 그동안의 신의에 보답하는 거라 생각했다. 최사장이 한국 사람과 어울려봐야 좋을 일 없다고 주의를 주기도 했지만 교민 사회와 교류하는 것에 대해 남편은 더욱 회의적이었다. 사기를 친 사람은 없고 당한 사람만 모인 데가 한인 사회라는 거였다. 사실을 확인해볼 길은 없지만 온갖 사기꾼들이 사냥을 하다가 마지막으로 모이는 곳이라는 게 한인회에 대한 두 사람의 공통된 의견이었다. 한인들이 사고가 많이 나는 건 다 이유가 있다는 것이다.

"그 아저씬 알지도 못하면서 괜히 나선 거 아니야? 빨리 가서 확인해봐."

냉큼 돌아 나가는 딸애를 쫓아 차에 오른다. 야자수 아래 고개를 숙이고 앉아 있는 남자는 자동차 엔진 소리에도 고개를 들지 않는다. 남자의 머리 위로 농익은 야자 열매가 떨어질 듯 위태롭다. 최사장네 대문 앞에 다다를 때까지 바이브가 남자를 집 안으로 불러들였을까 하는 생각에서 빠져나올 수가 없다.

최사장 집 정원에 들어서자 쟈네트가 뚱한 얼굴로 맞이한다. 딸애와 나누는 이야기가 어림잡아 최사장이 출타했다는 말 같다. 무슨 걱정거리라도 있는지 쟈네트의 얼굴이 몹시 초췌하다. 한 켤레의 샌들처럼 붙어다니는 두 사람 사이에 무슨 일이라도 있는 걸까? 남편에게 사업가라고 소개를 받기는 했지만, 최사장은 실상 특별히 하는 일이 없어 보였다. 골프장 회원권을 이용해서 한국인 관광객에게 골프 가이드나 하면서 소일하는 거로 보였다. 그는 국내 경기가 불황이라곤 하지만 골프 관광은 갈수록 호황이라며 틈만 나면 골프 이야기를 꺼냈다. 요즘 들어선 골프 가이드가 할 만하다며 꽤 재미를 보는 눈치였다. 남편이 들어올 때마다 회원권 하나 사서 같이 가이드업이나 하자고 씨도 안 먹힐 말을 조르곤 했다. 내게도 한가할 때 배워뒀다가 동반 여행하는 부인들을 상대로 가이드를 하면 좋지 않겠냐고 권했지만 최사장이나 되니까 할 수 있는 팔자 좋은 이야기였다. 기술자로 시작한 남편도 골프를 배울 새는 없었지만 나 역시 골프공이 어떻게 생겨먹었는지도 모른다.

쟈네트의 자매와 자유롭게 이야기를 나누는 딸애가 기특하면서도 설명 한마디 없는 것이 한편으론 서운하다. 해소 질환을 앓고 있는 쟈네트의 엄마가 곁에 와 앉는다. 우묵한 노인의 눈에 물기가 고여 있다. 내 손을 쓰다듬으며 하염없이 웃는 노인에게 건강하게 오래 살라고 한국말로 인사를 건넨다. 노인이 알아듣기라도 한 양 연신 고개를 끄덕인다. 쟈네트가 커피를 준비하는 동안 그녀의 언니 아이자가 딸애에게 뭔가 수군거린다. 번갈아 쟈네트를 흘끔거리는 것이 그녀의 기분이 엉망인 이유를 설명하는 것 같다.

"뭐라는 거니? 쟈네트가 왜 화났대?"

참지 못하고 끼어든다. 딸애는 못 들은 척 아이자의 이야기에만 집중한다. 발로 딸애의 무릎을 툭 건드리자 그때서야 돌아본다.

"아저씨가 그저께부터 안 들어왔대. 아저씨 생일파티 하던 날 왔던 김사장님 있잖아, 그분하고 같이 골프장 간다고 나갔다는데, 어제 그 집에 찾아가서 물어보니까 지난주에 보고 나선 연락 없었다고 그러더래. 전화도 안 받고 아저씨랑 지금 완전히 연락 두절인가 봐. 그래서 어젯밤부터 쟈네트가 울고불고 난리라는데."

무언가 묵직한 것이 가슴 밑바닥으로 툭 떨어지더니 심장박동이 빨라진다. 최사장을 철석같이 믿고 싶지만 어쩐지 마음이 다급해진다. 살점 같은 비자금 칠천만 원. 하지만, 그걸 가지고 잠적할 그런 사람은 아니다. 그럴 리 없다. 어쩌면 그는 한국에 잠시 다녀올 일이 있는지도 모른다. 이혼한 후에 자유롭게 살고 있긴 하지만 아이들 문제로 가끔 한국 갈 일이 생긴다고 했다. 그럴 때면 골프 가이드를 핑계로 이삼일 다녀오기도 한다고. 쟈네트를 자극하지 않는 방법이라는 것이다. 다시 생각해도 그가 잠적한다는 건 불가능한 일이다. 팔 년이나 함께 살아온 어린 아내와 자신의 삶을 두고 그럴 수는 없는 것이다. 골프장 회원권을 가지고 있는 한 이곳은 그의 사업장이 아닌가. 복잡한 생각을 추스르며 딸애에게 눈짓을 주고 일어난다. 아이자와 할머니에게 딸애가 인사를 하는 동안 속에서 화증이 올라와 집 밖으로 먼저 나온다. 쟈네트가 따라 나온다. 불같은 질투로 불편하게 했어도 실상 쟈네트는 애교가 많은 성격이다. 풍성한 표정을 담아내던 커다란 눈이 텅 비어서 그녀가 마치 다른 사람처럼 느껴진다. 형편없이 수척해진 까무잡잡한 얼굴을 보고 있으니 불길하다. 차에 오른 딸애가 쟈네트에게 손을 흔들어주면서 혼잣말을 한다.

"웬 잠수야, 그 아저씨 김사장님 말고 또 누구한테 작업 들어갔나?"

최사장이 사람 사귈 때 밤낮없이 붙어다니는 것을 두고 하는 말이다. 마음이 신산하다. 딸애는 여전히 입을 비죽거린다.

"김사장 집엘 가보면 어떨까? 알란한테 혹시 집 아냐고 물어봐."

"김사장님도 모른다고 했다잖아. 근데 왜?"

"그래도, 쟈네트한테 말 못할 무슨 사정이라도 있는지 알아?"

말끄러미 내 눈을 바라보던 딸애가 알란에게 말을 건다. 알란이 차를 돌려 머큐리 골목으로 돌아간다. 최사장 집을 지나 한 블록쯤 더 가서 차가 선다. 알란이 딸애를 돌아보며 손짓을 한다. 김사장네 집은 앉은 터가 최사장 집보다 넓다. 차문을 열자마자 집 안에서 달려나온 흰 개가 대문을 기어오르며 짖기 시작한다. 덩치가 커다란 김사장이 현관문을 열고 마당으로 내려선다. 인사를 건네자 다행히도 나를 알아본다. 그는 뭘 물어보기도 전에 알 만하다는 얼굴로 최사장 안부를 들려준다. 최사장이 시세보다 싸게 골프장 회원권을 사준다고 해서 최근 들어 자주 만났다는 말이다. 이미 지난주에 최사장 소개로 회원권을 샀고, 그 후 연락이 끊겼다는 것이다.

"최사장 그 사람, 자기 회원권도 팔리게 됐다면서 다시 안 할 것처럼 골프채까지 헐값에 넘겼어요. 덕분에 난 횡재한 셈이지만."

김사장이 덧붙인다. 무슨 문제라도 있느냐고 묻는 그에게 쟈네트가 걱정해서 들러봤다고 둘러댄다. 인사를 하고 돌아서는데 그가 중얼댄다.

"길어야 두어 달 남은 회원권을 누가 샀다는 건지 원."

무슨 뚱딴지같은 소린가 싶어 돌아본다.

"한국하고 달라서 그 회원권이라는 게 계약 기간 끝나면 아무

권한 없거든요."

그가 변명하듯 덧붙인다. 마치 그가 모든 걸 정리했다는 말로 들려 괜스레 다리가 후들거린다.

아무 소득도 없이 머리만 복잡해져서 돌아왔다. 한국 식품점에 들러보자는 딸애를 혼자 다녀오라고 달래놓고 차에서 내린다. 차가 골목을 빠져나가는 걸 황망히 바라보다 문득 골목을 둘러본다. 야자수 밑에 앉아 있던 남자가 보이지 않는다. 최사장 때문에 바이브와 남자를 까맣게 잊고 있었다. 서둘러 집 안으로 들어선다. 부엌 쪽에서 옅은 비린내가 맡아진다. 건성으로 봐도 당황한 빛이 역력한 바이브의 눈인사를 받으며 식탁에 가서 앉는다. 비린내 외엔 어디에도 수상한 느낌이 없다. 뒷마당으로 나가면서 부엌방 문을 닫는 바이브의 손이 가늘게 떨린다. 난감하다. 바이브의 방에 있을 것이 분명한 남자를 쫓아내야 할지 모른 척해야 할지 판단이 서질 않는다. 당장 말도 통하지 않는 바이브에게 뭘 추궁하거나 명령하는 것도 가능하지 않다. 바이브가 뒤뜰에 나가 빨래를 걷는 동안 냉장고에서 물을 따라 마시고는 설거지통에 컵을 내려놓는다. 물받이 통에 엎어져 있는 그릇들이 방금 설거지를 끝낸 듯 물방울을 떨어뜨리고 있다. 한글판 마닐라 소식지를 챙겨 들고 부러 발소리를 내면서 이층으로 올라간다. 딸애가 들이닥치기 전에 무사히 남자가 빠져나가 시끄러움을 피하기를 바랄 뿐이다. 설마 하며 창밖을 내려다보자 머리에 천을 싸맨 남자가 주차장을 통해 골목으로 나서는 게 보인다. 위에서 내려다보니 그의 헐렁한 바지가 바닥을 쓸면서 기우뚱거리는 모습이 춤을 추는 것 같다. 집 안에 사람을 끌어들이다니. 얌전한 줄 알았던 바이브에게 한 방 얻어맞은 기분이다.

열린 창으로 눅진한 바람이 들어온다. 시트가 정돈된 매트 위에 맥없이 드러눕는다. 도대체 최사장은 어떻게 된 걸까? 김사장을 만난 것이 오히려 더 헷갈리게 한다. 최사장이 골프장 회원권을 팔든 말든 그런 건 관심 밖이다. 문제는 그가 비자를 찾아올 이 시점에서 연락을 끊었다는 것이다. 게다가 애지중지하던 골프채를 넘겼다는 게 더욱 불길하다.

계단을 뛰어오르는 발소리에 침대에서 몸을 일으킨다. 딸애다. 홍분한 딸애의 안색을 살핀다.

"아줌마 만났어. 같이 등록한 사람들은 다 나왔는데, 뭐 잘못된 거 아니냐고, 빨리 알아보래. 최사장이라는 분 믿을 만한 사람이냐고 묻던데?"

뭐라고 대답해줄 말이 없다. 딸애는 그저 장기 비자라고만 알고 있다. 그러나 비자를 손에 쥐기 전엔 그것이 은퇴 비자라고 누구에게 말할 수 있을까? 처음 은퇴 비자 이야길 듣고 망설였을 때, 최사장은 비자금 있을 거 아니냐고, 비밀은 지켜줄 테니 안전하게 잘 묻어놓으라고 나를 안심시켰다. 도대체 누구를 위한 비밀이었을까? 나를 말끄러미 바라보는 딸애의 눈빛이 불편하다.

"바이브 말이다. 남자를 집 안에 들이는 것 같더라."

딴청을 부리며 바이브 이야기를 꺼낸다. 딸애의 눈빛이 심하게 일렁인다.

"남자였어? 근데 엄마가 봤어?"

"왜 가끔 집 앞 야자나무 밑에 앉아 있곤 하던…… 다리를 좀 저는 것 같던데, 아까 심부름 갔다 오면서 남자를 데려와선 거기에 앉혀두더라."

"맞지? 처음부터 이상했어. 라면 박스가 비어 있질 않나, 김치며 생선은 어떻고. 또 뭘 손댔는지 알아. 없어진 거 있나 잘 찾아봐. 내가 뭐랬어. 도둑을 끼고 살았잖아!"

발딱 일어난 딸애가 쪼르르 계단을 내려간다. 조용히 해결하긴 글렀다. 곧이어 앙칼진 목소리가 들린다. 가냘픈 울음을 내뱉으며 거푸 조아리는 '쏘리 맘, 예스 맘' 소리도 들린다. 한참 후에야 계단을 쿵쾅거리며 딸애가 올라온다. 불호령이 떨어질 거 같았는데 조용하다. 들여다보니 딸애는 책상 앞에 앉아 휴대폰에 문자를 찍고 있다.

"일한 거 계산해줬니?"

"도둑질한 것 물어달라면 주겠어? 지난주에 계산해줬으면 됐지, 얼마나 더 줘?"

딸애가 인정사정없이 몰아붙인다.

"이백 페소면 될 텐데……"

"내버려둬. 저런 애는 대가를 치르게 해야 돼. 쟤네들이 왜 신세 못 고치는지 알아? 버는 것보다 구걸하는 게 쉽고 구걸하는

것보다 훔치는 게 빠르니까 안 고치는 거야. 그건 못 고치는 게
아니고 안 고치는 거라고."

고개도 들지 않고 덧붙인다.

"일자리 주면 고마운 줄 알아야지 주제넘게 거지를 끌어들여.
우리가 무슨 자선 사업하러 온 줄 알아?"

맞는 말이긴 하다. 한숨을 뱉어내곤 방으로 돌아와 블라인드
를 내린다. 가방을 들고 집을 나서는 바이브를 보고 싶지 않다.

"엄마, 우리도 하숙 치면 어떨까?"

언제 따라왔는지 딸애가 문지방에 서서 묻는다.

"한국 유학생들 음식 때문에 고생하잖아. 안 되면 초보만 상
대하지 뭐. 이민국이며 서머스쿨, 튜터 같은 건 내가 다 해결할
수 있어. 돈만 많이 받으면."

오랜만에 들어보는 쓸 만한 말이다. 노는 손을 써먹을 좋은 궁
리라는 생각이 든다.

"그래, 유학 오고 싶어 하는 네 친구들 다 불러들이지 뭐."

아래층에서 전화벨 소리가 울린다. 입술을 옥다문 채 눈을 맞
추던 딸애가 계단을 뛰어 내려간다. 곧 뾰족한 목소리가 울려 퍼
진다.

"아빠 전화야!"

내가 미처 계단을 내려가기도 전에 빨리 받으라고 채근을 해
댄다. 저 애의 극성은 국제통화료 때문이다. 아래층으로 내려오
는 발길이 굼뜨고 무겁기만 하다. 가까스로 수화기를 받아들고

도 어디서부터 말을 꺼내야 할지 막막하다.

"최사장한테 연락받은 거 없어요?"

"맨날 전화통만 붙들고 사는 줄 아냐?"

인사도 없이 최사장 소식부터 묻는 것이 불만스러운 듯 구박이다. 딸애 눈치를 보며 슬쩍 최사장의 잠적을 알린다. 남편은 잠시 할 말을 잊은 듯 잠잠하다. 곁에 서서 통화에 귀를 기울이던 딸애가 현관에 벗어놓은 바이브의 슬리퍼를 집어 문 앞에 놓인 쓰레기통 옆으로 던져놓는다. 무엇 하나도 버리지 않는 바이브가 미처 챙기지 못한 모양이다. 부엌으로 걸어가는 딸애를 눈으로 좇으면서 김사장 이야기를 전한다. 남편은 그제야 싱거운 목소리로 툭 내뱉는다.

"그렇게 사업 벌이고 다니는 사람이 가긴 어딜 갔다고 그래?"

"맨날 들고 나와서 자랑하던 명품 골프채 있잖아, 그것까지 김사장이라는 분한테 헐값에 넘겼다니까. 더 사도 모자랄 판에 회원권까지 팔아먹은 게 그럼 당신은 안 이상하단 말이야?"

흥분한 내 목소리에 잠시 숨을 고르던 남편이 신음을 뱉듯 중얼거린다.

"개자식, 어쩐지 잠잠하다 싶었더니."

"무슨 말이야?"

"아냐, 알았어. 나중에 다시 할게."

미진한 말로 전화를 끊으려는 남편한테 나도 모르게 소리를 지른다.

"끊지 마, 여보. 뭔데 그래, 무슨 일인지 나도 알아야 될 거 아니야!"

그제야 열없이 풀어놓는다.

"골프장 회원권 싸게 잡아놨다고 밤낮 졸라댄 게 벌써 언제부터냐. 당신한텐 말 안 했지만, 좆도 일거리 없어 죽을 지경인데, 지난달부턴 숫제 문 닫는 날이 많아서 이참에 나도 들어가려고 공장 넘겼잖아."

"맙소사. 그럼 그 돈으로 골프장 회원권을 샀단 말야?"

대답이 없다.

"설마 두어 달밖에 안 남은 최사장 걸 샀다는 말은 아니겠지?"

"그게 무슨 소리야, 두 달이라니?"

남편이 다급하게 묻는다. 그 목소리 때문에 가슴이 졸아든다.

"그게 계약 기간 끝나면 여기선 아무짝에도 쓸모없는 거라잖아! 그런 거 아니지?"

대답 대신 끙하는 신음이 건너온다.

"개자식, 다 처먹고 날은 거 아냐, 이런……"

무슨 말인가 더 건너올까 싶더니 그대로 전화가 끊긴다. 뇌내 출혈이 덮친 듯 어지럽다. 가슴속에 꾸역꾸역 먹물이 고이는 듯 아무 생각도 나지 않는다. 소파에 주저앉아 뻣뻣해져오는 목덜미를 쓸어내는데 바이브의 슬리퍼 옆으로 언뜻 연두색 꼬리가 보인다. 쓰레기통 뒤에서 도마뱀이 느리게 모습을 드러낸다. 리모컨을 집어던진다. 쓰레기통을 맞추고 떨어진 리모컨에서 야단스럽게 건전지가 굴러나온다. 용케도 조준을 피한 채 벽으로 기어오르는 놈의 꼬리가 유연하다. 소름이 돋는 목덜미를 문지르면서 나도 모르게 움츠러든다. 갑자기 온 집 안이 도마뱀 소굴 같다. 방 안 구석구석에 사냥감을 노리며 숨어 있는 놈들의 숨소리가 들린다. 집 안뿐이 아니다. 도처에 우글거리는 놈들의 존재를 잊어버리고 있었다. 축축한 혓바닥을 날름대며 단물을 찾아 눈을 번들거리는 저놈의 유연한 몸뚱이. 그 징그러운 살비늘 속에서 화 한 번 낸 적 없는 최사장의 얼굴이 느물대며 웃고 있다.

공생

퇴근 시각이 되도록 남편에게선 연락이 없었다. 마을 풍경에 시선을 주고 있는 지영은 내심 불안했다. 비교적 높은 지형에 자리하고 있는 일주산업은 남편이 운영하는 가구 공장이었다. 사무실 창에서 내려다보면 맞은편 산자락 구석구석까지 리아스식 해안처럼 뻗어 있는 제조 공장들과 번잡한 마을이 한눈에 보였다. 통일성이나 질서라고는 찾아볼 수 없는 총천연색 간판들이 지루하게 느껴지는 건 공장의 기름때와 먼지로 탁해졌기 때문이다. 심심찮게 바뀌는 새 간판도 얼마 지나지 않아 더러워졌다. 마을 한복판에서 좁다란 주차장을 가로질러 외국인 세 명이 퓨전 음식점을 향해 걸어가는 게 보였다. 흔하디흔한 풍경이었다. 이곳에선 거리에 나가면 탁한 피부 때문에 지역 주민들과 확연히 구별되는 외국인들을 도처에서 볼 수 있었다. 지영이 사는 연립주택 옆의 공장도 관리직을 제외하곤 직원들 전부가 외국인이었다. 수년 전 공장을 이전하게 되어 이 지역으로 이사했을 때만해도 그녀는 심한 거부감을 느꼈다. 이제 눈만 뜨면 마주치는 그들의 모습에 그녀도 적응해가고 있었다. 그들이 흰 이를 드러내고 웃을 때마다 극적으로 대비되는 붉은 잇몸과 검은 입술이 더이상 특별해 보이거나 이물스럽지 않았다.

요즘 들어 K읍에서는 이틀이 멀다 하고 시끄러운 도난 사건이 일어났다. 그 사건이 외국인의 범행이라는 말은 아무도 하지 않았지만, 분위기는 불특정 다수의 외국인을 경계하는 쪽으로 흘러가고 있었다. 10년 전부터 수차례에 걸쳐 불법체류 외국인을 단속했기 때문에 거리를 활보하는 외국인들은 대부분 합법체류자들이었다. 사정이 있어서 불법체류를 하고 있는 외국인들은 더 완벽하게 숨어 지내는 법을 익혀야 했지만, 방법이 없는 것은 아니었다. 그들은 될수록 단속이 없는 한밤중이나 주말에 나다녔고, 꼭 외출해야 할 사정이 있을 땐 렌터카를 이용했다. 어떤 사람들은 이왕에 시작한 단속이니 불법체류자들을 뿌리 뽑아서 법치국가의 위상을 보여줘야 한다고 했다. 그들을 상대로 장사를 하는 사람들은 휴머니스트가 된 듯이 더불어 살아야 한다고 목청을 높였다. 이런 분위기에서 시작된 도난 사건은 삼백여 개의 자그마한 제조업체들이 모여 있는 동네의 분위기를 흉흉하게 만들었고 이상한 소문을 몰고 확대되어갔다. 그동안 별 사고 없이 지내온 일주산업도 예외는 아니었다.

"사무실에 나와서 전화 좀 받지!"

열시쯤 되어 남편이 전화를 걸어왔다. 또 시작인가 싶었다. 공장 이전을 하면서 10여 년 근속하던 기혼 여직원이 통근 거리가 멀어 퇴사한 뒤로 일 년에 한 번꼴로 경리가 바뀌었다. 그런데도 사무실 살림은 안정을 찾지 못하고 있었다. 어렵게 채용한 여직원들은 무성의하게 몇 달 일하다 그만두기 일쑤여서 최근 이 년 사이 여직원이 출근한 날보다 지영이 출근한 날이 더 많을 정도였다. 지금 있는 직원은 지역 상고에서 취업 나온 학생이었다. 나이가 어려선지 웹툰이나 SNS에 정신이 팔려 종일 휴대폰을 들여다보느라 바빴다. 사무실 청소나 정리엔 관심이 없었고 전화 받는 것도 시원찮았다. 그나마 월급만 받으면 핑계를 만들어 결근을 했다. 하긴 길게 공부해서 폼 나는 전문직을 갖지 못할 바에는 타이트한 백화점 유니폼이라도 입고 싶을 나이였다. 수입이 적더라도 서비스직이나 행사 도우미처럼 근무 시간이 짧은 프리랜서가 요즘 애들이 선호하는 직업이라는 것도 이해했다. 제조 공장 경리 따위의 구질구질한 일자리에 미래를 매어두기엔 시절이 너무 화려하다는 것이 문제였다. 젊음이란 어쩌면 현실을 직시할 만큼 그 존재감이 무거워지기 전에 지나가버리는 것인지도 몰랐다. 자리를 박차고 나가는 여직원들과 달리 지영은 전부터 경리 일을 맡아서 해보고 싶었다.

"괜히 경리 자리에 마누라 앉혀놓고 공장장하고 불편해질 일 있어?"

투덜대는 그녀에게 남편이 한 말이었다. 동업 관계인 공장장에게 오해를 사지 않겠다는 말이었다. 업계 전체가 불황이다 보니 두 눈 부릅뜨고도 거래처를 빼앗기는 터였다. 당장 전화를 받지 못하면 손해를 만회할 기회가 없어서 여직원이 결근할 때마다 지영을 불러대면서도 정작 그 자리를 맡길 수는 없다는 거였다. 임시직도 아니고 비정규직도 아니고 대체 나는 뭐냐고 볼멘소리를 하자 남편은 딱 한마디로 그녀의 입을 막았다.

"대기, 들어는 봤나, 5분 대기조라고, 지금 전투 중이니까 묻지도 따지지도 말라고."

"헐, 군대 용어로 말하기 좋아하는 사내치고 실속 있는 물건을 본 적이 없네요. 병사들 월급도 올랐다고 하더구먼, 5대기면 알바비라도 똑바로 챙겨주던가."

받아쳤지만, 틀린 말은 아니었다. 제조업 현장은 말 그대로 전투 현장이었다.

수강하던 온라인 강의를 중단하는 것이 아쉬웠지만, 지영은 서둘러 로그아웃을 하고 사이버대학의 모든 콘텐츠를 닫고 컴퓨터를 껐다. 부지런히 나오느라 서둘렀지만 지영이 사무실에 도착했을 땐 이미 점심시간이 시작되고 있었다. 일부는 식당으로 가고 외국인들은 숙소로 갔다. 잠시 후에 숙소 직원들 사이에 소동이 일어났다. 현금을 도둑맞았다고 했다. 기숙사에서 현금이 없어지는 일은 공장을 이전한 후론 없었던 일이다. 없어진 금액은 그리 많지 않았지만 기숙사에 기거하는 내국인과 외국인이 모두 일을 당했다. 가장 최근에 들어온 미가 슈레만은 현금이 없었다고 했다. 남편도 없고 공장장도 외부에 점심 약속이 있다고 나간 후였다. 어수선하게 점심시간이 지나갔다.

오후 일이 시작된 직후에 공장장이 돌아왔다. 보고를 들은 공장장은 우선 사무실을 점검했다. 피해가 없는 것에 안도하면서 지영은 책임감이라는 것이 무엇인지 공장장의 행동을 보며 깨달았다. 공장장의 곱슬머리가 쏜살같이 현장으로 들어갔다. 본래도 피부색이 까만 그는 그 자신이 입버릇처럼 말하듯 원조 이주근로자처럼 보였다. 오래전 중동 지역으로 파견 근무를 다녀온 경험을 두고 하는 말이었다. 현장 분위기가 얼어붙은 듯 조용해졌다. 다혈질인 공장장은 직원들 속에 도둑이라도 있는 듯이 험한 눈길로 훑어보고는 기숙사 책임을 맡고 있는 이주임을 일별하며 내뱉었다.

"니미, 직원들 교육을 어떻게 시켰기에 이따위야."

공장장이 눈을 부라리고 돌아서자마자 기숙사 직원들이 외국인들을 향해 으르렁거렸다. 위협적인 분위기는 공장장이 현장을 완전히 빠져나가자 욕설로 바뀌었다. 외국인들은 직원들과 눈도 맞추지 않고 아무 일 없었던 듯 돌아섰다. 분이 풀리지 않은 직원들이 한쪽 어깨가 구부정한 롬과 눈썹이 새까만 자파스를 향해 빈 페트병을 날렸다. 느닷없는 공격에 움찔했지만 그들은 더이상 놀라거나 피하지 않고 자기 자리로 돌아갔다.

오후 내 지영은 우두커니 앉아 있었다. 험악한 공장장의 표정과 외국인들에게 날아가던 페트병과 욕설이 편치 않았다. 남편은 어쩌면 이번 일을 그녀가 능장을 부린 탓이라 몰아붙일지도 몰랐다. 사무실에 나와 있을 때마다 필요해서 불러놓고 이것저것 트집을 잡는 남편의 말투 때문에 다투기 일쑤였다. 지영이 사이버대학에서 개설한 국가공인자격증 취득 과정을 수강하기 시작한 것도 그런 남편에게 휘둘리지 않고 독립된 일자리를 찾고 싶었기 때문이다. 또 한편으론 남편의 공장이 언제까지 가동될지, 탄탄했던 공장들이 도산하는 걸 목격하면서 앞날에 대한 확신이 무너졌기 때문이기도 했다. 점점 빡빡해지는 자금난에 순탄치 못한 제조 공장을 꾸려가느라 남편의 신경질은 늘어만 갔다. 물건 하나만 구입해도 일 년간 공짜로 제공되는 홈쇼핑 잡지에서 중국산 통나무 가구들은 기적적인 값으로 팔리고 있었다. 국내 제작으로는 원목은커녕 사무용으로도 산출할 수 없는 헐값이었다. 입찰 건이라도 있어서 샘플 작업을 시작하면 알만한 업체들이 몰려들어 제 살 깎아 먹기 식의 가격 경쟁을 벌이기 일쑤였다. 때론 낙찰을 받아도 적자였다. 그보다 더 큰 문제는 알만한 대기업들이 끼어들어 브랜드 이미지로 좁은 내수 시장을 독점해가고 있다는 거였다. 거칠어질 수밖에 없는 건 이해하지만 '니미'를 달고 사는 남편의 막말에 그녀의 인내심도 한계에 다다르고 있었다.

"아무래도 전문 털이범 같다고들 그러던데요."

납품 나갔다 들어온 김대리가 그녀에게 던진 말이었다. 소문처럼 일자리를 잃은 외국인들의 소행은 아닌 셈이었다. 시기적으로 밖에 나다니기도 불안한 현상황에서 그런 대담한 일을 벌이면서 불행을 자초할 외국인은 없을 거였다. 007 영화에 나올만한 영웅이 아닌 이상.

현장 직원들이 퇴근하는 소리가 들리는가 싶더니 외국인을 향해 욕설을 퍼붓는 한국인들의 목소리가 들렸다. 일상적인 풍경이었다. 숫제 이름은 제쳐놓고 욕으로 호칭하는 현장 직원들을 이해할 수 없지만, 남편이나 공장장이 함구하고 있으니 그녀가 나서서 말릴 수도 없는 일이었다. 내다보니 직원들은 흩어지고 외국인들이 험한 눈으로 슈레를 보고 있었다. 몸피가 자그마한 슈레는 창백한 얼굴로 기숙사에 틀어박혔다. 남편에게 전화를 걸어 먼저 퇴근하겠다고 말해놓고 기숙사에 들렀다. 슈레는 저녁 준비도 않고 구석에 누워 있다가 얼른 몸을 일으켰다.

"돈, 나 없어요. 나 갖지 않았어요."

분위기가 이상하다고 생각했는데, 짐작대로 의심을 받은 모양이었다. 지영은 슈레의 손을 한 번 꼭 잡아주고 눈을 맞춰 고개를 끄덕여주었다. 슈레가 공장에 오자마자 이런 일이 생긴 것이 어쩐지 불우한 느낌이 들었다.

슈레는 얼마 전 그녀 집에 일일 파출부로 와서 알게 된 몽골 여자였다. 사무실에 일이 많아서 집안일이 밀렸을 때나 간혹 몸살이 났을 때 한번씩 파출부를 불러 집안일을 처리해왔지만, 외국인이 온 건 처음이었다. 만나 보니 몽골족이라는 선입견 때문인지 크게 거부감이 들지 않았다. 그만큼 피부색이나 생김이 한국인과 닮아 있었다. 느리고 어색한 건 그렇다 치고 그만하면 한국어도 잘하는 편이었다. 함께 칼국수를 만들어 먹으면서 슈레는 묻지도 않는 말을 했다. 파출부 사무실에 한국인 여자들이 많이 오는 날은 외국인에겐 차례가 돌아오지 않는다는 이야기였다. 병든 친정엄마와 두고 온 아이들을 걱정하는 슈레는 이웃 아줌마와 다르지 않았다. 안된 마음이 들어 전화번호를 받아두었다. 두 주쯤 후에 다시 전화했을 때 슈레는 무척 반가워하며 달려왔다. 그날 일당을 받아든 슈레는 일하는 날보다 노는 날이 더 많다며 일자리를 부탁해왔다. 슈레의 얼굴이 이전보다 많이 말라 있었다. 초면이나 다름없는 자신에게 망설임도 없이 일자리를 부탁하는 것이 당혹스러웠지만 한편으론 지푸라기라도 잡으려는 슈레의 다급함이 이해되었다. 무슨 일을 할 줄 아느냐고 물었더니, 염색 공장에도 있었고 사출 공장에도 있었다고 했다. 식탁에 올려놓은 야쿠르트 병을 들고 입구를 깎는 시늉을 했다. 왜 그만두었느냐고 물으니 의외의 이야기를 들려주었다. 공장에 사람도 없는데, 맨날 밤까지 일하라고 하고, 밤에 일만 끝나면 사장 동생이 자기를 껴안으려고 했다고. 어느 날은 그 사람이 술을 먹고 숙소까지 찾아왔다고. 슈레는 그날 밤에 그곳에서 도망쳐 나와서 불법체류자가 되었다고 했다. 지금 하는 일도 친정 동생 이름을 용역회사 사무실에 등록해서 하는 거라고 했다. 그날 밤 지영은 남편에게 넌지시 물었다.

"한국말 잘하는 몽골 여자가 있는데, 공장에 일거리 없을까?"

"세척실에 사람이 필요하긴 해. 당장 급한 건 아니지만."

심드렁한 남편의 말이 그렇게 반가울 수가 없었다. 팔자에도 없는 취직 청탁을 하고 인색한 남편의 입에서 확답이 떨어졌을 땐 사람 하나 구제한 것처럼 뿌듯하기까지 했다. 다음날부터 슈레는 출근을 하게 되었다. 슈레가 일은 잘하더냐고 묻자 남편은 실소했다.

"단순하게 완제품 세척만 하는 건데, 잘하고 말 게 어딨냐?"

아직까지 실수 없이 잘하고 있다는 뜻이었다. 생산 과정에서 묻은 본드며 이물질들을 시너로 지우고 물걸레와 마른걸레로 마무리하는 것이 세척실 작업이었다. 시너 냄새 때문에 처음엔 적응하기가 쉽지 않고, 납품 직전의 마지막 공정이라 바쁠 땐 쉴 틈도 없었다.

퇴근하는 길에 통화했을 때 좀 늦겠다던 남편은 밤이 늦어서야 들어왔다. 짐작했던 대로 기분이 좋아 보이지 않았다. 하긴 남편의 기분 좋은 얼굴을 본 것이 언제였는지 생각도 나지 않았다. 회복의 조짐이 보이지 않는 제조업에 목숨 걸고 있는 판에 기분 타령 따위는 분명 사치스러운 거였다. 남편은 겉옷만 벗어 놓고 소파에 앉더니 TV 리모컨에 감정을 실어 심야프로를 한바탕 점검했다. 그러다 눈도 맞추지 않고 물었다.

"공장장하고 통화했어. 사무실엔 피해 없는 게 확실해?"

"공장장이 살펴봤으니까 틀림없겠지."

남편은 마땅찮은 얼굴로 계속 채널을 돌려댔다. 잠깐씩 시선이 멈출 때도 있지만 30초를 넘기지 못하고 채널이 바뀌었다. 그때마다 소낙비 오는 날 방문 여닫듯 왁살스런 소음이 끊어졌다 이어지기를 반복했다.

"현장 직원들 외국인들한테 너무 거칠게 구는 거 같아. 외국인들도 서로 같은 처지면서 슈레한테 눈치 주고. 슈레가 잃어버릴 돈이 없었다고 하니까 분위기 이상해지던데."

"신경 쓰지 마. 다 지 팔자대로 사는 거야."

남편이 시큰둥하게 대꾸했다.

"아무 이유 없이 슈레가 의심받고 있는데, 보고만 있을 수도 없잖아."

"싸고돌기는, 개네들 믿을 거 하나나 있는 줄 알아? 당장 현장에서 잡혀도 물건만 제 손에 없으면 모른다고 오리발 내미는 애들이야. 그 여자가 오자마자 일이 벌어졌는데, 누굴 의심하겠어? 운이 나쁘대도 할 수 없는 일이고, 시간이 지나면 다 알게 돼 있어."

"싸고도는 게 아니라, 쭉 봐왔는데, 슈레는 그런 여자 아니라니까, 얼마나 착하고 성실한데."

"착하고 성실한 거 좋아하네. 여기 나와 있는 외국인 여자들 어떻게 사는지 아냐? 본국에 가족들 두고 와서도 현지 남자 만나서 살아. 그 여자도 따로 살림하는 놈 있을지 모르지. 그럼 가능한 거 아냐?"

삐딱한 남편의 말투가 지영의 심기를 건드렸다.

"슈레가 전에 다니던 공장에서 어떻게 그만뒀는지 알아? 사장 동생이 추근거려서 나왔대. 그런 일 당할까 봐 걔네들도 현지 부부 행세하나 보지. 그리고 현지처는 한국 남자들이 원조 아니야? 다 같은 나라에서 온 사람들도 아니고, 나라가 다르면 풍속도 다를 텐데. 어떻게 모조리 똑같다고 몰아세워."

싸우자고 덤비니 남편이 실실 웃었다.

"웃기지 마, 사람 사는 거 다 똑같은 거야. 공장장 하는 말 틀린 거 하나나 있는 줄 알아? 「국제시장」 영화 봤지? 우리도 마찬가지야. 남의 나라 가면 우리를 인간 취급이나 하는 줄 아냐? 유럽에선 말할 것도 없고, 미국에서도 흰둥이 깜둥이 다 무시하는 게 누렁이야. 할 수 없어. 나라가 가난하면 식민지 살고, 남의 나라 가서 개고생하는 거지. 그거 드러워서 돈 벌러 나온 거잖아."

남편의 말에 대꾸하고 싶지 않아서 그녀는 리모컨을 집어 들었다. 남편이 리모컨을 낚아챘다.

그날 밤 지영은 남편의 자는 모습을 보면서 이제껏 느껴보지 못한 감정을 느꼈다. 사람들이 가지고 있는 편견에 대해 그녀는 혐오감을 느끼고 있었다. 서른이 넘어서 시작한 결혼생활에 불임까지 겪으면서 가끔 냉전을 치렀지만 그때마다 이유는 그야말로 사소한 거였다. 사람과 사람 사이의 예의와 긴장이 주는 적당한 거리감이 없어지는 것이 그녀는 염려스러웠다. 남편은 피폐

해지고 있었다. 불임으로 우울 모드일 땐 투박한 따스함으로 그녀의 기분을 살펴주기도 했던 그였건만, 갈수록 성마르고 거칠게 변해가고 있었다.

다음날 정오가 되도록 남편에게서 연락이 없자 지영은 안심했다. 다행히 여직원이 출근한 모양이었다. 5대기 본능으로 서둘러 집안일을 마친 터라 지영은 느긋해졌다. 온라인 강의를 돌려놓고 머그잔 가득 커피를 타 들고 버디킬을 걷었다. 늦가을 햇살이 집 안으로 환하게 들어왔다. 공장으로 둘러싸인 공터에 덜렁한 동 지어놓은 것이 지영이 사는 다세대주택이었다. 납품이 있는 날인지 옆 공장의 문이 활짝 열려 있었다. 트럭이 드나드는 넓은 문을 통해 이주근로자들이 일하는 현장이 훤히 들여다보였다. 스포츠매트 공장의 건물은 엉성한 벽돌로 지어져 있었다. 공장 안에서 외국인 근로자들은 쉽게 눈에 띄었다. 한국인들은 거의 보이지 않았다. 물건을 출고시킬 때 나타나는 스포츠머리를 한 사내는 전에도 본 적이 있었다. 그가 뭐라고 했는지 외국인들의 행동이 눈에 띄게 빨라진다. 트럭이 건물 안으로 들어가고 부피가 큰 매트들이 짐칸에 가득 쌓인다. 스포츠머리가 빨리빨리! 하고 소리치며 밧줄을 넘기자 짐차의 운전수인 듯 보이는 덩치 큰 사내가 받아서 고정시킨다. 트럭 한 대가 빠져나가고 쉴 새도 없이 빈 트럭이 다시 들어선다. 큰 눈을 뒤룩거리며 눈치를 보는 외국인들에게 스포츠머리가 다시 한 번 뭐라고 소리친다. 외국인들의 행동이 좌충우돌 바빠진다. 트럭과 함께 한국인이 사라진 공장 마당에 짐을 싣던 외국인 셋만 덩그러니 남았다. 외국인들이 느릿느릿 큰 문을 닫는다. 그들을 바라보니 공장의 외국인들과 슈레가 생각난다.

　며칠 후 지영은 다시 남편의 전화를 받았다. 여직원이 그만뒀으니까 당분간 사무실에 나와 있으라는 말이었다. 일상의 평화는 그렇게 깨졌다. 여직원을 구할 때까지 얼마간은 꼼짝없이 출근해야 하는 것이다. 그녀는 사무실에서 짬짬이 출석 체크라도 하기로 마음먹고 인터넷 강의 교안을 챙겼다. 공장에서 만난 슈레는 그럭저럭 험한 분위기를 극복해가고 있는 듯 보였다. 그건 그녀도 마찬가지였다. 남편과 삐거덕거리며 사무실에 출근한 지 두 주째 되는 날이었다. 슈레가 몸살로 결근했다고 이주임이 전해주었다. 오전 중에 견적서를 작성하느라 엑셀과 씨름한 지영은 점심시간을 이용해 급한 은행 일을 보기로 했다. 남편이 외근 중이었으므로 공장장에게 외출한다고 말해놓고 점심시간 직전에 나갔다. 일은 생각보다 일찍 끝났다. 그녀는 입맛이 없어 점심을 거른 채 사무실로 들어오면서 숙소에 들러 슈레를 만났다. 슈레는 출근을 하지 못한 것을 몹시 미안해했다. 푹 쉬라고 말해놓고 사무실로 돌아와 접대용 차며 사무용품 등 새로 산 몇 가지 물품을 수납장 속에 정리했다. 사무실 구석마다 적절히 놓인 비규격 수납장들은 꽤 쓸모가 있었다. 언젠가 그녀가 수납장에 관심을 보이자 남편이 자랑삼아 말한 적이 있었다.

　"기레빠시 나온 게 아깝다고 이주임이 만든 거야. 그놈아가 그래도 손재주가 있어서 이런 거 만들지, 딴 애들은 제품 사양이 변경돼서 멀쩡한 자재가 버려져도 절대 안 만져. 이주임 참 재미있는 친구야. 그놈아 방에 가면 별 신기한 걸 다 만들어놨더라고. 디자인 좀 배웠으면 가구전시회 같은 데 작품도 내놓고 할 텐데, 아깝지."

통명스러운 남편이지만 바지런하고 손재주 있는 이주임에게만은 내심 마음을 주고 있었다. 그가 기숙사에 들어오고부터는 숙취로 결근하는 직원들이 없어서 좋다고 했다. 그런 섬세함을 가진 이주임이 남편과 오래오래 일하길 빌었다.

"아, 벌써 들어와 계시네요."

사무실에 들어서던 공장장이 그녀를 보더니 주춤 인사를 흘리고는 되돌아 나갔다. 비어 있는 사무실이 신경 쓰여 일찌감치 식사를 끝내고 일부러 들어온 모양이었다. 그녀는 그가 현장 옆에 붙어 있는 직원 휴게실로 가겠거니 생각했다. 조금 후 다급한 발소리가 기숙사 쪽으로 달려가는 듯싶더니 공장장의 외마디 소리가 들렸다.

"이런 쌍! 내, 오토바이!"

지영이 나가보니 기숙사 뒤편에 항상 세워놓던 공장장의 오토바이가 보이지 않았다. 얄궂은 일이었다. 공장장은 몹시 흥분한 채 공장을 한 바퀴 돌고 나선 사무실로 들어와 경찰서에 전화를 했다. 도난 신고를 하고도 그는 식식거리며 주차장과 사무실을 돌아쳤다. 도난은 이미 점심시간 이전, 공장에만 직원들이 있고 사무실과 기숙사가 비어 있던 그 시간에 일어난 것이 틀림없었다. 어쩌면 사무실을 나가기 전 그녀가 음악을 틀어놓고 엑셀 작업을 하고 있던 오전 중에 일어났는지도 몰랐다. 기계가 돌아가고 있을 땐 밖의 소음은 들을 수 없었다. 이유 없이 미안해진 지영은 공장장을 지켜보며 안절부절못하고 있다가 남편에게 전화를 했다. 수의계약을 위해 기존 공급가에서 5퍼센트 낮게 책정한 견적서를 가지고 가구조합에 들어가면서 남편은 좀 늦을 거라고 말했다. 미팅 시간이면 어쩌나 걱정했는데 전화기를 꺼놓았다는 안내 메시지가 흘러나왔다.

"쥐새끼 같은 놈, 또 와봐. 다시는 이 짓거리 못하게 확 분질러줄 테니까."

공장장은 사무실을 한 바퀴 돌아 나가며 들으란 듯이 되씹었다. 입만 열면 쌍소리를 해도 그저 악의 없는 말이라서 노여움을 주지 않는 그였지만 이번만큼은 진짜 화가 나 있었다. 지난번 기숙사에 도난 사건이 있었을 때 며칠 동안 직원들을 지켜본 그는 아무래도 외부인의 소행 같다며 사무실 잘 지키라고 경고했었다. 내부를 감시하는 데 치중했을 뿐 그 역시도 알 만한 사람은 다 아는 자신의 오토바이를 가져가리라곤 생각지도 못했던 것이다.

"사람 알기를 개좆으로 아는구먼."

그는 분풀이할 대상이라도 찾듯 눈을 번들번들 굴리며 돌아쳤다. 이해할 만했다. 인터넷 바이크 사이트를 두 달여 뒤져서 구입한 혼다 파이어 블레이드는 웬만한 승용차 값에 맞먹는 것이라고 했다. 그는 차보다는 오토바이에 욕심을 내는 사람이었다. 언젠가 기회가 되면 할리 데이비드슨 같은 세계적인 명품을 마련해서 모터사이클 동호회원들과 투어를 다니며 매인 데 없이 살 거라고 말해오던 그였다. 틈틈이 동호회의 잡지들을 구해서 보고 있는 거로 봐선 헛소리는 아닌 듯했다. BMW나 렉서스 같은 외제차에 정신이 팔린 지영의 남편은 기껏해야 오토바이에 넋이 나간 사람들, 한 번 튜닝을 하는 데도 어마어마한 비용을 들이는 그런 치들을 정신이 삼백 년 나간 자들이라 치부했다. 출동한 경찰에게 사고 경위와 오토바이 모델명을 설명하는 동안 직원들이 돌아왔고, 현장 분위기는 또다시 험악해졌다. 외부인의 소행이 거의 분명했지만 이번에도 직원들의 험악한 욕설은 고스란히 이주근로자들에게 돌아갔다.

오후 시간이 숨 막히게 느린 속도로 지나갔다. 공장장은 오후 내 현장 일을 작파한 채 인터넷 사이트에 들어가 도난 신고를 접수하고 게시물을 모니터했다. 그의 말대로 괜찮은 차종은 도난 신고에도 절차가 따르는 모양이었다. 그가 사무실에서 시간을 죽이는 동안 사무실 공기도 살벌하기 이를 데 없었다. 슈레가 의심에서 벗어나게 되어 다행이긴 했지만, 뭔가 좋지 않은 일이 닥쳐오는 듯한 불길함이 느껴졌다.

공장장이 현장으로 건너간 후 지영은 사무실을 정돈했다. 긴 하루가 저물어가고 있었다. 종일 기다리던 남편의 전화를 받자 지영은 할 말이 달아났다. 무언가 안 좋은 말이 건너올 것 같아 긴장했는데, 공장장한테 연락받았다며 남편은 의외로 순순히 작업장도 끝나가니 먼저 들어가라고 했다. 시무룩한 남편의 목소리가 신경 쓰였지만 지영은 일단 퇴근하기로 했다. 한시바삐 사무실을 빠져나가고 싶은 그녀의 조급증을 비웃기라도 하듯 손님이 찾아왔다. 동네 입구에서 소파 공장을 하는 전사장이었다. 깊은 속은 모르지만 얍삽해 보이는 인상 때문에 지영이 좋아하지 않는 인물이었다. 남편이 외출 중이라는데도 부득불 사무실 안으로 들어선 전사장은 거리낌 없이 접객용 소파에 앉았다. 그녀는 마지못해 녹차를 내놓았다.

"한사장하고 방금 전에 통화했으요. 여서 보기로 했는데, 한사장이 좀 늦네에."

반말투로 지껄이다 슬그머니 말을 놓아버리는 그에게 고개만 끄덕이고 그녀는 컴퓨터를 부팅시켰다. 쓸데없이 말이 많은 그가 도무지 편치 않았다. 인상이며 말투에서 허풍이 느껴지기도 했지만 무엇보다도 동네에 나도는 소문이 좋지 않아 거리를 두라고 남편에게 말해오던 터였다. 그는 외국인이 붙어 있질 않고 기술만 익히면 나가버린다고 입만 열면 투덜거렸다. 작년 초 그의 공장에서 외국인 세 명이 한꺼번에 그만둔 일은 그녀도 알고 있었다. 그때 동네에 들어와 있는 외국인들이 그의 공장에 가지 말자고 담합을 했다. 다급해진 그는 남편 공장에서 일하는 방글라데시인 자파스를 찾아다니며 친구들을 소개해달라고 사정했

다. 보다 못해 남편이 나서서 넌지시 부탁했지만 자파스는 끝내
노는 친구가 없다고 잡아뗐다. 전사장이 뭐라고 협박을 했는지
그때부터 자파스는 그를 피하는 눈치였다. 나중에 알게 된 일이
지만, 돼지고기도 먹고 술도 먹는 자파스에게 고향에 돌아갈 수
없도록 만들어줄 수도 있다고 협박한 거였다. 수다스럽기 짝이
없는 부녀회장의 말을 다 믿는 건 아니지만 공장장으로 있는 그
의 동생이 외국인들을 너무 거칠게 다룬다는 소문이 틀린 말은
아닌 것 같았다. 어쨌든 그녀는 전사장에게 신뢰가 가질 않았다.
이런 인물의 수작을 피하는 방법은 바쁜 척하는 것뿐이었다. 말
을 붙이고 싶어 헛기침하는 수작을 알면서도 그녀는 모니터에서
눈을 떼지 않았다. 다행히 그녀의 짜증이 솟구치기 전에 남편이
들어왔다. 공장장에게서 대강 이야기를 다 들은 듯 냉랭한 얼굴
로 들어선 남편은 전사장을 보자마자 한탄부터 했다.

"와 계셨어요? 내 참 살다 살다 별꼴을 다 당해요. 한 번도
아니고 두 번씩이나 도둑을 맞고. 이래서야 어디 공장 해먹겠
어요?"

"그러게 말이야, 그런 일이 없어야 하는데 요즘 어수선해서
뭐 사는 것 같지 않아. 근데 강사장 만났소? 그 양반 새로 데려
온 산업 연수생 때문에 골치깨나 썩고 있더구먼. 한 놈이 오자마
자 기계에 손을 좀 다쳤는데, 어디서 무슨 말을 들었는지, 요령
만 잔뜩 피우면서 산재보험 타령으로 뭉개고 있다잖아?"

"어제오늘 일도 아니잖아요. 우리 공장에 왔다 제 발로 뛰쳐

나간 후세인 때문에 나도 욕본 거 아시죠. 무슨 단체에서 여권이랑 체불된 급료 내놓으라고 들이대서 내 아주 황당했다니까요. 기껏 일할 줄 알고 비용 다 물고 데려다놨는데 저는 온다간다 말도 없이 차고 나간 걸 가지고, 공장을 무슨 범죄 집단처럼 몰아붙이고 말이죠. 이쪽에서 저 때문에 손해 본 건 아예 말도 못하게 하데요. 예전에 처음 온 애들은 지들이 굴러다니면서 악착같이 기술 배운 애들이라 의리도 있고 쓸 만했는데."

"내 하는 말이 그 말이라, 쓸 만하게 배운 애들 다 몰아내고 일도 못하는 애들 데려다가 뭘 어쩌라는 건지 원."

"그러게 하는 말이지요. 제조업을 하라는 건지 망해먹으라는 건지 알 수가 없다니까요. 그나저나 여기 앉았다고 달라지는 것도 아니고, 저녁이나 하러 가시자고요."

"먹자고 하는 일인데, 그럽시다. 어째, 아주먼네도 같이 가시지!"

남편을 따라나서며 전사장이 지영을 건성으로 챙겼다. 모여 앉기만 하면 시절 탓을 하는 데 넌더리가 난 그녀 역시 건성으로 사양했다. 사무실을 정리하고 나오자 언제 끝났는지 현장엔 불이 꺼져 있었다. 슈레를 들여다볼까 망설이다 지영은 그냥 공장을 빠져나왔다.

동네 어귀에 있는 마을 슈퍼에서 눈이 예쁜 외국인 청년이 검은 봉지를 들고 나왔다. 눈에 익은 얼굴인데, 눈자위가 붉은 게 힘이 없어 보였다. 들어서는 그녀를 보고 슈퍼 여자가 반색했다.

찬거리를 살펴보는 사이에 여자가 참견을 해왔다.

"공장에 도둑 들어서 어째요, 거 공장장 승질도 깔깔허더구먼. 겁도 없이 어티게 오토바이를 훔친데, 어디 짚이는 구석도 없대요?"

"곧 잡히겠지요. 워낙 드문 물건이라 금방 알아본다고 하니까요. 덕분에 외국인들 분위기만 살벌해졌죠 뭐."

지영이 슈레를 떠올리며 한숨을 쉬었다. 대답을 삼킨 그녀 대신 슈퍼 여자가 말을 이었다.

"그래요, 참. 어찌된 거이 뭔 일만 났다 허면 다 그 애덜 탓을 하는지 모르겠어요. 알고 보믄 착허디착헌 게 그 애덜인데. 하이고 돈이 요사를 떠는 건지 여자가 요물인지, 금방 여서 나간 이쁘장한 아 봤지요? 그 아가 들어온 지 삼 년이 넘었는데, 그 공장 사모님이 적금을 들어줬대요. 그걸 고향에 가져가서 뭘 차린다 하더구먼. 으찌 알고 술집년이 달라붙어서 한입에 털어묵었다고 안 해요. 글쎄 양심도 없지, 몇 년을 피눈물 나게 애껴서 모은 돈을 알겨묵고는 그년이 인자 돈 없다고 만나주도 않는대요. 그 공장 기숙사에 같이 있는 총각들이 앞서 맥주 마시매 떠들더라고. 나 참 기맥히고 불쌍혀서 볼 수가 없어요."

대꾸하지 않은 채 와인을 고르고 있는데, 덩치 큰 청년 아이들이 몰려 들어왔다. 낯이 익었다. 부녀회장 아들과 그 애의 친구들인 모양이었다. 담배와 술을 사가지고 나가면서 야단스레 웃는 아이들 뒤통수를 보고 슈퍼 여자가 혀를 찼다. 또 무슨 수다가 이어질 듯하여 지영은 두부 한 모에 와인 한 병 값을 치르고 나왔다.

서둘러야겠다고 생각은 하면서도 매번 사무실에 도착하면 아홉시가 넘었다. 슈레는 오늘도 출근하지 않았다. 지난밤 야식으로 두부 튀김에 와인을 마셨더니 깊은 잠에 들었던 모양이었다. 한참 달게 자는데 납품 약속이 있어서 먼저 나간다는 남편의 타박이 날아왔다. 무거운 몸을 뒤척이다 정신을 차려보니 여덟시였다. 우유 한 잔을 들이켜고 서둘러 출근했다. 지영은 여자 화장실이 따로 없는 걸 투덜대며 안절부절했다. 빈속에 마신 우유 때문인지 속이 불편했다. 따스한 둥글레차를 두 잔이나 마시고 기숙사 뒤편에 있는 간이 화장실로 갔을 때였다. 아래 공장과 분리된 담 한쪽에서 풀이 흔들렸다. 도둑고양이라도 있는 모양이었다. 고양잇과 동물을 좋아하지 않는 지영은 불길한 느낌을 털어버리듯 얼른 화장실로 들어갔다. 그러곤 벽돌 사이의 틈으로 밖을 내다보았다. 담이 허물어진 그곳은 대추나무와 앵두나무가 얽혀 울타리 노릇을 하는 곳이었다. 그곳에서 조심스럽게 움직이는 것이 있었다. 뜻밖에도 체구가 작은 남자였다. 몹시 놀란 지영은 담장을 짚고 있는 까만 손 때문에 그가 외국인이란 걸 단번에 알아보았다. 이쪽을 보고 있지 않아 얼굴을 볼 수는 없지만 아래 공장을 살피고 있는 것이 분명했다. 조심스러운 그의 행동을 지켜보는 순간 섬뜩한 생각이 지나갔다. 도둑이었다. 지영은 볼일도 잊고 가만히 화장실 문을 밀었다. 그가 눈치채지 않도록 누군가에게 알려야 했다. 그녀가 막 화장실을 빠져나오는데, 이 주임이 담배를 물고 기숙사 뒤편으로 돌아왔다. 이주임과 눈이 마주친 순간 그녀는 손으로 담 쪽을 가리켰다. 상황을 파악한 이 주임이 뒤꿈치를 들고 뛰어갔다. 담을 짚고 있던 남자가 급작스레 달려드는 발소리에 놀라서 움찔 뒤를 돌아본 것과 이주임의 상체가 남자의 등을 덮친 것은 거의 동시였다. 이주임은 남자의 멱살을 잡아끌고 그녀의 앞을 지나갔다. 앳돼 보이는 남자의 얼굴이 공포에 질려 있었다. 남자를 공장 앞마당까지 끌고 간 이주임이 작업장을 향해 소리쳤다. 작업을 중단한 한국인 직원들이 먼저 뛰어나왔다.

"이 자식이 글쎄, 담에 붙어서 기웃대고 있더라고!"

이주임의 말이 끝나기가 무섭게 남자를 향해서 직원들의 발길이 날아가기 시작했다. 공장장이 나와 이주임에게 자초지종을 물었을 때 남자는 이미 바닥에 엎어진 채 일어나지 못하고 있었다. 바른대로 대라거니, 경찰에 넘긴다거니 간간이 발길질이 이어진 끝에 이주임이 남자에게서 일하는 공장의 연락처를 알아냈다. 이십 분도 안 되어 남자의 사장이라는 사람이 찾아왔다. 그러곤 공장장과 잠깐 동안 말을 주고받더니 엎어져 있는 남자에게 다가갔다. 남자가 찢어진 눈가를 손으로 누르고 아래 공장을 가리켰다. 다그치는 듯한 사장에게 남자는 알아들을 수 없는 말로 설명했다. 곧 남자의 사장과 공장장이 연락처를 주고받더니 사장이 남자를 차에 태우고 사라졌다. 조금 전의 험악한 분위기에 비해 너무 싱거운 결말이었다.

직원들은 입맛을 쩝 다시며 점심을 먹으러 식당으로 몰려갔다. 각자 식비를 받아 식사를 해결하는 외국인들은 공포에 질려 기숙사로 돌아갔다. 무언가 잘못되었다는 생각이 들었지만 지영은 누구에게도 물어볼 수가 없었다. 아니 물어볼 용기가 나지 않았다. 다만 직원들이 흘리고 지나가는 말 속에서 남자가 베트남 사람이라는 걸 주위들었을 뿐이었다. 지영은 배앓이도 잊어버리고 사무실에서 넋을 놓고 앉아 있었다.

도매점에 나가 있던 남편이 전화를 한 건 퇴근 시간이 다 되어서였다. 외주 준 일이 잘못되어 며칠 야간 잔업을 해야 한다는 말이었다. 일도 없는 터에 납기에 쫓겨 잔업을 한다는 것도 웃지 못할 일인데, 외주 준 일이라니 한심한 소식이었다. 하루 종일 빈속이다시피 한 그녀는 밥집에 저녁을 먹으러 갔다.

"베트남 아이가 잡혔다면서요. 그 애가 범인인 것 같지는 않다고들 하던데……"

식사를 내온 밥집 남자와 그의 아내가 직원들에게 들었는지 물었다. 그녀는 고개만 끄덕였다. 그녀도 궁금증을 풀어줄 말이 없었다. 사무실로 돌아오니 남편이 들어와 있었다. 달갑지 않은 전사장의 목소리도 들렸다. 그와 마주치고 싶지 않아 멈칫 문 앞에서 발길을 멈춰 섰다. 신경질적인 욕설을 섞어가며 전사장이 목소리를 높였다.

"부녀회장만 아니면 확 그 종자들 잡아처넣어야 되는 건데.

재수한다고 몰려다닐 때부터 수상쩍다 싶더니만 자식들 배포도 크지. 겁도 없이 공장마다 값나가는 물건들만 골라서 털어가, 머리에 피도 안 마른 것들이. 부녀회장인지 지랄인지 그 여편네도 이제 끝장났고마는."

지영은 자신의 귀를 의심했다. 부녀회장의 아들이라면 어제 슈퍼에서 만났던 아이들이었다. 친구들과 몰려다니는 그 아이의 불량한 눈길이 꺼림칙했었다. 그 애라면 그런 짓을 하고도 남았다. 순간 베트남 아이의 상처투성이가 된 몰골이 떠올랐다. 문을 밀치고 사무실로 들어서는 그녀를 전사장과 남편이 뜨악하게 쳐다보았다.

"그 애들 짓이었어요?"

"도난 신고 덕분에 그 자식들이 넘긴 오토바이가 장물로 조회에 걸려들었는데, 하 글쎄 그사이에 또 후레자식들이 지게차 사무실 금고를 뜯다가 잡혔다니까네."

귀에 거슬리는 반말투로 전사장이 나섰다. 그녀는 남편을 뚫어지게 보았다.

"그럼. 그 베트남 아이는요?"

"지 눔이 남의 공장 기웃대다 재수 없게 당한 걸, 나더러 어쩌란 말이야."

남편이 느린 말투로 대답했다.

"그 애가…… 왜 아래 공장을 기웃거렸대요?"

기어들어가는 목소리로 그녀가 겨우 물었다. 전사장이 특유의 웃음을 입가에 걸고 설명했다.

"그 베트남 애랑 같은 고향 사람이 잡혀서 본국으로 송환됐는데, 재수 없게 저는 가고 그 부인은 남아 있으이까네, 자기 부인이 잘 있는지만 확인해서 알려달라고 부탁을 했던가 봐. 그 부인도 아마 불법체류자인 모양이라 떳떳이 확인할 수가 없었던게지."

"말도 안 돼, 당장 찾아가서 치료비 물어주고 보상해요."

지영의 파르스름한 말을 이번에도 전사장이 받았다.

"지금 약 먹었으요? 그깟 자식한테 보상은 무슨 놈의 보상이야. 끝났으면 그만이지."

남편 역시 마뜩잖은 눈길로 그녀를 쏘아봤다.

"공장장 얘기가 잘 마무리됐다고 하더구먼. 어디가 부러진 것도 아니고, 비자가 없어서 어차피 병원에도 못 갈 텐데, 보상이니 뭐니 해야 그 자식만 곤란해진다고."

"엄청도 생각해주네요. 왜요, 외국인이어서요? 애먼 사람 도둑으로 오인해서 실수했으면 사과라도 하는 게 인지상정이지 이 나라에 그런 예법이 언제부터 사라졌대요."

전사장이 그녀의 말끝을 잡았다.

"아주먼네는 낭만주의구먼. 이 바닥에선 그런 걸로 살아남을 사람 없어요. 한사장이나 나도 인정 없는 사람들은 아니요. 다만 구분을 하자는 거지."

들으나마나 한 이야기였다. 무슨 거창한 경영론을 가진 것도 아니면서 설교를 늘어놓는 전사장의 말을 더는 듣고 싶지 않았다.

"어쨌든 그 베트남 아이한테 약이라도 사다줘야 해요."

"그따위 동정 때문에 세상이 시끄러운 거야. 뭘 알지도 못하면서 나서기는……"

남편이 같은 이야기를 늘어놓기 전에 그녀는 사무실을 나왔다. 주변 공장의 개들이 짖어대는 소리를 들으며 그녀는 참담한 심정이 되었다. 도둑이 검거되었다는 소식을 들었어도 조금도 시원하지 않았다. 밖은 어두웠다. 그녀는 슈레를 들여다보고 가려고 숙소에 들렀다. 종일 정신이 없어서 슈레 생각을 하지 못했던 것이다. 그녀가 부르는 소리를 듣지 못했는지 슈레는 기척이 없었다. 그녀가 문을 열자 벽 쪽으로 누워 있던 슈레는 힘겹게 꿈틀댔다. 재차 부르자 잠깐 고개를 돌리는 듯하더니 힘없이 머리를 떨어뜨렸다. 방으로 들어가 슈레의 머리를 만져보니 열이 심했다. 흔들어도 정신을 차릴 수 없을 만큼 심한 상태였다. 지영은 슈레에게 병원에 가야 한다고 이야기했다. 그녀가 외투를 찾아서 입히는데도 슈레는 힘겹게 고개를 흔들 뿐 몸을 가누지 못했다. 그녀는 다급한 마음에 남편을 불러왔다. 뜨악한 전사장을 남겨두고 슈레를 둘러업다시피 봉고차에 태워 병원 응급실로 옮겼다. 병원에 도착했을 때 슈레는 혼수상태에 빠져 있었다. 갑작스럽게 직원들 출퇴근 차를 가져와서 남편은 공장으로 돌아갔다. 수액을 주사하면서 혈액을 채취하고 간단한 신체반응 검사를 한 응급실 담당 의사는 열을 동반한 식중독으로 보이는데, 재검이 필요하다고 했다. 불길한 예감에 허둥대던 지영은 식중독이라는 말에 일단 안심했다.

남편이 돌아올 때까지 지영은 잠든 슈레 곁에 붙어 있었다. 슈레는 눈에 띄게 말라 있었다. 야간 잔업을 마치고 돌아온 남편은 슈레가 잠든 것을 확인하곤 피곤한 듯 그녀에게 돌아가자고 했다. 서성대며 눈으로 성화를 하는 남편과 함께 지영은 일단 집으로 돌아왔다. 괜히 쓸데없는 일을 벌여서 자기는 벌금 내고 슈레는 잡혀서 본국에 송환될 거라고 남편이 지영을 몰아세웠다. 듣고 보니 슈레에게 감당할 수 없는 일을 벌인 것만 같아 불안했다. 이후야 어찌되든 우선 실신한 사람을 살리고 봐야 하지 않느냐고 대꾸했다가, 식중독 때문에 죽는 사람은 없다는 구박만 들었다.

이튿날 소변검사를 포함한 정밀검사 결과, 슈레는 신장 질환에 관한 소견을 들었다. 서둘러 재검을 했다. 결국 신장암 3기 판정을 받았다. 밤새 안녕이라는 말이 이런 경우에 하는 말이었다. 슈레에게 사실을 전하는 일만큼은 정말이지 피하고 싶었다. 그럼에도 불구하고 다른 방법이 없다는 것에 지영은 깊이 회의했다. 본인의 충격은 말할 것도 없지만, 남편 말대로 비자가 없는 슈레는 곤란한 상황에 빠졌다. 그동안의 검사진료비를 지영은 고스란히 물어야 했다. 공장이 야간 잔업을 하는 한 주일 동안 지영은 슈레의 일로 정신없이 보냈다. 슈레가 위기를 넘기고 거동하게 되기까지 그녀는 보호자로 불렸다. 낮에는 공장에 나와 경리 일을 보고 아침저녁으로 병원에 들러 슈레를 돌보고 밤에는 집에서 남편의 눈치를 봐야 했다. 그녀는 거의 실신 지경이었다. 남의 일로 그렇게 눈치 보이고 맘 졸이고 편치 않은 일을 당하기는 처음이었다. 슈레가 돌아갈 때까지라도 후회 없이 돌봐주고 싶은 마음이었다.

결국 병든 몸으로 슈레는 본국으로 돌아갔다. 남편은 벌금을 물었다. 슈레가 제 발로 들어와 근무한 지 한 달 이내의 기간이어서 약간의 정상 참작이 되긴 했어도, 결과는 예상을 벗어나지 않았다. 여편네 오지랖 덕분에 말년 암환자 치다꺼리에 벌금까지 물었다고 남편은 전사장과 공장장에게 열없이 변명을 늘어놓아야 했다.

함께 퇴근하면서 지영은 상심하고 지친 남편에게 사과했다.

"여보, 가뜩이나 어려운데 이래저래 미안해요."

그녀의 얼굴을 의외라는 표정으로 쓱 훑어본 남편이 한층 누그러진 말투로 대꾸했다.

"풀죽을 거 없어. 우리가 언제 앞일 내다보고 이것저것 가릴 처지였나 뭐. 다 운대지. 저숙련이고 저임금이고 그런 사정 다 떠나서 어차피 우리가 걔들 없으면 무슨 수로 공장 해먹겠어. 내국인들이 이런 열악한 공장에 와야 말이지. 제조 공장에 목숨 붙이고 있는 한 우리나 걔네나 신세 다를 거 없어. 선택의 여지가 없잖아. 피해를 보든 벌금을 내든 엿을 먹든."

"그런데 여보, 우리가 운 나쁘게 피해를 본 건 사실이지만, 슈레가 한국인이었으면 그렇게 방치하지 않았을 텐데. 이런 일이 생기면 결국 아무도 책임지지 않는 거잖아."

"우리만 그런 것도 아냐. 태국에선 라오스 캄보디아 미얀마 근로자들 어떻게 대우하는데. 옛날에 공장장도 당하고 왔잖아. 해방 전부터 파독 근로자 시절까지 우리 형들 세대는 다 그랬어. 거꾸로 이제 다시 그때가 오면 끔찍하겠지. 그러나 어쩌겠어, 그때는 또 그렇게 사는 거지."

"당신은 정말 그렇게 생각해? 우리도 아이가 없지만, 결국 우리나라 인구는 계속 줄어들고, 곧 코시안에게 나라 국방도 맡기고 살림도 맡겨야 하는데. 그때 가선 뭐라고 변명할 건데?"

"허허, 이 나라가 그런 거에 관심 있는 줄 알아? 막말로 제조업이 다 나가떨어져도 눈 하나 꿈쩍하지 않을걸. 왜? 영세업자가 정치자금을 내겠냐, 정치 운동에 영향을 주겠냐. 선거 공약대로 할 거였으면 고용부담금제 같은 헛소리는 안할걸. 와서 도움이 될지 안 될지도 모르는 저숙련 이주근로자들이라도 채용하려고 취업교육비며 보험금이며 영세기업이 다 부담하고 있는데, 걔네들 부를 때 수수료 챙기고 보낼 때 벌금 챙기면서 도산하는 영세기업들에 아직도 뭘 더 걷겠다는 게 말이 되냐고. 정부가 말하는 육성 대책이란 바로 그런 거야."

"현실과 정책 사이가 태평양보다 멀어서 도무지 합의점이 없네. 제조업들은 저들대로 악다구니하다가 처절하게 쓰러지고, 돈 벌어서 행복하게 살아보겠다고 이주한 외국인들은 고생하다가 원한을 가지고 돌아가는데, 대체 이 나라의 이주 정책은 누굴 위해 있는 건지…… 살아보겠다는 사람들끼리 공생하는 게 그렇게도 어려운가."

말끝을 흐리는 지영을 힐끗 쳐다보곤 남편이 장난처럼 말했다.

"지금 공생하고 있잖아. 최선의 모습은 아니지만, 서로 장렬한 최후를 맞이하면서."

더 이상 반박할 말이 없다. 남편은 자조인지 자위인지 모를 침묵에 빠졌다. 이즈음의 대면이 으레 그렇듯이, 온몸이 잠긴 것처럼 반응이 없어지는 순간이었다. 그대로 남편을 방치하는 것이 그녀가 할 수 있는 전부였다.

닻

잠에서 깨어난 그녀는 예기치 않은 상황에 빠졌다. 온몸이 잠겨 있어 손끝 하나 움직일 수 없었던 것이다. 그걸 알아차리는 순간 숨통이 조여들면서 공포에 휩싸였다. 휴대폰의 알람이 울린 건 다행한 일이었다. 근육 경련에서 풀려났을 때처럼 순식간에 정상을 회복했지만 온몸이 땀에 젖어 있었다. 의사로부터 이런저런 설명과 충고를 들으면서 처방 받은 생약 성분의 수면 유도제는 효과가 없는 것이 분명했다. 숙면은 고사하고 새벽까지 뒤척이다 수면마비에서 깨어나는 일이 반복되고 있었다.

목덜미에 달라붙은 머리카락을 쓸어넘기고 그녀는 침대 아래로 내려왔다. 내려왔다기보다는 흘러내리는 용액이라도 된 듯 바닥으로 미끄러진 것이다. 그대로 녹아 장판이 될 것 같은 몸을 가까스로 일으켰다. 거실로 나가서 안막 커튼을 젖히자 환한 빛이 들어왔다. 연거푸 하품을 하면서 전기포트에 물을 올렸다. 그러곤 소파 위로 무너졌다. 거리를 가늠할 수 없는 소음이 들려왔다. 아침 시간대의 익숙한 소음이었다. 공간을 넘어오는 자질구레한 소음이 엄마와의 시간을 생각나게 했다. 한때 그녀는 공중파 방송을 시청하거나 식사를 준비하는 엄마의 인기척을 들으며 지루하면서도 몽롱한 아침을 맞곤 했다. 간혹 누군가 다투거나 현관문을 여닫는 소리를 들으면서도 불안하지 않았던 그 시절, 매일 떠오르는 태양과 함께 새로운 하루가 시작된다는 걸 그녀는 믿어 의심치 않았다.

공간을 텅 울리며 전기포트의 스위치가 꺼졌다. 소파에서 일어난 그녀는 천천히 간이 식탁에 머그잔과 드리퍼를 내려놓고 필터를 세팅했다. 얼마 남지 않은 가루 커피를 덜어서 넣었다. 남겨놓기엔 애매했다. 이런 경우 차라리 진하게 한 잔 마시는 게 나았다. 그녀는 남은 가루를 마저 털어 넣고 봉지를 접어 휴지통에 버렸다. 끓인 물을 드립포트에 옮겨 온도를 떨어뜨린 후 천천히 커피에 물을 부었다. 거품이 생성되면서 스펀지 빵처럼 부풀어오른 커피가 오븐에 구워진 것처럼 갈라지는 모습은 매일 보아도 지루하지 않았다. 아침의 커피에 집착하는 건 어쩌면 악마의 미끼라 해도 거절하지 못할 기막힌 향기 때문이지 싶은 생각을 하면서. 하지만 기대했던 향 같은 건 나지 않는다. 분쇄한 커피를 구입한 지 한 달이 되어가니 그럴 만도 했다. 포트를 살짝 기울여 천천히 부풀어오른 커피에 물을 부었다. 거품이 꺼지는 속도가 처음 개봉했을 때보다 짧았다. 나선형으로 반복해서 물을 붓는 중에도 하품은 계속 새 나왔다. 그녀는 드리퍼를 걷어내고 추출된 커피에 코를 박았다. 마약이라도 하는 사람처럼 숨을 깊이 마셨다. 찌푸려졌던 그녀의 미간이 살며시 펴졌다. 그녀는 중요한 의식이라도 치르는 사람처럼 눈을 감고 커피를 마시는 일에 몰입했다. 머그잔을 내려놓고 가볍게 기지개를 켜는 그녀의 눈에 초점이 살아났다. 방금 전까지 하품을 물고 있던 몸에 배터리를 충전한 것처럼 감각이 돌아왔다. 그녀는 냉장고에서 식빵 두 장을 꺼내 토스터에 넣고, 슬라이스 치즈와 오이 피클을 꺼내 손질했다. 갓 구워진 식빵을 사등분하여 버터와 애플 소스를 바르는 그녀의 손길이 리드미컬하다. 빵 조각 위에 잘라놓은 치즈와 피클을 얹어 식빵 카나페를 완성했다. 간편 요리를 위한 그녀의 레시피는 모두 인터넷 포털사이트나 개인 블로그에서 가져온 것들이다. 음식뿐 아니라 생활에 필요한 정보들은 거의 그곳에 있었다. 날이 갈수록 스마트폰에 의존해서 이제 무슨 분리불안증이라도 있는 것처럼 손에서 휴대폰을 놓으면 불안할 지경이었다. 마침 휴대폰이 울렸다. 병원 예약 스케줄 알림이다. 셋째 주 목요일, 한 달에 한 번 외출하는 날이었다. 아직 오전 시간인데도 불구하고 갑자기 쫓기는 마음이 들었다. 그녀는 서둘러 옷을 갈아입고 식탁에 앉았다. 막 카나페를 한입 물었을 때 초인종이 울렸다. 디지털 비디오폰에 아파트 공용 현관에 서 있는 회색 조끼를 입은 남자 얼굴이 나타났다. 그녀는 동그란 눈을 더 크게 뜨고 달려가 인터폰을 들었다. 묻기도 전에 짧고 건조한 목소리가 울려 퍼졌다.

택배요.

안내도 없이 들이닥친 불한당 같은 배달원에게 양손 검지로 X표를 그려주고 오픈 버튼을 눌렀다. 사실 이건 어제 받을 물건이었다. 기다릴 땐 소식이 없다가 꼭 이렇게 애매한 시간에 사람을 성가시게 한다. 허둥지둥 후드 지퍼 카디건을 찾아 걸치고 현관문 앞에 서서 벨이 울리길 기다렸다. 하지만 2초 3초가 지나도 아무 기척이 없었다. 그녀는 거울에 비친 자신의 얼굴을 들여다보곤 집 안을 스캔했다. 컴퓨터 모니터 앞에 놓인 선글라스를 집어 들고 종종걸음으로 현관문 앞으로 돌아왔다. 선글라스를 쓰고 턱 끝에 힘을 주어 입술을 정갈하게 다물고 거울을 보았다. 둥근 선글라스가 얼굴의 반을 가리고 있어서 거울에 비친 그녀의 얼굴은 실제보다 작게 보였다. 엘리베이터 도착음을 듣고 현관문을 열어젖혔다. 물건을 건넨 배달원은 그녀와 눈도 마주치지 않고 돌아섰다. 빠른 동작으로 현관문을 닫은 그녀는 죽은듯이 서서 밖의 소음에 귀를 기울였다. 몸 밖으로 튀어나올 듯 쿵쾅거리던 심장 소리가 잦아들자 바퀴벌레가 알 까는 소리까지 들릴 것 같은 정적이 흘렀다.

그녀는 뻣뻣해진 몸을 움직여 인터넷 포털사이트에 로그인 하고 가입된 카페 중 '베토벤하우스'에 들어갔다. 그녀가 찾아낸

음악 카페 중 가장 만족스러운 곳이었다. 카테고리에서 운영자가 매일 올려놓는 '오늘의 음악방'을 클릭해서 제목을 읽어보았다. 클로드 드뷔시의 이야기가 올라와 있었다. 클릭하려던 마우스의 커서를 미끄러뜨리며 마른침을 삼켰다. 즐겨보는 웹툰 연재편처럼, 아껴두면 꼭 봐야 할 적절한 시간이 찾아오게 마련이다. 그녀는 관현악곡 방에 들어가 좋아하는 멘델스존의 곡 중에서 「핑갈의 동굴 서곡」을 골라냈다. 곡을 클릭한 후 연주가 시작되길 기다리며 컨덕터와 오케스트라를 확인했다. 곡이 시작되기전, 지휘자가 관객과 조우하는 몇 초 동안의 긴장과 기대가 좋았다. 곡은 바람을 타고 파도가 밀려드는 느낌으로 시작되었다. 여러 가지 악기 소리가 다투듯이 튀어나와 화음을 이루면서 울려 퍼진다. 첫번째 주제부에 이를 때, 언젠가 동영상으로 찾아본 스코틀랜드 서쪽의 거친 바다와 스태파 섬의 풍광이 연상되었다. 깎아지른 현무암 기둥으로 달려든 파도가 하얀 포말이 되어 부서지고, 끝없이 반짝이는 넓은 바다 위에서 갈매기가 바람에 저항하면서 섬을 향해 날아오르는 모습을 상상하는 것만으로도 가슴에서 시원한 바람이 솟는 것처럼 설렜다. 그녀는 오케스트라가 연주하는 동영상을 보는 걸 좋아했다. 연주자들을 보면 몰입해서 감상하기가 좋기도 했지만, 번잡스러운 외출을 하지 않고도 이 공간에서 조용히 탈출했다가 무사히 돌아올 수 있기 때문이었다. 그녀는 음향을 블루투스 스피커에 연결하여 집 안 가득 악기 소리가 출렁거리도록 만들었다. 바람과 갈매기를 몰고 달려오는 파도 소리가 그녀를 둘러쌌다. 그녀는 '평갈의 동굴' 속에서 한결 편안한 얼굴로 식은 커피에 카나페를 먹었다.

택배 박스를 풀어 생리대와 생필품을 분류해 정리했다. 점점 더 민감해지는 피부 때문에 육가공식품을 사는 것이 조심스러웠지만, 일단 구매한 것은 다 소비한다는 것이 그녀의 원칙이었다. 쇼핑 호스트의 재촉에 넘어가 패키지 세일 품목을 구입한 뒤에 그걸 처치하느라 곤욕을 치른 것이 한두 번이 아니었다. 이번엔 T-몰에서 판매를 대행하는 가정식 저지방 숙성 스테이크와 훈제 오리를 구매했다. 오늘 외출에서 돌아오면 만찬으로 스테이크를 구워볼 계획이다. 그녀가 직접 만든 신선한 리코타 치즈 샐러드에 와인을 곁들인다면 최고의 파티가 될 거였다.

시간을 확인하고 컴퓨터 앞에 앉는 그녀는 화장한 얼굴에 세미 정장을 입고 있었다. 차림새가 마음가짐을 좌우한다고 생각하기 때문에 쫄바지나 깊이 파인 브이넥 티셔츠 차림으로는 컴퓨터 앞에 앉지 않았다. 그녀를 자유롭게 놔두지 않는 엄마 때문이 아니었다. 이건 그녀의 필연적 선택이었다. 외출용 선글라스와 구별해서 지금 그녀가 쓰고 있는 건 최근에 인터넷몰에서 구입한 거였다. 청색광 차단 기능에 PC 보안경으로 쓸 수 있는 실내용이었다. 집에 돌아오면 파자마에 나이트가운이 고정 패션이었던 폐인 같았던 엄마. 외출할 때면 고급 취향의 명품으로 온몸을 휘감아야 직성이 풀렸던 엄마라면 지금 그녀가 입은 보편적인 패션에 혀를 찰 거였다. 엄마의 물건을 정리하면서 그녀는 엄마 스타일의 옷들을 버렸다. 엄마가 만들어준 스타일도 폐기했다. 혐오스러운 혈관 무늬나 파충류의 비늘 무늬 혹은 원색의 원단을 즐겨 사용했던 엄마의 취향은 독특했다. 보석을 박아 넣은 뱀 머리나 전갈 모양의 장식 벨트로 포인트를 살린 엄마의 작품들을 소화하는 건 쉬운 일이 아니었다. 엄마가 권하는 이어링이나 장식품을 걸고 다니기 위해 그녀는 일주일에 두어 번씩 미용실이나 피부 관리실에서 시간을 죽여야 했다. 깎고 볶고 염색하고 다시 탈색하기를 반복하느라 그녀의 머리카락은 성할 날이 없었다. 정기적으로 실리콘 오일을 걷어내고 큐티클에 영양을 투입하는 헤어클리닉 시술을 받지 않았다면 그녀의 머리카락은 한 올도 남아 있지 않았을 거였다. 사춘기 시절에 무시로 피어나던 화농성 피부염과 여드름 덕분에 자잘한 흉터로 덮여 있던 그녀의 얼굴 또한 피부재생 시술을 받아야 했다. 형식적으로 발라주는 마취 연고는 플라세보 효과일 뿐이라는 걸 그녀는 모르지 않았다. 색소가 침착된 흉터 부분을 레이저로 제거할 때는 살 태우는 냄새가 났다. 그녀가 가장 싫어했던 건, 연예인들이 자주 받는다는 해초 박피 시술이었다. 산호가루 추출물을 얼굴에 문질러 생으로 각질을 일으켜 피부막을 벗기는 방법이었는데, 며칠 동안 불에 덴 것처럼 얼굴이 화끈거렸다. 세포의 재생은 어릴수록 효과가 좋다는 엄마의 판단은 적중했다. 수없이 피부를 깎아내는 재생클리닉 덕분에 그녀는 희고 투명한 얼굴을 갖게 되었다. 하지만 그건 엄마의 작품을 코디하기 위한 기초 작업일 뿐이었다. 그녀에게 패션은 표현의 대상이 아니었다. 반드시 소화해내야만 하는 의무조항이었다.

메일함엔 기대 이상으로 많은 메시지가 들어와 있었다. P의 메일은 보이지 않고 요란한 제목의 메일 수십 통이 페이지를 채우고 있었다. 커서를 아래위로 굴려 메일 제목들을 샅샅이 훑었다. 주소를 만들기만 하면 용케 알고 들어오는 광고 메일 덕분에 매일 그녀의 업무는 빡빡했다. 몇 개의 야동 메일을 스팸함으로 보내고, 나머지는 보류해두었다. 그중에서 '아쿠아 아트 창업 설명회'라는 제목을 클릭했다. 신비한 조명의 인조 해파리 수족관이 열렸다. 며칠 전 회원으로 가입한 사이트에서 보낸 메일이었다.

우연히 찾아낸 스쿠버다이빙 사이트에서 수준급 다이버인 P의 홈에 먼저 흔적을 남긴 건 그녀였다. P와 댓글을 주고받으면서 흥미를 갖기 시작한 것이 그녀로 하여금 온갖 종류의 사이버 수중 체험을 하게 했다. 해파리에 대한 이야기도 그의 블로그에서 보았다. 생긴 것과는 다르게 치명적인 독이 있어 다이버를 위험에 빠뜨리기도 한다는 해파리의 매력에 끌려 그 종류들을 찾다가 가입하게 된 거였다. 인조 해파리 일본 본사 홈페이지로 들어가 해상도가 뛰어난 초대형 수족관 사진을 보았다. LED 색상 변환 조명 속에서 유연하게 움직이는 해파리의 변신이 환상적이었다. 인조라는 것이 믿어지지 않았다. 특히 푸른빛으로 조명이 바뀔 때 섬세한 촉수들이 하늘거리며 유영하는 모습은 빨려 들어가도 모를 것처럼 신비로웠다. 몰입해서 보고 있는데 느닷없이 하품이 나왔다. 가끔 집중해서 모니터를 보면 피로감을 느낄 때가 있었다. 그녀는 눈을 깜빡여보고 사이트에서 빠져나왔다. 포털사이트로 돌아가자 로그인 박스 아래 신상품 사진들이 반짝이고 있었다. 시선은 이미 빼앗긴 다음이었다. 쇼핑몰 카테고리를 클릭하자 홈페이지와 함께 여러 개의 팝업창이 떴다. 한정 기획 판매와 세일을 알리는 상품광고였다. 내용을 미처 스캔하기도 전에 클릭 버튼을 눌렀다. 생각을 배신하고 에이리언 핸드가 된 오른손을 왼손으로 꽉 잡아 눌렀다. 천천히 풀려난 오른손으로 팝업창을 내려놓고 몇 개의 아이템을 불러 상품을 확인했다. 모니터 오른쪽에 그녀가 불러냈던 상품들이 떠 있었다. 한번 클릭해서 이미지를 확인한 것들이었다. 그녀는 자신도 모르게 입술을 삐죽 내밀었다. 웹서핑을 할 때마다 끈질기게 따라붙는 소셜 커머스의 끈질긴 유혹은 당할 수가 없기 때문이다. 어디를 가나 온통 광고로 뒤덮인 세상이다. 그녀는 무언가 생각난 듯 즐겨찾기에서 T-몰을 찾아 들어갔다. 아침에 안내도 없이 물건을 늦게 배송한 택배 직원에 대해 고발하는 것으로 후기를 작성했다. 그리고 T-몰을 즐겨찾기에서 삭제했다. 생각 같아선 블랙 컨슈머가 되어 복수해줄까 하는 생각도 들었지만, 깨끗하게 끝내는 쪽을 택했다.

그녀는 검색창에 '신직업'이라고 쳤다. 사실대로 말하자면, 그녀는 새로운 일거리를 찾고 있었다. 벌써 수년째였다. 온라인으로 재택근무를 할 수 있는 일을 모색하고 있었다. 정색하고 직업을 찾아도 마땅한 직업을 찾을 수 없다는 것에 그녀는 불안을 느꼈다. 엄마가 죽기 전까지는 굳이 직업을 가져야겠다는 따분한 생각 같은 건 하지 않았다. 그녀가 고민하기도 전에 엄마가 임의대로 일자리를 만들어놓고 그녀를 현장으로 밀어넣었기 때문이었다. 사소한 반항이 없었던 건 아니었다. 하지만, 엄마의 논리적이고 헌신적인 언어 앞에서 그녀는 몇 곱절 양심의 가책을 느껴야 했다. 그녀가 빈정대거나 경멸할 수 있을 만큼 자랐을 때, 엄마의 사랑은 더욱 교묘해졌다. 그녀는 매번 반항을 유보해야만 했다. 실제 직업을 갖고 지낸 시간은 얼마 되지 않지만, 엄마의 화려한 경력과 수완 덕분에 그녀는 몇 가지 명함을 가질 수 있었다. 대학을 졸업하던 해에 엄마의 매장에서 매니저로 일한 것이 시작이었다. 말이 매니저지 엄마 옷을 걸어두는 마네킹이었다고 하는 편이 정확한 직함이었다. 엄마는 한때 패션계에 이름을 떨친 디자이너였고, 그 무렵엔 상징적 존재로서 작품 전시회에 초대되곤 했다. 그녀를 전시하는 데 만족을 느낀 엄마는 얼마 후 패션 매장 디스플레이어, 소재 디자이너 등, 그녀의 적성보다는 엄마 자신이 필요로 하는 직업을 그녀에게 알선했다. 장소만 바뀌었을 뿐 그녀의 출근길 역시 패션쇼의 연속이었다. 대학생활보다 더 한심한 시간이 연장되었다. 고등학교 시절, 바쁜 엄마를 기다리며 그녀는 많은 시간을 혼자 클래식 음악을 들으면서 책 읽기에 빠졌다. 노래를 들으면 혼자 있을 때의 무서움을 잊어버릴 수 있었다. 책 읽기에 방해되지 않는 경음악이면 무어라도 좋았다. 조지 윈스턴과 에릭 사티, 노무라 소지로 같은 작곡가에 심취하면서 음반을 수집하던 것이 점차 클래식으로 호기심이 확장되었다. 클래식을 만나면서 그녀는 혼자 지내는 즐거움에 푹 빠졌다. 작곡가 혹은 지휘자와 연주자를 중심으로 수백 장의 클래식 음반을 수집하는 것이 그 시절 그녀에겐 살아 있는 목적이었다. 성장기 내내 그녀를 방치했던 엄마는 이 무렵 그녀의 취향을 발전시킬 경제적 지원을 충분히 해주었다. 일본 애니메이션과 인터넷 소설도 두루 섭렵했다. 조앤 롤링이나 소피 오두인 마미코니언의 마법 판타지도 보았지만, 그녀의 취향은 아니었다. 그녀는 사이딘의 소설에 경도되었다. 특히 『실버문』을 읽고 나서 주인공에게 매료되었다. 그때부터 사이딘 풍의 모방 소설을 쓰려고 작품을 구상하거나 사건을 묘사하면서 많은 시간을 보냈다. 어떤 상황에서도 담담하게 자신의 길을 개척해가는 쓸모 있는 존재로서 주인공은 늘 영웅이었다. 하지만 현실에서 그녀의 진로는 정해져 있었다. D대학 패션디자인학과였다. 엄마의 수완 덕분에 그녀는 내신과 형식적인 면접만으로 대학생이 되었다. 그녀의 대학생활이 얼마나 엉망이었는지 알았다면 엄마는 결코 무모한 취업 청탁에 접대비를 쓰지 않았을 거였다.

새 메일이 도착했다는 신호음이 울렸다. P가 보낸 답신이었다. 그녀의 얼굴에 반짝 호기심이 지나갔다. 역시 사진을 기대한다는 내용이었다. E시의 공무원인 P는 동남아시아 해안과 미크로네시아 등지에서 입수를 천 회 이상 가진 베테랑 다이버였다. 나이가 꽤 많을 거라고 생각했지만 경력에 비해 P는 젊어 보였다. 그에 대한 정보를 캐기 위해 추적질을 시작했다. 블로그 댓글을 통해 그가 다이버협회 임원이라는 것과 마스터 스쿠버 다이버 강사로 활동 중이라는 것을 알아냈다. 그의 블로그에 접속하는 사람 중에는 여성 다이버들이 많았다. 댓글 내용으로 보아 그를 추종하는 부류라는 것을 알 수 있었다. 그네들의 블로그와 댓글 내용을 추적한 결과 다이버 자격증 과정 수강생이라는 것을 밝혀냈다. P와 함께 여행하며 입수를 할 수 있어서 즐거웠다고 댓글을 쓴 여성도 있었다. 그 댓글은 그녀의 질투를 유발했다. 하지만, 그녀의 블로그에 들어가 확인하니 P와 같은 협회에서 활동하는 부부 다이버였다. 정말 아리송한 건 아무리 추적질을 해도 P의 가족에 대한 단서가 없다는 거였다. 미혹을 들추기 위해 진행한 추적질은 별다른 정보를 찾지 못한 채 마침표를 찍었다.

그녀의 컴퓨터 바탕 화면에는 다이버 복장을 갖춘 그의 전신 사진이 깔려 있었다. 신체를 노출하지 않음에도 불구하고 스쿠버다이빙 복장은 온몸의 실루엣을 민망하리 만큼 드러냈다. 탄탄하게 균형을 이룬 그의 몸은 모델처럼 완벽했다. 이틀 전 그가 메일에 첨부해서 보내준 사진이었다. 사진을 교환하자는 이야기만 꺼내지 않았다면 그는 영원한 VIP로 존재할 수도 있었을 거였다.

그녀는 포털사이트와 연동되어 있는 클라우드에 접속해서 폴더를 열었다. 엄마의 작품으로 스타일링한 사진들이 바둑판 모양으로 열렸다. 그녀가 가지고 있는 사진은 이 폴더에 보관된 것이 전부였다. 선글라스를 쓴 이후부터는 사진을 찍지 않았다. 엄마가 그녀에게 열중하던 시절, 연예인 지망생이 줄을 선다는 강남의 어느 스튜디오에서 '작가 선생님'에게 찍은 것들이었다. 그중 벨벳 원피스 차림의 사진을 클릭해서 확대했다. 짙은 와인색 벨벳 원피스를 입은 그녀의 피부는 희다 못해 눈이 부셨다. 엄마의 디자인답지 않게 가슴선이나 허벅지 등 은밀한 부위를 노출시키지 않은 이 원피스가 마음에 들었다. 타이트한 디자인으로 여체의 볼륨을 조각품처럼 드러낸 작품이었다. 닻 모양의 백금 목걸이와 팔찌는 사진 촬영을 위해 엄마가 특별히 세공업자에게 주문 제작한 것이다. 그녀가 소장하고 있는 장신구 중 유일한 엄마의 흔적이었다. 반지와 세트인 저 액세서리를 처분하려고 마음먹은 적도 있지만, 제작 가격을 알고 있는 그녀로서는 보석상 매입자가 제시하는 말도 안 되는 헐값에 도저히 넘겨줄 수가 없었다. 그녀는 머리핀과 브로치 등의 장식품들을 넣어둔 서랍에서 반지를 찾아냈다. 한때 그녀가 즐겨 끼던, 아니 지니고 다니던 반지였다. 그걸 끼고 손바닥 쪽으로 알을 돌려 엄지손가락으로 닻 문양을 만지작거렸다. 농축된 엄마와의 시간을 만지는 것처럼 낯익은 느낌이 되살아났다. 닻 문양이 새겨진 섬세한 백금 세공이 마음에 들었다. 정박할 곳을 찾아 닻을 내린다는 건 막연하지만 멋진 일이라 생각했다. 그때는 그랬다. 그녀는 새삼스럽게 자신이 현재 정박하고 있다는 걸 깨달았다. 하지만 정박은 생각만큼 멋진 일이 아니었다. 오히려 답답했다. 그녀가 정박하고 있는 곳은 안정적인 항구가 아니었다. 항로를 이탈하여 불안정한 곳에 비상 정박을 한 채 지루하게 항로를 탐색하고 있었다. 어쩌면 탐색을 보류한 채 몽상에 빠진 건지도 몰랐다. 여전히 닻 문양을 만지작거리면서 지금은 정박이 문제가 아니라 닻을 올리는 것이 문제일지도 모른다는 생각이 스쳐 지나갔다. 생각은 생각을 낳았다. 정박, 그녀는 고립된 채 정박하고 있는 현실을 느닷없이 직면하고 있었다. 닻은 어쩌면 암초에 걸려서 올릴 수 없는 상태인지도 몰랐다. 그렇다면 닻을 빼러 바다에 뛰어들든지, 닻줄을 끊어버려야 했다. 암초에 걸려 움직일 수 없는 닻이란 끊어버려야 마땅했다. 미련 따위는 버려야 했다. 그녀는 한숨을 쉬고 손가락에서 반지를 뺐다. 닻 문양이 바닥으로 향하도록 하여 잡동사니들이 가득한 서랍에 반지를 쑤셔 넣었다. 닻은 정말로 암초에 걸렸다. 닻줄을 끊고 이대로 잊어버릴 수 있을까. 그녀는 한 번 더 의도하지 않은 한숨을 내뱉었다. 화면보호 기능으로 넘어간 컴퓨터를 깨우기 위해 마우스를 건드렸다. 그녀의 전신사진이 화면 가득 살아났다. 마블 액자에 담겨 한동안 엄마 매장에 걸려 있었던 이 사진을 버리지 않은 건 애증 때문이었다. 그녀의 존재감을 드러낸, 동시에 엄마를 만족시킨 유일한 순간의 기념물이었다. 음영을 살린 화장 때문에 그녀의 얼굴은 작은 조각품처럼 보였다. 웃고 있지 않아도 어떤 후광 속에 있는 듯 환한 그녀의 모습이 아직도 시선을 사로잡을 만했다. 사진을 받은 P의

반응을 생각하는 건 어렵지 않은 일이었다. 그다음은? 어쩔 수 없이 따라오는 질문 앞에서 그녀는 무력했다. 결국 P에게 사진 보내는 것을 보류한 채 메일 화면을 닫았다.

계획했던 외출 시간이 지나가고 있었다. 시간을 확인한 그녀의 얼굴이 긴장으로 굳어졌다. 적어도 은행 마감 시간 선에 나갔다가 너무 늦지 않게 돌아와야 했다. 택배가 오는 날엔 언제나 오전 시간이 두서없이 지나가버렸다. 그래도 택배가 있는 것이 다행이었다. 덕분에 급한 것들은 택배로 해결하고, 병원 진료를 받는 날에 필요한 것들을 구입한다는 나름의 규칙을 세울 수 있었다. 다만 그 간격이 점점 멀어져 이제 한 달에 한 번 외출한다는 것이 문제라면 문제였다. 처음부터 그랬던 건 아니었다. 지인들과 관계가 끊어지고 이후에 새로운 관계를 맺지는 않았지만, 필요한 볼일을 보는 것에 불편을 느낄 정도는 아니었다. 아파트로 이사하고 얼마 동안은 가끔 아파트 단지 안에 있는 슈퍼도 이용했고, 일주일에 한 번 정도는 볼일을 보러 나갔다. 그녀가 외출을 꺼리게 된 건 2년 전에 병원 주차장에서 접촉 사고를 당한 이후부터였다. 그날, 병원 진료를 마치고 나온 그녀는 출구 방향을 바라보며 차를 뺐다. 느닷없이 반대 방향에서 달려든 차와 부딪친 것은 주차장 구조의 문제였다. 상대 차에서 내린 세 명의 사내들은 다짜고짜 그녀에게 그따위로 운전해서 되겠냐고 거친 말로 잘못을 추궁했다. 그녀가 깜빡이도 켜지 않고 갑자기 나왔다는 거였다. 상대 차의 과실이거나 쌍방 과실이 분명한데도 일방적으로 그녀에게 모든 책임을 뒤집어씌웠다. 그날따라 주차장엔 관리인도 없었다. 출동한 경찰은 보험사에 사고 접수부터 하고 적당한 선에서 합의하라는 말을 남기고 사라졌다. 사내들은 바쁘다며 현금 배상을 요구했다. 요구를 들어주고 빨리 그 자리를 모면하고 싶었지만 그녀는 현금을 가지고 있지 않았다.

아줌마 쌍수라도 했어? 그 선글라스 좀 벗어봐!

한 사내가 느물대며 인신공격을 하자 사내들이 웃었다. 사고를 접수하고 보험회사 직원이 출동하는 20여 분 동안 그녀는 속수무책으로 모욕을 당했다. 보험회사에서 사고를 마무리하는 동안, 사내들은 차례라도 정한 듯 돌아가며 전화를 해댔다. 사고 후유증으로 몸이 아파서 입원을 해야겠으니 보험사에 대인 접수를 추가해달라는 거였다. 그때마다 그녀는 공포에 시달렸다. 결국 세 명 모두 합의금을 가져갔다. 사고로 인한 보험료 할증은 문제도 아니었다. 밤마다 사내들의 협박과 욕설이 그녀를 괴롭혀 수면제 없이 잠들지 못했다. 은행에 갈 때나 시내에 나갈 때마다 사내들을 다시 만나게 될까 봐 겁을 먹었다. 비슷한 체격이거나 스포츠머리를 보기만 해도 진땀이 났다. 외출할 때면 사람들과 시비가 걸릴까 전전긍긍했고, 집 밖으로 나갈 생각만 해도 심장이 쪼그라드는 통증을 느꼈다. 결국 외출 간격을 늦추게 된 것이다.

그녀는 구입할 품목을 적어놓은 포스트잇을 떼어 지갑 안쪽에 붙이고 롱 남방을 걸쳐 입었다. 선글라스를 외출용으로 바꿔 쓰고 마스크와 키를 챙겼다. 신발장 앞에서 거울을 보며 서성대던 그녀는 동작을 멈추고 길게 한숨을 쉬고는 신중하게 문밖의 동정을 살폈다. 다행히 발소리나 엘리베이터 소음이 들리지 않았다. 도둑처럼 현관문을 빠져나온 그녀는 조심스럽게 문을 닫았다. 자동잠금장치가 작동되는 소리를 확인하고 계단을 탔다. 이 아파트로 이사한 후 수년 동안 계단이나 출구에서 사람을 마주친 적은 거의 없었다. 치밀한 경계 덕분이었다. 주차장을 드나들 때마다 뒤통수가 뻣뻣해졌다. 누군가 관리실의 모니터를 통해 그녀의 모습을 볼 수도 있었다. 하지만 CC 카메라가 없는 사각 지역을 지나갈 때도 불안하기는 마찬가지였다. 지난여름에 지하 2층 주차장에서 여고생이 목을 맨 후부터는 주차장을 드나들 때마다 섬뜩했다. 차에 시동을 걸면서 그녀는 재빨리 머리를 굴렸다. 정문으로 나가면 세 개의 신호등을 거쳐 큰길로 진입해서 다시 두 번의 신호등을 지나야 했다. 신호등에 걸려 지시를 받는 것은 생각만 해도 숨이 막혔다. 돌아가더라도 신호등이 없는 후문이 나왔다. 그녀는 주차장을 빙 돌아 후문 쪽으로 차를 몰았다.

은행 안은 마감 직전이어서 한산했다. 창구 직원의 손가락이 깃털처럼 가볍게 자판을 지나가는 동안 그녀는 이다솜이라는 직원의 명찰을 바라보았다. 섬세하게 정돈된 속눈썹을 깜박이며 모니터를 바라보는 다솜의 연분홍빛 입술이 투명했다. 그 입술에서 눈을 돌릴 수 없었다. 사춘기 시절 그녀가 알고 있는 유일한 여성인 엄마에게서 그녀는 성적 매력을 느끼곤 했다. 그 시절 엄마는 바라보고 있기에 불안할 만큼 아름다웠다. 그런 엄마가 미망인이라는 것이 문제였다. 애가 닳아 주변을 서성이던 남자 중에는 늦은 시간 집 앞에 차를 세워놓고 엄마의 귓불을 핥는 치들도 있었다. 하지만 집 안을 드나들 정도로 친근했던 남자는 그녀가 기억하기에 단 한 사람뿐이었다. 그 남자는 엄마에게 막다른 운명을 선물했다. 엄마가 운명을 결정하는 데 그녀는 아무런 영향을 미칠 수 없었다. 어차피 엄마의 생애에 한 번도 의미 있는 역할을 가진 적이 없었던 그녀였다. 그것이 두고두고 서운했다. 그때 이후 그녀는 엄마의 흔적들을 지우는 것으로 복수하고 있었다.

교체하신 통장도 서명으로 이용하시겠습니까? 여기에 한 번 더 서명해주시겠습니까?

다솜이 내미는 통장을 받아 사인을 하고 돌려주었다. 통장을 받아 투명 테이프로 서명을 마무리하고 키보드를 두드려 전산에 내용을 기입하는 다솜을 지켜보았다. 섬세하면서도 느리지 않은 다솜의 손놀림은 리드미컬하고 아름다웠다. 친필 서명에 테이핑 하는 것이 신뢰성을 높이는 일인지 그녀는 확신할 수 없었다. 통장 대신 현금카드를 이용하는 요즘 같은 시대엔 서명을 사용할 일이 거의 없는 까닭이었다. 그럼에도 불구하고 그녀는 집 안에 남아 있던 도장들을 버렸다. 인감도장에 운명을 맡겼던 엄마의 시대가 끝났기 때문이었다. 얼굴이나 인격이 아닌 도장 따위가 소유권을 증명할 수 있는 유일한 물건이라는 건 너무 유치한 일이었다. 새아버지가 될 거라고 믿어 의심치 않았던 엄마의 남자는 달랑 도장 하나로 엄마의 부동산들을 알뜰히 가로채고는 출장을 다녀오겠다는 작별 키스를 남기고 폼 나게 사라졌다. 돌아오기로 약속한 날짜를 넘긴 지 두 주일이 지나 남자로 인해 불행해진 또 다른 여자가 엄마를 찾아옴으로써 남자의 정체는 명백하게 드러났다. 그로부터 엄마의 흑역사가 시작되었다. 화장도 지우지 않은 얼굴로 술에 취해 잠들었다가 정오가 되어서야 까칠한 얼굴로 깨어나는 날이 얼마간 지속되었다. 깨어 있는 동안 엄마는 벗어놓은 빨래처럼 구겨져 있었다. 깊은 우울에 빠진 엄마는 그녀에게 잡다한 심부름을 시키면서 사소한 일에도 히스테리를 일으켰다. 그녀는 엄마의 실연녀 코스프레에 질려가고 있었다. 엄마의 모습이 역겨웠다. 가끔 고상하게 포장하고 있는 엄마가 천박하게 느껴질 때가 있었지만, 그때처럼 혐오스러웠던 적은 없었다. 엄마는 사기당한 부동산보다 그 남자의 배신에 상처받고 휘청대고 있었다. 그날, 물을 마시러 나온 엄마는 검은 나이트가운을 입고 있어서 마녀 같았다. 발코니로 담배를 피우러 나가는 엄마를 보면서 그녀는 생각했다. 저렇게 사느니 차라리 창문에서 뛰어내리는 게 낫지 않을까. 엄마가 원하기만 하면 도와줄 수도 있을 것 같았다. 13층이라는 적절한 높이를 설명해주고 싶을 정도였다. 극적으로 일상을 유지하고 있었지만, 엄마는 스스로 타락해가고 있었다. 엄마의 남자가 가져간 건 엄마의 생을 지탱하고 있던 독기, 징그러울 만큼 왕성한 허영이었다. 전성기의 엄마는 단 한 번의 추임새나 주춤거림도 없이 완벽하게 추락했다. 그녀는 알고 있었다. 엄마가 자신의 기갈을 해결할 방법을 찾는 건 불가능하다는 것을. 남은 생을 불평과 변덕과 저주로 탕진하고 말 것은 예견된 사실이었다. 그녀는 엄마를 외면하고 방으로 들어갔다. 이따금 베란다에서 짤랑대는 풍경 소리가 들렸다. 요란한 앰뷸런스 소리를 들은 건 한참 후였다. 순간 불길한 예감이 그녀를 훑고 지나갔다. 발코니의 열려 있는 창문 밑에 슬리퍼 한 짝이 떨어져 있었다. 거실에서 발코니까지의 거리가 아득하게 멀었다. 그녀는 후들후들 떨면서 창가로 나갔다. 창틀을 붙잡고 내려다보니 까마득한 정원의 나뭇가지 밑에 엄마가 누워 있었다. 허리가 뒤틀린 채 비스듬히 하늘을 보고 있는 불편한 자세였다. 하필 저렇게 불편한 자세로 떨어질 게 뭐람. 그녀의 머릿속에 떠오른 건 그 한 가지뿐이었다.

다솜이 하얀 팔을 쭉 뻗어 통장이 담긴 플라스틱 접시를 내밀었다. 희고 긴 손가락에 핑크골드 실반지가 반짝였다. 그녀는 보험료, 각종 공과금 관리비 등이 자동이체된 통장의 숫자를 확인했다. 통장의 잔고는 시시각각 줄어들고 있었다.

외동딸이었던 엄마는 외할아버지로부터 적잖은 유산을 물려받았다. 이태리까지 건너가서 최고의 교육을 받은 덕분에 디자이너로 명성을 얻었고, 얻어지는 수익으로 증권에 재미를 붙여

운을 탔다. 일단 시세가 올라가면 팔아서 수익금을 떼고, 남은 원금으로 시세가 내려간 증권을 사두는 방식이었다. 아니면 말고 식의 배짱 투기를 엄마는 복불복 전술이라고 했다. 부동산이 늘어나면서 세금 부담도 늘었다. 대학을 졸업한 그녀의 이름으로 재개발 아파트를 매매했다. 결과적으론 다행한 일이었지만, 그녀를 위해서 한 일이 아니었다는 것쯤은 그녀도 알고 있었다. 엄마가 떠난 뒤 그녀 명의의 아파트를 팔아 서울 외곽의 원룸으로 이사한 건, 나름 용기를 내서 실행한 일이었다. 통장의 잔고가 떨어지면 어떻게 해야 하는지 그녀는 아직 방향을 정하지 못하고 있었다. 쫓기는 마음이 들 때마다 엄마에게 복수할 수만 있다면 아무래도 좋다는 결론만 확인할 뿐이었다.

은행 창구에서 돌아서려는데 불안한 걸음으로 그녀에게 다가오며 손을 내미는 아기가 보였다. 번호표를 뽑고 기다리는 동안 그녀와 눈이 마주쳤던 아기였다. 곧 넘어질 것처럼 위태로운 모습이었다. 자신도 모르게 아기의 손을 잡아주려고 손을 뻗는 순간, 누군가의 손이 아이를 거칠게 잡아끌었다. 모르는 사람한테 가지 말랬지? 아이를 나무라면서 힐끗 그녀를 살피는 여자의 눈에 질타가 담겨 있었다. 여자를 외면하고 휙 돌아서는 순간 그녀는 청원경찰과 부딪혔다. 넘어질 듯 휘청거리는 그녀를 남자의 팔이 붙잡았다. 중심을 잃은 그녀의 온몸이 어이없게도 남자에게 쏠렸다. 그녀가 중심을 잡으려고 버둥댈수록 남자의 몸에 밀착되었다. 결국 남자의 강렬한 힘이 그녀를 일으켜 세웠다. 가까스로 중심을 잡을 때까지 남자의 단단한 손이 그녀의 팔을 잡고 있었다. 마치 그녀가 아직도 휘청거리는 중이라는 듯. 그보다 더 당황스러운 건 입김이 이마에 느껴질 만큼 가까운 남자의 얼굴이었다.

죄송합니다. 괜찮으십니까?

그녀는 얼른 코끝으로 흘러내린 선글라스를 올렸다. 그녀가 무의식적으로 불쾌한 듯이 옷을 탁탁 털었는데도 남자는 얼굴에 떠오른 웃음을 지우지 않은 채 그녀를 바라보았다. 그녀는 정신 없이 그곳을 빠져나왔다. 하지만 은행의 출입구를 벗어나자마자 중요한 사실을 깨달았다. 들고 있던 통장이 손에 없었다. 당황한 그녀는 곧바로 되돌아갔다. 청원경찰이 통장을 들고 출구로 다가오고 있었다. 그녀는 낚아채듯 그의 손에서 통장을 빼냈다. 자동출입문을 빠져나오면서 유리에 비친 남자를 보는 것만으로도 온몸이 뻣뻣해졌다. 남자의 입에서 흘러나오는 민트향과 애프터 세이브 로션의 강한 향이 아직도 그녀의 정신을 혼미하게 했다.

은행을 나왔지만 가슴이 방망이질 치고 얼굴이 화끈거렸다. 청원경찰의 파르스름한 면도 자국이 얼굴에 닿은 듯 홧홧했다. 스킨 냄새가 코끝에 맴돌았다. 사이버가 아닌 현실에서 남자를 만난 지 너무 오래되었다. 엄마의 지인들로부터 학교의 친구들까지 그녀의 주변에 많은 남자들이 서성대던 시절이 있었다. 하지만 엄마의 기준에 미달하는 남자는 그녀의 곁에서 버티지 못했다. 그즈음 H를 사귄다는 소문이 돌면서 친구들의 관심과 미묘한 질투가 그녀에게 쏟아졌다. 엄마의 고객이었다가 막역한 친구가 된 사모님이 소개한 재벌 2세였다. 엄마를 추종해서 엄마 매장에서 아르바이트를 했던 대학 동기들은 노골적으로 그녀를 부러워했다. 동창들이나 전공을 이수하면서 느슨하게 어울려 다니던 친구 중 몇은 그즈음 그녀와 친분을 만들려고 의도적으로 다가오기도 했다. 과도한 관심을 부어주던 엄마의 지인들을 포함해서 그녀 주변에 그처럼 많은 사람이 호의적으로 모여든 건 처음 있는 일이었다. 관계가 풍성해질수록 그녀는 웬일인지 공허했다. 아니 모든 관계가 불편하고 부담스러웠다. 브레이크가 필요했다. 그녀를 향한 엄마의 일방통행에는 브레이크가 없었다. 밀도 있게 마음을 나눌 친구가 필요했지만, 정작 일상적으로 일어나는 가장 사소한 일들을 나눌 만한 친구는 없었다. 엄마의 적극적인 선동으로 그녀는 해외 출장을 가는 H와 동행하여 약혼을 앞두고 밀월여행을 했다. 한 달 동안 H와 열애에 휩싸였다. 약혼 날짜가 다가오고 있었고, 이변은 없어 보였다. 엄마의 연애도 농염하게 무르익어갔다. 모녀가 합동 결혼식을 하게 생겼다고 엄마의 친구들에게 놀림을 받았다. 엄마의 남자가 사라진 건 엄마뿐 아니라 그녀에게도 큰 사건이었다. H가 거리를 둔다고 느꼈을 때, 어떤 암시를 받았지만 그녀가 할 수 있는 일은 없었다. H는 결국 엄마의 장례식에 오지 않았다. 다행한 일이었다. H에게 불행한 몰골을 보여주고 싶지 않았다. 그 후 H는 그녀가 전화할 때마다 해외 출장 중이었다. 장례식을 치르면서 얼마간은 정신이 없었다. 그녀가 다시 용기를 내어 연락했을 때 H는 전화를 받지 않았다. 그 많던 관계들은 비로 쓸어낸 듯이 멀어졌다. 장례식에 참여한 친구들이 자신을 두고 수군대는 걸 그녀는 고스란히 보고 들었다. 피부를 자주 깎아낸 얼굴에 식물의 뿌리 모양으로 실핏줄이 터지기 시작했다. 조직이 섬세한 입술 주변이 특히 심했다. 아무도 만나고 싶지 않았지만, 장례식이란 본래 모든 포장을 벗겨버리고 민낯을 강요하는 불편한 절차였다. 그녀는 가장 치욕스러운 모습으로 청한 적도 없는 사람들에 둘러싸여 사흘간 강제 전시되었다.

와인색 선글라스를 통해 보이는 세상은 온통 핑크빛이다. 상가와 도로와 보도블록까지도 발그레하다. 사람들의 얼굴은 상기되어 있고, 붉은 간판은 핏빛이다. 그 빛깔은 적당히 따스하고 적당히 흥분되고, 또 적당히 가식적으로 보인다. 여러 번의 성형으로 두꺼워진 그녀의 눈꺼풀도 핑크빛이다. 피부가 좋아지자 엄마는 다음 단계로 그녀의 얼굴 성형을 시도했다. 키가 큰 그녀를 슈퍼 모델로 만들겠다는 것이 엄마의 장기적인 계획이었다. 시원한 눈매를 위해 한 앞트임 수술은 기대만큼 성공적이지 않았다. 눈 앞머리 부분의 안검외반증이 그녀의 이미지를 사나운 인상으로 바꿔버렸다. 첫번째 수술에서 만족할 수 없었던 엄마는 그녀를 설득했다. 뒤트임을 추가한 두번째 수술에서 그녀는 운 나쁘게 왼쪽이 감기지 않는 토안증을 얻었다. 엄마는 앞트임 흉터 제거술과 뒤트임 복구 수술을 계획했지만, 영원히 그 뜻을 이루지 못했다. 그때까지만 해도 겉으로 보기에 심하지 않은 토안증은 홀로 불편할 뿐이었다. 앞트임의 흉터는 화장으로 가릴 수 있는 수준이었다. 엄마는 이후 그녀의 체질이 알레르기성으로 바뀔 것을 예측하지 못했다. 그날의 컨디션에 따라 벌겋게 부어오르며 눈물을 줄줄 흘리게 될 줄 몰랐던 것이다. 살성이 약해진 탓에 붉게 착색된 앞트임 흉터가 부어오르는 날엔 거울을 보고 싶지 않을 만큼 혐오스러웠다. 그녀는 장례식 이후 동기들의 페이스북에서 그녀의 성형 후유증을 빗대어 비하하는 대화를 보았다. H와 찍었던 여행 사진에 댓글을 달았던 친구들을 추적질하면서 자신의 아성이 철저히 무너지고 짓밟히는 것을 목격했다. 성괴, 친구들 사이에서 그녀는 성형 괴물로 통했다.

엄마의 집을 매입한 사람은 그녀에게 한 달간의 말미를 주었다. 그녀를 향해 수군대는 이웃들의 시선에서 그녀는 멸시와 조롱을 느꼈다. 그녀를 위로한다며 불시에 찾아온 친구들은 그녀의 맨얼굴을 보고 놀라움을 감추지 않았다. 여러 말로 성형 후유증을 걱정해주었지만 그들의 표정에서 그녀는 경멸을 읽었다. 그때부터였다. 어디에서든 사람들과 눈이 마주치면 마음이 조급해지면서 근육이 긴장되고 떨려서 자신도 모르게 숨을 곳을 찾았다. 두세 명씩 모여 이야기를 나누는 사람들을 보면 심장이 조여들고 진땀이 났다. 실핏줄 때문에 시작한 피부 화장은 무시로 붉어지는 얼굴 때문에 외출할 때마다 더욱 두꺼워졌다. 엄마의 흔적이 없는 이 아파트로 이사한 후 그녀는 자연스럽게 혼자가 되었다. 조금씩 마음의 평정을 찾아갈 수 있었다. 그러나 우연히 거울에 비친 자신을 볼 때마다 깊은 자괴감에서 헤어날 수 없었다. 그녀는 아프게 깨달았다. 자신을 보고 있는 스스로의 눈이 가장 잔인하다는 것을. 어떤 결과가 나올지 확신할 수 없지만, 방법이 아주 없는 건 아니었다. 성형외과에서 집요하게 권하고 있는 복원 수술. 그녀의 내면은 날마다 다투고 있었다. 엄마의 마지막 계획이었고 그녀에게 꼭 필요한 수술이었지만, 그녀는 용단을 내릴 수가 없었다. 그런 일을 벌이기 위해서 필요한 것은 그녀의 결심이 아니었다. 그런 선택과 결정은 언제나 그녀의 몫이 아니었다.

은행 주차장에서 차를 돌려 나오며 그녀는 다이버 P를 떠올리려고 노력했다. 하지만 그의 이미지는 너무도 희미했다. 조금 전에 부딪혔던 청원경찰의 체취가 그녀의 마음을 흔들고 있었다. 그녀를 일으켜 세운 강렬한 손의 감각이 온몸에서 홧홧하게 재생되었다. 그건 정말 너무도 뜻밖의 실감이어서 아직도 온몸의 세포들이 전율하고 있었다. 오늘의 사고는 아무런 의미 없이 잊힐 것이다. 몸을 떨게 만드는 이 강렬한 자극은 두 번 다시 오지 않을 것이고 그 잔영도 서서히 사라질 것이다. 그건 너무나 잔인한 일이다.

그녀는 만약, 하고 생각 속에 빠져들었다. 그것은 일말의 가능성에 대한 모색이었다. 언제부터인지 그녀는 여러 경우의 수를 생각할 때마다 만약, 이라는 말을 중얼거렸다. '만약'이라는 전제에서 출발한 생각은 그러나 지금까지 그녀가 빠져나올 수 없었던 어떤 굴레로부터 사정없이 이탈했다. 그녀가 모두로부터 도망치기 시작했던 그 지점의 뒷면이었다. 혼자 지내기 시작한 후 누군가 그녀에게 호의적인 예의와 관심을 보여준 건 처음이었다. 그것은 새로운 느낌으로 가득 채워지는 떨림이었다. 만약이라는 전제는, 또 다른 만약으로 옮겨가며 상상을 증식했다. 느닷없이 닻이 떠올랐다. 어쩌면 닻을 올려야 할 때가 온 건지도 몰랐다. 자동반사적으로 서랍에 넣어둔 반지가 떠올랐다. 닻은 현재 잡동사니 장애물 속에 가라앉아 있었다. 그녀 역시 그랬다. 목이 졸린 것처럼 닻에 묶여 향방 없이 흔들리면서도 여전히 묶여 있었다. 이제 닻을 올려야 했다. 올릴 수 없다면 끊어내기라도 해야 했다.

정신을 차려보니 차가 병원 주차장으로 들어서고 있었다. 엄마에게 끌려왔던 병원, 그녀에게 복원 수술을 권하던 성형외과였다. 한 달에 한 번 후유증 진찰과 처방을 받고 있는 병원이었다. 예약 시간은 이미 한참 지나 있었다. 주차를 하면서 이제 더는 돌이킬 수 없는 지점에 다다랐다는 것을 깨달았다. 의식적이든 무의식적이든, 이곳에 도달한 거였다. 두렵지는 않았다. 이거야말로, 엄마에게 복수할 방법인 것 같았다. 그러나 다시 생각해보니 더 이상 엄마와는 상관이 없는 일이었다. 아니 처음부터 그랬는지도 몰랐다. 무언가 그녀로부터 툭 끊어져 나갔다. 무거운 망토를 벗어던진 것처럼 가벼웠다. 그녀는 선글라스를 벗고 룸미러에 얼굴을 비춰보았다. 붉게 부어오른 눈이 그녀를 낯설게 마주보고 있었다. 지겨운 얼굴이었다. 더는 보고 싶지 않았다. 그녀는 콘솔 박스에 선글라스를 던져 넣고 차문을 열었다. 막 차에서 내리려는데 건물에서 사람이 걸어 나왔다. 그녀는 얼른 차문을 닫았다. 자신도 모르게 선글라스를 다시 썼다. 그녀의 차 앞을 지나가는 사람은 그녀를 담당했던 의사였다. 외출복 차림인 거로 보아 진료가 끝난 모양이었다. 의사가 그녀를 알아본 것도 아닌데, 숨을 죽이고 운전대 옆으로 고개를 숙였다. 의사가 지나가자마자 그대로 차를 출발시켜 병원을 빠져나왔다. 무언가에 쫓기는 사람처럼 그녀는 허둥지둥 도망치고 있었다.

택배

아주 넘쳐나네 넘쳐나! 허허 대단들 하십니다, 정말……

정씨는 치밀어 오르는 화를 혼잣말로 풀어내고 있었다. 주차 공간을 찾아 아파트 담 밖을 두번째 도는 중이었다. 애매하게 두 자리를 차지하거나 성의 없이 삐딱하게 대놓은 차들 때문이 아니었다. 그런 차들은 너털웃음을 터뜨리며 넘길 수 있었다. 이 땅의 어련하신 김여사가 몽땅 사라지지 않는 한 어쩔 수 없는 일이니까. 아파트 관리 규정상 모든 입주민은 한 가구당 두 대의 차량까지 단지 내에 주차할 수 있었다. 추가 차량에 한해서는 매월 주차비를 부담시키고 있었다. 그러나 아파트 주민임에도 불구하고 화물차는 단지 안에 주차할 수 없었다. 소유한 차량이 트럭 한 대뿐이라도 예외는 없었다. 입주민의 안전을 위한 자치회

규정이었다. 애초부터 단지 안엔 화물차가 들어갈 만큼의 주차 자리가 없었다. 그도 아이를 키우는 입장에서 그런 건 다 이해할 수 있었다. 그가 원하는 건 아파트 담 밖의 소방도로만큼은 화물차를 소유한 입주민을 위해 남겨달라는 거였다. 엄밀히 말하면 소방도로 역시 주차 위반 구역이었다. 하지만, 과태료 부담을 하더라도 입주민의 생계를 위한 소유 차량이니 주차 우선권을 달라는 말이었다.

주변 상가를 이리저리 돌던 정씨는 음식물 쓰레기장 옆에 비어 있는 자리를 찾아냈다. 냄새와 파리 때문에 여름철엔 승용차들이 주차를 기피하는 장소였다. 아파트 주차장엔 고급 자가용들이 등껍질을 빛내고 있었다. 나란히 박제된 곤충들 같았다. 나날이 늘어나는 입주민의 승용차들 때문에 그의 심기는 불편했다. 특히, 외제 차들이 눈에 거슬렸다. 뭘 해서 돈을 벌어야 저런 차를 몰 수 있을까 생각하면 허탈했다. 당뇨 합병증으로 빚만 남기고 가신 아버지 덕분에 일찌감치 사회인이 된 그로서는 대출금에 의존했을망정 경기도 소도시에 30평 남짓한 집을 소유한 것도 장한 일이었다.

그는 엘리베이터를 지나쳐 계단으로 성큼성큼 올라갔다. 나날이 근육이 빠져나가는 허벅지 사이즈를 유지하기 위한 그 나름의 운동법이었다. 엘리베이터를 두고 걸어서 올라오는 그를 아내는 이해하지 못했다. 하지만 정작 이해 못할 사람은 아내였다. 늘 자기 세계에 빠져 있는 아내야말로 연구 대상이었다. 현관문을 열자마자 아내와 아이들이 하루 동안 만들어놓은 쓰레기가 먼저 보였다. 30평 남짓한 공간에 현관 전실까지 둔 건 분양을 겨냥한 이 아파트의 차별화 전략이었다. 아내는 입주했을 때 이 공간을 무척 좋아했다. 한동안 화분을 진열해놓거나 플라스틱 책걸상을 펼쳐놓고 아이들 놀이 공간으로 쓰기도 했다. 어느 날 부터 아들놈 자전거가 자리를 차지하더니 가끔 재활용품을 쌓아 놓았다. 그러더니 이젠 아예 폐품 보관 고정 장소가 되었다. 오늘 그의 시선을 붙잡은 건 다름 아닌 택배 박스였다. 인터넷 서점에서 무언가를 사들인 흔적이었다. 아내가 하는 짓이란 게 끝없이 공부를 한답시고 책을 사들이는 일인데, 또 무언가를 시작한 모양이었다.

사람이 들어와도 아이들은 방에 틀어박혀 나와보지 않았다. 거실 탁자에 설치한 데스크톱 앞에 쭈그리고 앉아 있던 아내만 슬쩍 돌아봤다.

왔어요?

영혼 없는 아내의 인사법이다. 대답 없이 아내를 지나쳐 화장실로 들어갔다. 두어 시간이나 참았던 소변을 보고 나와서 딸애의 방문을 열려고 하니까 아내가 돌아보고 고개를 저었다. 개의치 않고 문을 열어보니 딸애가 아내와 똑같은 얼굴로 그를 노려보았다.

노크하라고 써놓은 거 안 보여?

딸애는 침대에 누운 채 휴대폰을 들고 있었다. 짧은 티 아래

통통한 허벅지가 그대로 드러나 있었다. 상황을 알아차린 그는 얼른 문을 닫았지만 자신이 아비인데 왜 딸애 앞에서 그렇게 조심해야 하는지 도무지 이해할 수 없었다. 아내의 얼굴을 외면하고 아들의 방문을 열었다. 아들놈은 컴퓨터에 눈을 박고 있었다.

녀석아 아버지 왔는데 인사도 안 해? 컴퓨터만 하고 있으면 뭐가 나와?

대답 없는 아들놈 대신 아내의 목소리가 날아왔다.

고물 컴퓨터 가지고 수행평가 하느라 끌탕하고 있는 애한테 알지도 못하면서……

머쓱해진 그의 눈과 원망 섞인 아들의 눈이 마주쳤다. 그는 말없이 방문을 닫아주고 안방으로 들어갔다.

그래 모두 내 탓이다.

속옷을 챙겨 들고 화장실로 들어가는데 스멀스멀 부아가 치밀었다. 그는 땀에 젖은 옷을 벗었다. 그래도 가장인데, 늦은 시간까지 일하고 들어와서 식구들 눈치까지 봐야 한단 말인가 생각하니 부글부글 속이 끓어올랐다. 어제오늘 일은 아니었다. 딸애가 초등학교를 졸업할 무렵에 이미 퇴근 후에 아이들과 나누던 소소한 즐거움들은 끝나버렸다. 어차피 자식 효도는 아기 때 다 받은 거란 말도 있지만, 그즈음 딸애는 삐져 있기 일쑤였다. 어느 날 기분이 풀어진 딸에게 뽀뽀 한번 해달라고 장난을 걸었다.

씻고 오면 해줄게.

약속했던 딸애는 그가 씻는 사이에 잠들어버렸다. 다음날 출

근하면서 어젯밤 약속 안 지켰으니 두 배로 뽀뽀하라고 하자 딸
애가 몸을 빼며 혼잣말처럼 뱉었다.

더러워.

섭섭해진 그가 과장된 표정으로 화를 냈더니 한술 더 떴다.

아, 정말, 재수 없어.

이런 음절들이 딸애 입에서 튀어나왔다. 한동안 그는 어리둥
절했다. 아내는 사춘기도 모르냐고 그를 힐난했다. 딸애의 사춘
기는 무슨 괴물 같았다. 아니 아빠인 그를 괴물로 만들었다. 그
후론 뽀뽀는커녕 인사조차 나눠주지 않았다. 원하는 걸 사주거
나 좋아하는 음식을 사 들고 들어가도 딸애의 마음은 풀어지지
않았다. 그의 입지는 점점 더 험악해졌다. 중학생이 된 아들놈
은 딸애보다도 그를 더 뜨악하게 대했다. 그에게도 그가 바라는
삶이라는 것이 있건만 그걸 알아주는 사람은 없었다. 화물을 까
대기하다가도 아이들을 생각하면 웃음이 나왔는데, 그런 따스한
시절은 다 지나가버렸다. 힘겨울 때면 공허감을 느꼈고, 그런 날
은 집에 돌아오면서 기대와 현실 사이의 거리를 생각하며 우울
감에 빠져들었다.

그는 쉬고 싶었다. 청결하게 정돈된 집 안에 들어와 안락함을
맛보고 싶었다. 열심히 공부하는 아이들을 보고 싶었고, 종일 수
고한 그를 상냥하게 맞아주면서 맛난 간식도 차려주는 아내의
애정도 느끼고 싶었다. 그 모든 것들이 환상이라 해도 최소한 수
고했다는 인사 정도는 듣고 싶었다. 아이들에게 격려도 하고 용

돈을 건네며 머리를 만져주고 싶었다. 가끔은 소파에 비스듬히 누워 방해받지 않고 스포츠 뉴스를 들으며 졸음에 빠지고 싶었다. 하지만 그런 그림 같은 기대감은 채워지지 않았다. 아이들이 사춘기에 접어든 이후부터 집의 현관문을 들어설 때면 매번 마음을 고쳐먹었다. 그저 아이들이 무사히 집 안에 들어와 있는 것, 아내와 싸우지 않고 대면을 끝내는 것을 다행으로 여기자는 거였다. 어쩌다가 그렇게 되었는지 알 수 없지만, 아이들이 철들면 아비 마음도 다 알게 될 거라 생각했다. 사실 그는 재치와 유머가 있는 사람이었다. 사무실이나 친구들에게 듣는 말이었다. 소소한 장난을 좋아해서 마음만 먹으면 어떤 다툼이 있더라도 당장에 회복할 자신이 있었다. 오늘도 현관문을 열기 전, 숨을 들이마시며 기분을 세팅했던 참이었다. 그는 집안 분위기가 유쾌한 건 아니지만 못 견딜 만큼은 아니라고 다시 한 번 마음을 누그러뜨렸다.

날이 더워서 오늘도 여러 차례 옷이 흠뻑 젖었다. 샤워부스에서 쏟아져 나오는 물로 몸을 적시니 기분이 좀 나아졌다. 땀으로 미끄덩거리는 몸은 염분 때문인지 거품이 쉬이 꺼져버렸다. 그는 샤워타월에 보디샴푸를 듬뿍 덜어서 샤워를 끝냈다. 나와 보니 아내는 여전히 알을 품고 있는 암탉처럼 컴퓨터 앞에 웅크리고 앉아 있었다. 그는 입안이 텁텁해 냉장고 문을 열었다. 시원한 보리 냉수를 기대했지만, 역겨운 향이 나는 산미나리 씨앗 우린 물만 잔뜩 있었다. 또 어디서 다이어트에 좋은 식품이라는 정보라도 얻었는지, 얼마 전부터 그걸 냉장고에 채워놓고 그에게도 먹으라고 했다. 고지혈증에 좋은 건강음료라던가. 상식적으로 이해가 되지 않는 일이었다. 운동도 하지 않고 잠은 맨날 두세시에 자면서 무슨 다이어트를 한다는 건지. 그는 시원한 맥주 한잔이 간절해졌다. 냉장고 문을 닫는 그의 손에 힘이 들어갔다. 아내의 눈썹이 치켜 올라간 것을 보았으나 현관문을 열고 밖으로 나왔다. 자동 잠금 소리를 듣는 순간 지갑을 가지고 나오지 않은 것이 생각났다. 그는 다시 들어가기가 구차스러워 그대로 나왔다.

아내를 전혀 이해할 수 없는 건 아니었다. 결혼 전 마른 편이었던 아내는 둘째아이 때 임신성 당뇨와 임신중독증이 있었다. 출산 후 빠질 거라고 예상했던 몸은 부은 채로 오히려 무게가 조금 더 늘어났다. 키가 큰 편이라 심각해 보이지는 않으나 전에 입던 옷을 다시 입지는 못하게 되었다. 그러나 문제는 노상 허리를 앓으면서도 운동은 죽어라고 하기 싫어하는 아내의 취향이었다. 운동 좀 하라고 타박이라도 하면 오히려 그에게 쏘아붙였다. 비만은 돈으로 해결할 수 있는 1순위 증상이라며 씨근덕거렸다. 아내의 말이 맞을 수도 있었다. 하지만 세상의 모든 여자들이 비만 클리닉에 다니며 관리를 받아서 제 몸을 유지하는 것은 아닐 터였다. 건강을 관리하라는 말을 무조건 살 빼라는 말로 오해하고 덤비는 데는 어떻게 해볼 수가 없었다.

둘째 출산 후에 아내는 한동안 우울증을 앓았다. 그때 아내는 두 아이와 온종일 싸우다가 저녁에 그가 퇴근하면 밥을 차려주거나 기저귀를 널면서 흘러내리는 눈물을 주체하지 못했다. 볕이 남은 어느 토요일, 동료들은 퇴직한 직원의 집으로 한잔하러 몰려가고 본의 아니게 일찍 퇴근하게 되었다. 딸애는 일찍 들어온 아빠에게 매달리며 좋아했고, 갓난이 아들놈도 겨우 얼굴을 익힌 아빠를 반겼다. 음울하게 젖은 아내에게 볕을 보여주려고 캄캄한 커튼을 젖히자 아내는 무표정한 얼굴로 창밖을 내다보다가 커튼을 도로 닫았다. 그런 아내에게서 어둠이 느껴졌다. 위험한 침묵이었다.

우진이가 오늘은 우리 수아 보러 안 왔어?

가끔 왕래가 있는 이웃집 아이였다. 딸애가 말끄러미 그를 바라보며 쫑알댔다.

우진이 안 와, 엄마랑 우진이 이모랑 싸웠어.

아내는 그의 시선을 비켜서 주방으로 나가버렸다. 딸애를 데리고 놀이터에 나온 그는 오늘 같은 날은 신혼 때처럼 아내를 위해 외식이라도 하고 내일은 휴일이니 공원에 나가 바람이라도 쐬어주리라 생각했다. 그의 제안에 딸애는 발을 구르며 좋아하는데, 갓난이를 챙겨서 나가는 것이 귀찮다며 아내는 움직이지 않았다. 쉬운 방법으로 짜장면에 탕수육을 시켜 먹었다. 그날 밤 요의를 느끼고 일어난 그는 이상한 모습을 보았다. 아내는 잠을 자지 않았다. 갓난이 때문에 편한 잠을 잘 수 없으니 밤새 두어 번 일어나는 건 어쩔 수 없는 일이었지만 아이들이 잘 자고 있는 한밤중에 아내는 일어나 앉아 있었다. 뿐만이 아니었다. 벽을 바라보고 앉아 흘러내리는 눈물을 닦을 생각도 않고 멍한 모습으로 있었다. 그가 일어나 왔다 갔다 해도 반응하지 않았다.

수아 엄마 왜 그래? 무슨 일인지 말을 해야 알지, 당신 어디 아파? 어이, 정신 차려.

아내는 무슨 말을 해도 반응이 없었다. 그가 아내의 어깨를 붙잡고 흔들자 그제야 그의 얼굴을 흐릿하게 보고는 이부자리에 푹 쓰러지는 거였다. 아내의 몸에 열기가 느껴져서 찬물을 떠다가 아내에게 먹이고 아내가 잠들 때까지 지켜보았다. 이튿날 아내는 아무 일 없는 것처럼 아침을 준비하고 아이들을 보살폈다. 그는 아침을 먹자마자 집을 나섰다. 두어 시간 거리의 시골에서 텃밭 농사를 지으며 홀로 지내는 장모는 갑자기 들이닥친 그를 보고 놀랐다. 딸이 아프다니까 영문도 모르고 따라나섰다. 아내가 출산할 때마다 집에 와서 몸조리를 도왔기 때문에 장모가 이참에 올라와서 같이 지내도 좋겠다 싶었다. 맵짠 살림으로 혼자 딸을 키워낸 장모는 성격이 칼칼한 편이었다. 장모는 걱정했던 것보다 멀쩡한 아내를 보고는 안심하는 눈치였다. 집안 꼴을 보고 간간이 잔소리를 했지만 한나절 만에 집 안을 반들반들하게 정리했다. 장모에게 아내를 맡기고 그는 월요일에 일을 나갔다. 그런데 퇴근해서 돌아오니 장모가 가버리고 없었다. 아내는 아무 말도 하지 않겠다는 듯 입을 다물고 있었다. 장모는 밤이 늦어서야 통화가 되었다.

　정서방, 수아 에미 걱정 말게. 지가 호강에 겨워 그렇지 몬 우
울증이야. 수아 에미한테 단단히 일렀으니까 그런 일로 자네 상
심하지도 말게.

　장모의 말대로 상태가 더 심해지지는 않았지만 아내가 우울증
에서 벗어나기까지는 수년이 걸렸다. 아들이 어린이집에 갈 무
렵 장모의 건강이 나빠졌다. 그가 집으로 모셔오자고 했지만, 아
내는 대답하지 않았다. 간간이 어린이집 종일반에 아이들을 맡
기고 아내 혼자 장모에게 다녀왔다. 장모가 가는 날까지도 그에
겐 걱정하지 말라는 말이 전부였다. 장모의 장례는 2일장으로 간
단히 치렀다. 장례 후 말이 없어진 아내를 보면서 우울증이 도지
나 걱정했는데, 얼마 지나지 않아 아내는 공부에 빠져들었다.

　빈손으로 집을 나온 정씨는 무료하게 아파트 산책로를 걸었
다. 차 키를 챙겼더라면 트럭에 두고 다니는 잔돈이라도 꺼내서
맥주 한 캔 정도는 살 수 있었을 거였다. 그는 걸을수록 화가 났
다. 이게 다 그놈의 택배 박스 때문이라는 생각이 들었다. 도저
히 이해할 수 없는 행동인데, 아내는 심각하게 무언가를 공부하
느라 바빴다. 한번 시작하면 사생결단을 낼 듯이 컴퓨터에 매달
렸다. 그리고 얼마 후에는 다시 다른 공부를 시작하는 식이었다.
그런 열정으로 고시를 했으면 벌써 판검사가 되었을 거였다. 그
렇게 취득한 국가공인 자격증도 여러 개였지만, 자격증을 사용

하는 걸 본 적이 없었다. 남들은 아이들이 크면 나가서 학원비라도 번다는데, 그쪽으론 요지부동이었다. 어차피 아내는 연구 대상이었다. 그의 박봉을 비난하지 않는 것만도 다행이라 생각하는 것이 편했다. 엄마에 대한 기억이 없는 데다, 배운 것이 화물차 운송업자인 그로서는 교육적인 부모 노릇이라는 것이 어떤 건지 알 수 없었다. 아이들을 챙기는 아내가 있는 건 정말이지 다행이었다. 그러나 아내가 아이들을 붙들고 이야기하는 비전이니 자아실현이니 하는 말들은 그저 소설 파먹는 소리로만 들렸다. 도무지 현실성이 없는 그따위 말이 아내의 정신에 기생하면서 아내를 허영 속으로 끌고 가는 것만 같았다.

화물차 운송업에 몸담고 살아온 지 20년이 넘었지만, 그가 맡은 일이 고정된 건 아니었다. 박스 공장 배달직으로 신혼 기간을 보낸 그는 둘째가 태어날 무렵 공장이 문을 닫는 바람에 택배회사로 옮겨갔다. 택배 일을 하는 동안 갖은 일을 다 겪었다. 아침 7시에 물류센터에 도착해서 당일 배송할 물건을 분류하고 배송 차량에 물건을 싣는 데만 여섯 시간이 걸렸다. 허겁지겁 점심을 먹고 배송을 시작하면 밤 10시가 되어야 끝나는 일이었다. 처음엔 어리둥절했지만, 곧 익숙해졌다. 명절이면 밀려드는 물량 때문에 철야를 하고 차 안에서 쪽잠을 자야 했다. 며칠 동안 피로가 몰려 졸음운전을 하다가 가로수를 들이받은 적도 있었다. 자신의 과실로 사고를 낸 경우 차량 수리비는 배달원의 몫이었다. 때려치우고 싶은 고비도 여러 번 겪었다.

거절하기 어려운 사정을 이야기하면서 자기 물건을 먼저 배송해달라고 부탁하는 고객들의 요구는 처음엔 그를 괴롭혔다. 구역을 건너뛰고 달려가서 물건 다 내리고 해당 고객의 택배를 배달하고 나면 나머지 물량을 배송하는 시간이 연장되어 다른 고객들에게 항의를 받았다. 퇴근 시간이 늦어지는 건 당연한 결과였다. 나중엔 요령이 생겨 정중히 거절할 줄 알게 되었지만 그렇다고 문제가 해결되는 건 아니었다. 아파트가 아닌 경우 고객이 지시한 장소에 물건을 놓고 갔는데도 분실되었다며 배상을 요구하는 경우도 있었다. 박스가 작은 것은 배전반 안에 넣어두기도 했고, 옥상에 올려놓거나 계단 밑에 숨겨놓고 일일이 연락을 해줘야 했다. 어떤 유별난 아파트에서는 택배 트럭이 드나들지 못하게 해서 주변 상가를 피해 먼 거리에 트럭을 세워놓고 핸드카에 물건을 옮겨 동마다 끌고 다니며 배송을 하느라 녹초가 되었다. 하필 그가 맡은 구역인 데다 단지가 커서 거의 매일 배송할 물량이 있었다. 그 아파트에 배송을 마치고 다리가 후들거려 남은 물량을 배달하느라 오후 내 개고생을 했던 기억은 좀처럼 잊히지 않았다. 결국 몇몇 택배회사들이 담합을 해서 그 아파트로 배송되는 물건에 반송사유서를 붙여 반송했고, 불이익을 당한 주민들이 입주자 대표회의와 관리실에 문제를 제기하면서 택배 차량 진입이 제한적으로 허락되었다. 그런 일상을 겪으면서 그의 입은 거칠어졌다. 화장실을 찾지 못해 소변을 참고 다니는 건 다반사였다. 갓길에 차를 세워두고 좁은 주택가에 배달을 하다가 딱지를 끊기도 했다. 알고 보니 스쿨존이었다. 하루 일당을 날리는 게 실로 순간이었다. 한번은 고객이 전화를 받지 않아 아파트 경비실에 맡겼는데, 같은 이름의 아파트에 오류 배송을 한 걸 뒤늦게 알았다. 다음날 고객의 항의를 받고 진땀을 흘리며 찾아다 주느라 시간을 낭비해서 늦은 밤까지 일한 적도 있었다. 유치하게 아이들이 말하는 머피의 법칙을 믿지는 않았다. 하지만 가끔은 그런 날이 있었다. 배송 시간을 독촉하는 고객들의 전화는 쏟아지고, 고층 아파트의 엘리베이터가 유난히 사용자가 많아 몇 층씩 계단을 헉헉대며 뛰어오를 때, 여기저기 방해물이 널려 있는 비상계단에서 혼자 진땀을 흘리는데, 부재중에 배송한 물건을 두고 다른 배송지로 가져다 달라고 억지를 부리는 고객과 옥신각신하면서 먼저 약속한 고객과의 시간 약속을 지키지 못해 좌절에 빠지는 그런 날이었다. 포장된 물건의 내용을 몰라 늘 조심스럽게 다루고 있지만, 고가의 물건을 떨어뜨려 배상을 한 적도 있었다. 그런 경우 회사에서 50퍼센트를 부담하고 나머지 50퍼센트는 담당 배달원이 부담하는 것이 원칙이었다. 갑질하는 회사 위에 갑질하는 고객이 있었다.

아무리 치사하고 억울해도 일을 그만둘 처지가 못 된다는 것이 기가 막힐 뿐이었다. 월요일이나 토요일에 비해 평일엔 택배 물량이 서너 배는 많아서 그는 늘 피곤에 절어 있었다. 전투적으로 일과를 마치고 밤늦게 퇴근하는 날엔 가족들의 따스한 환대가 몹시 그리웠다. 하지만 그의 기대는 채워지지 않았다. 일요일 내내 잠을 보충하고 나면 또다시 월요일이었다. 휴가는 고사하고, 잠이라도 실컷 잘 수 있다면 소원이 없을 것 같았다. 만성 허리 통증과 근육통을 얻었지만, 그래도 그에겐 택배업에 대한 일종의 자부심이 있었다. 직업이란 정직해야 하고, 일하는 만큼의 소득을 얻어야 한다는 그의 믿음을 날마다 채워주는 일이었기 때문이다. 사실 아이들이 더 크기 전에 아파트 융자금을 조금이라도 빨리 갚아야 한다는 목표가 있었다. 커가는 아이들이 그에겐 위안이었다. 사춘기에 접어든 지금도 울퉁불퉁 화만 내는 아이들이지만 그래도 아이들을 생각하면 없던 힘이 생겼다. 못 배운 아비 만나 자가용 한 번 태워주지 못한 걸 생각하면 가슴이 먹먹해졌다. 문제는 아내였다. 아내는 잠자리를 좋아하지 않았다. 아내와 잠자리를 하려면 몇 날 며칠 눈치를 봐야 했다. 갱년기라 하기에는 너무 이른 나이인데도 마지못해 의무방어를 하는 듯 감응하지 않았다. 덩달아 그의 젊음도 시들어버리는 것만 같아서 쓸쓸했다.

화물 트럭을 구입해서 직영물류센터의 자영업자로 전환하면서부터는 조금 여유가 생겼다. 아파트를 담보로 대출금을 얻어 트럭을 구입했기에 이자 부담이 생긴 데다. 차량 유지비도 만만치 않아서 조급한 마음이 들 때도 있었다. 하지만 그만큼 지입차주 대우로 수수료 분배가 높아졌고, 집하 거래처가 차츰 늘어나 수입도 늘었다. 열심히 일한 덕분에 차량 구입에 들어간 대출금을 계획보다 앞당겨서 갚아가고 있었다. 앞으로 아이들이 대학에 들어가면 교육비 지출이 많아질 거였다. 서둘러 차량 대출금과 집 융자금을 갚고 두 아이의 교육비도 마련한다는 것이 그가 날마다 궁리하는 계획이었다.

생각에 빠져 아파트를 몇 바퀴 돌고 나니 급작스러운 피로가 몰려왔다. 이어폰을 들으며 빠른 걸음으로 그를 스쳐가던 주민들이 들어가버리자 산책로는 조용했다. 그는 천천히 집으로 발길을 돌렸다. 아내는 거실에 있지 않았다. 샤워를 하러 들어간 모양이었다. 별수없이 냉장고에서 산미나리 씨앗 우린 물을 꺼내 큰 잔 가득 들이켰다. 독특한 냄새가 목에서 넘어왔지만, 생각만큼 역겹지 않은 데다 속이 정말 시원해졌다. 오늘은 생각난 김에 아내에게 또 무슨 공부를 시작했는지 물어보리라 생각하며 거실 컴퓨터 앞에 앉았다. 늘 시간에 쫓기는 그로서는 평소 거실 컴퓨터를 만질 일이 없었다. 오히려 쓸 일이 많은 스마트폰에 길들어 있었다. 마우스를 건드리니 모니터 바탕 화면의 보호기능이 사라지면서 문서가 떴다. 제목이 '평생교육사 직무분석—김의영의 SWOT 분석'이라고 쓰여 있었다. 이름을 써놓은 걸 보니 아내가 작성한 과제물 같았다. 모니터 상단의 파일명이 '평생교육사'였다. 새로 시작한 공부인 모양이었다. 한동안 보육교사를 하겠다고 실습까지 나가더니 그다음 아내는 사회복지사 공부를 했다. 이제 또 평생교육사로 관심이 옮겨간 모양이었다. 그는 아내가 작성 중인 문서를 대강 훑어보았다. 제목 아래 사등분으로 분할된 표의 각 칸에 영어 단어의 약자인 듯 S, W, O, T라고 적혀 있었다. 표 아래쪽에 각각의 알파벳을 제목으로 놓고 작성한 글이 보였다.

S(Strengths)—내부의 강점

시작한 일은 마침표를 찍기까지 묵묵히 과정을 수행하는 것이 나의 강점이다. 나로 인해 가족을 걱정시키거나 피해 주지 않기 위해 되도록 나는 혼자 짐을 지는 편이다. 두 아이가 커 가면서 남편의 수입만으로는 아파트 융자금과 생활비, 교육비와 보험료 등을 충당할 수 없어 부업을 하고 있다. 전에 배운 적이 있는 사진 필름 교정 작업이다. 고정 수입이 되지는 않지만, 웨딩철에는 밤을 새워도 모자랄 만큼 일이 많다. 완벽주의를 고집하는 성격 덕분에 일단 맡은 일은 열심히 한다. 또 나는 지적 호기심이 많은 편이라 공부하는 것을 좋아한다. 앞으로 직업 재활에 필요한 국가공인 자격증을 취득하는 과정에서 나는 매일 성장하고 있다. 세상을 보는 눈이나 내 앞에 놓인 생의 발달 과정에 대한 이해를 넓혀가고 있다는 것이 긍정적인 측면에서 나의 내부 강점이라 생각한다.

W(Weaknesses)—내부의 약점

나는 산후 우울증을 시작으로 십 년간 수면장애를 겪으면서 우울증 약을 복용했다. 많은 경우 할 말을 참는 것이 상황을 악화시키지 않는다고 믿기 때문에 침묵하지만, 어쨌든 나는 말이 없는 편이다. 그래서 무뚝뚝하다고 오해를 받는다. 현재는 우울증 약을 끊었지만, 임신과 약물 반응으로 비대해진 몸이 회복되지 않은 상태다. 다이어트를 위해 투자를 하자니 비용이 만만찮고, 다이어트를 한 사람들의 후기를 읽어보면 요요현상을 토로하는 내용이 많아 시도하지 못하고, 식사량을 조절하고 있다.

또 나는 현재 자궁 질환을 앓고 있어서 추적치료를 받고 있다. 그 때문에 사회복지사 자격증을 따놓고도 사용하지 못하고 있다. 어려움에 빠진 사람들을 도우려면 몸과 마음이 건강해야 활동력 있게 일할 수 있다. 또 하나의 이유는 복지사의 수입이 너무 적어 그 시간을 들여 일하자면 가계에 도움도 못 되면서 아이들을 방치할 수밖에 없다는 한계가 있다. 홀어머니 밑에서 외톨이로 자라면서 방치된 시간이 많아서 나는 내 아이들이 성년이 될 때까지는 생계 때문에 아이들을 방치하는 상황만은 만들고 싶지 않다.

O(Opportunities)―외부로부터의 기회

나의 경우 외부로부터 원조를 받을 곳은 없다. 누구에게나 공평하게 열려 있는 정보를 활용하여 기회를 포착하는 것이 내가 할 수 있는 전부이다. 그래서 안정성과 보장성이 없는 필름 교정업에서 벗어나 고정 수입을 얻을 수 있는 직업을 갖기 위해 수년 전부터 취업에 도움이 되는 국가공인 자격증 취득 과정을 공부하고 있다. 지금 하고 있는 평생교육사도 취업을 위해 도전하게 된 것이다. 아이들이 대학에 들어가기 전에 교육비 등 경제적 대책을 만들어야 하기에, 나에게는 직업 재활이 시급하다. 내가 관심을 가지고 있는 쪽은 노인평생교육 기관이다. 어차피 뚱뚱해진 외모 때문에 취업에 제약이 많다는 것을 알고 있다. 엄마를 보내면서 많은 후회가 남았기 때문에 노인을 돌보는 일이라면 잘할 수 있을 것 같다. 앞으로 이와 관련된 정보를 계속 모니터링하고 문을 두드릴 것이다. 직업 재활에 성공해서 경제적 여유를 확보하면 남들이 다 가는 제주도로 가족 여행도 하고 해외여행도 가서 아이들에게 넓은 세상을 볼 기회를 주고 싶다. 그날이 오기까지 내 삶에 브레이크는 없다.

T(Threats)—외부로부터의 위협

나를 둘러싸고 있는 내적, 외적 위협 요인들을 살펴보면 다음과 같다.

첫째, 십 년간 해온 필름 교정 일은 의뢰업체로부터 대략 좋은 평을 받고 있지만, 때로는 악덕업체를 만나 일만 해주고 돈을 받지 못한 경우도 있었다. 또 한 가지 문제점은 교정 프로그램을 사용하는 것에 한계가 있다는 것이다. 내가 쓰고 있는 컴퓨터의 버전이 낮기 때문이다. 요즘은 무료 애플리케이션으로 제공하는 포토샵이 워낙 기능이 좋아서 누구나 셀프 카메라를 찍을 수 있고, 질 좋은 사진을 얻을 수 있다. 이런 시점에, 교정 전용 프로그램을 사용하여 전문적인 차별성을 보유하려면 고가의 장비를 갖추어야 하는데 경제적으로 대안이 없어 작업에 많은 시간을 소모하고 있다.

둘째, 위암을 앓았던 친정엄마의 수술 및 입원 치료비를 충당하느라 남편 모르게 대부업체에서 대출을 받은 것이 있다. 매월 원금과 높은 이자를 납부하느라 진이 빠질 지경이다. 필름 교정 수입이 적은 달에는 납기일을 지키지 못해 추심을 받고 있다. 대부업이 사채업자들처럼 위협을 하는 조직인 줄 알지 못했고, 그땐 다른 방법도 없었다. 현재 이자율이 조금 낮은 쪽으로 대환을 하려고 알아보는 중이다.

셋째, 큰아이 과외비를 충당하느라 매월 생활비가 너무 바듯하다. 트럭을 구입하면서 받은 대출금을 갚기까지는 대안이 없다. 파트타임으로 보육교사 일자리를 구하고 있는데, 정부의 보육비 지원 제도가 불안정해서 결정을 보류하고 있다.

넷째, 또 나는 몇 년 전 자궁선근증 판정을 받아 추적치료를 받고 있다. 심한 생리통과 생리 중 과다출혈로 불편을 겪고 있고, 무엇보다 심한 성교통 때문에 잠자리가 고통스럽다. 최근엔 생리가 끝나지 않고 계속되어 검사를 받았는데, 난소 물혹과 자궁경부 염증 진단을 받았다. 자궁적출 수술을 해야 하는데, 가족에게 걱정을 끼치게 될 걸 생각하면 마음이 위축된다. 험한 화물 운송업을 하면서 가족을 위해 하루하루 힘들게 살아가는 남편이 이 사실을 알게 되는 게 두렵고, 사춘기에 접어든 아이들에게 상처가 될까 봐 걱정된다.

정씨는 여기까지 읽고 그만 먹먹해졌다. 더 이상 읽을 수가 없었다. 그는 방금 읽은 내용을 믿을 수 없는 듯 이미 읽었던 내용을 다시 읽었다. 장모가 위암을 앓았다는 것도 그 때문에 아내가 빚을 졌다는 것도 처음 알게 된 일이었지만, 아내가 자궁 질환을 앓으면서 혼자 치료를 받고 있었다는 것과 난소 물혹에 경부 염증까지 있어서 자궁적출 수술을 받아야 한다는 건 충격적인 사실이었다. 그 몸으로 부업을 했다는 것도 까마득히 몰랐다. 밤낮없이 컴퓨터를 끼고 앉아 있는 아내에게 관심을 기울여본 일이 없었다. 아내에 대해 그가 알고 있는 건 껍데기에 불과했다. 아내를 이해하려고 노력한 적도 없었고, 특별히 마음을 쓴 적도 없었다. 특별히는 고사하고 일상 속에서조차 진심으로 아내에게 따스하게 대해준 적이 있었나 싶었다. 그는 오직 아내가 그를 위해 무언가 해주지 않는 것에만 분노했다. 불평을 제조하는 기계라도 장착한 듯 그의 마음속은 늘 아내에 대한 불만으로 가득했다.

문득 사방이 고요해졌다. 화장실에서 들려오던 물소리가 그친 것이다. 그는 지갑과 차 키를 챙겨 들고 서둘러 집을 나왔다. 이제 어떻게 해야 하나. 그는 울고 싶었다. 아내가 연구 대상이라고 생각했었다. 아내에 대해서라면 무엇이든 비판적으로만 보았던 것이다. 그동안의 아내의 행동들이 다 이해되었다. 아내가 감당해온 만큼 아내와 가족을 사랑했는지, 그는 부끄러웠다. 무섭도록 담담하게 직업 재활을 진행하고 있는 아내에 비하면 정작 병이 든 건 자신이었다. 이 모든 것을 그는 급작스럽게 깨닫고 있었다. 마치 개안을 한 것 같았다. 그가 방금 읽은 것은 아내의 일대기와 비밀이었다. 그것은 피할 길 없는 현실을 똑바로 보게 했다. 그는 단지 밖에 멀찍이 주차해놓은 트럭에 앉아 울었다. 생각해보니 아내에게 사랑한다는 말을 한 적이 없었다. 그저 아내에게서 새끼를 얻고 그 새끼들과 함께 아내의 피와 살을 파먹으며 욕구를 채워왔을 뿐이었다.

아내가 걱정할까 싶어 지방에 일이 잡혀 저녁에 출발하게 되었다고 메시지를 넣었다. 그러곤 차를 몰고 회사로 갔다. 사무실에 도착한 그는 컴퓨터로 무언가를 검색했다. 요행히 그는 적절한 정보를 찾았다. 아내 앞으로 보낼 택배를 준비해놓고, 희부영게 새벽이 밝아오는 걸 그는 담담하게 지켜보았다. 업무가 시작되기 전 출근한 동료들과 협의하여 돌아오는 주말에 금, 토 이틀간의 휴무를 신청했다. 갑작스러운 휴무는 물량을 배분받는 다른 동료들에게 큰 부담을 떠안기는 일이었다. 이런저런 사정으로 간간이 일을 하다가 그만두는 사람들 때문에 그도 심심찮게 당해본 일이었다. 그럴 때마다 택배업을 하는 동안 그런 일은 만들지 않겠다고 다짐했지만, 이번만은 예외를 두기로 하고 양해를 구했다. 물량이 많지 않을 때라 다행이었다.

점심에 짬을 내어 그는 자기 구역을 이탈해 집으로 차를 몰았다. 회사 로고가 박힌 조끼와 모자를 눌러쓴 채였다.

김의영 씨죠?

택배라는 말에 현관문을 연 아내에게 박스를 내밀었다. 아내는 무심하게 박스를 받아서 보낸 사람의 이름을 확인했다. 그러곤 그의 얼굴을 보았다. 택배만 건네고 돌아서려던 그는 아내를 보는 순간 못이 박힌 듯 움직일 수 없었다. 그를 알아본 아내가 놀란 눈빛이 되었다.

풀어봐, 늦기 전에 당신한테 직접 주고 싶어서.

그 한마디를 던지곤 뚜벅뚜벅 계단을 내려왔다. 목이 메어왔다. 이젠 모르겠다는 생각이 들었다. 마음이 시키는 대로 했을 뿐이었다. 밤새 인터넷을 검색해서 구한 2박 3일 제주도 패키지 여행 예매계약 내역서와 그가 쓴 손편지를 소형 택배 박스 안에 넣을 때, 그는 아내의 마음을 위로할 반지 같은 것이 있으면 좋겠다 싶었다. 하지만 그런 여유는 없었다. 아내가 허락해주기만 하면, 그토록 원하던 가족 여행을 하면서 아내의 수술 날짜도 잡고 아이들과 가족다운 연합을 다짐하자는 것이 그가 트럭에 앉아 궁리한 거였다. 당장은 그것만이 그가 할 수 있는 전부였다. 아이들 학교 문제는 체험학습 신청서를 내면 될 거였다. 아내의 얼굴을 보고 나니 긴장도 풀리고 나른해졌지만, 힘이 빠진 건 아니었다. 날짜를 지체할 여유도 없는 데다, 아내의 손에 직접 건네고 싶어서 무리한 계획을 세운 거였다. 이탈한 거리만큼을 달려 배달 구역으로 돌아가면서 그는 오래전에 잃어버린 감정을 다시 느꼈다. 아내에 대한 애정과 일할 수 있는 것에 대한 감사였다. 그토록 많은 택배를 배달했지만, 택배 기사라는 직업의 정체성을 비로소 온몸으로 깨닫고 있었다. 아내가 건강을 되찾기만 한다면, 무엇이라도 할 수 있을 것 같았다. 밤새 없는 글솜씨로 썼다가 지우고 다시 썼던 말들이 마음속에서 출렁였다. 알 수 없는 보람과 기대로 그의 가슴은 벅차오르고 있었다.

과거도 미래도 없는 현세적 삶
―피로사회의 징후들

김만수

사마천은 남성을 거세하는 궁형의 형벌 속에서 『사기(史記)』를 완성한다. 사마천은 황제의 노여움으로 인해 사형에 처해질 위기에 빠지는데, 당시에 사형을 면하는 길에는 많은 벌금을 내는 방법과 궁형을 받는 길이 있었다고 한다. 그런데 사마천은 돈은 없었고 역사서는 완성시키고 싶었기 때문에 궁형을 택한 것으로 알려져 있다. 역사에서 이런 황당한 상상은 금물이겠지만, 만약 그에게 충분한 돈이 있었다면 『사기』는 완성되지 않았을 수도 있었을 것이다. 사마천에게 신체적 불구는 개인적으로는 불행이고 모욕이었지만, 그에게는 이러한 조건이 시세에 흔들리지 않고 글을 쓸 수 있는 기반이 되었던 건 아닐까.

많은 경우, 글을 쓰는 사람들은 상처를 가진 사람들이다. 소포클레스의 비극「오이디푸스 왕」에서 오이디푸스 가문의 비밀을 알고 있는 유일한 예언자 테이레시아스는 '눈먼 장님'이었다. 성서에서 가족들에게 자신의 죄를 차마 말로 꺼낼 수 없어 집에 들어가지 못하고 강변에 유숙하던 야곱은 거기에서 만난 낯선 사람과의 긴 대화와 실랑이 끝에 환도뼈에 부상을 당한 이후에야, 비로소 자신의 이야기를 꺼낼 계기를 얻게 된다. 상처가 생긴 이후에야 말을 할 수 있다는 것. 무릇 '상처 입은 화자(wounded storyteller)'는 모든 이야기의 근원이다. 작가는 상처를 통해서 말하는 존재이자 상처에 대해서 말하는 존재인 것이다.

탁명주의 첫 단편집『도마뱀이 숨 쉬는 방』은, 징후의 경중 여부를 떠나, 환자의 기록이다. 여기에 등장하는 환자들은 궁핍한 사회 현실 때문에, 혹은 왜곡된 인간관계 때문에 상처받고 고통 받는다. 경제성장의 엔진이 꺼지고 민주주의의 퇴행이 우려할 만한 양상으로 드러나고 있는 지금, 많은 사람들이 저마다의 문제로 인해 고통 받고 있다. 더욱 비극적인 것은 그들을 도와줄 수 있는 사회적 안전망이나 정의감마저 사라지고 있다는 것. 작가는 그들의 팍팍한 '상처'를 그저 말없이 글로 옮길 뿐이다. 2004년에 등단한 작가 탁명주가 여덟 편의 단편을 모아 첫 단편집을 묶었다. 단편집의 표제작「도마뱀이 숨 쉬는 방」은 제목 자체만 봐도 이물스럽고 답답하다. 편히 쉬어야 할 가족의 방에 도마뱀이 도사려 있고, 물론 집 밖은 집 안보다 훨씬 위험스럽다. 도마뱀이 숨 쉬는 방에 유폐된 개인의 기록인 것이다.

소설집을 여는 「컨테이너」는 작가 탁명주의 원질이 담겨 있는 작품으로 보인다. 이 단편에 등장하는 주인공은 일용노동자이다. 그는 가구 공장의 기술자로 일했지만 제조업이 모두 3D업종으로 밀려나는 바람에 실직하게 된다. 그리하여 그는 점차 일용노동자로 전락하고 변두리의 월세방도 유지하기 힘들어 쓰레기 매립지 주변에 버려진 컨테이너에 임시 거처를 꾸리게 된다. 매립지에 버려진 컨테이너를 차지하는 일조차도 그리 쉬운 일은 아니다. 다행스럽게도 마을 주민들의 허락을 얻어 아내와 아이가 편히 누울 수 있는 거처를 구하는 듯싶었지만, 매립지에서 분출된 유독가스가 폭발하는 바람에 일가족은 모두 사망한다. 이러한 '사내'의 사연은 경제적 풍요의 시대가 도래했다고 외치면서도 실상은 빈곤과 소외가 더욱 심화되고 있는 대한민국의 현주소를 보여주기에 모자람이 없다. '바보야, 문제는 바로 경제야'라고 외쳐야 하는 지점인 것이다.

그런데 작가는 경제적 궁핍과 그로 인해 빚어지는 사회 안전망의 붕괴에만 초점을 두고 있는 것 같지는 않다. 작가는 이 소설의 끝부분에서 이 사내와 이상한 인연을 맺고 있는 마을 이장 '강씨'에 대해 주목한다. '강씨'는 사내와 그의 가족의 죽음과 어느 정도 관련이 있다. 그러나 그는 일가족의 죽음에 대한 일말의 가책이나 심리적 충격조차 드러내지 않는다. 그는 이들의 죽음에 대한 기억은 아예 잊어버린 듯, 곧장 자신의 본업(?)을 향해 달려간다. 마을의 이장으로서 공공기관을 상대로 쓰레기 매립장과 관련된 보상금을 청구하는 일에 앞장서야 하기 때문이다. 극심한 생존경쟁의 사회에서 영혼을 저당 잡힌 채 나날의 본업에만 매달려 살아가는 인생. 우리는 예의 '이장'처럼 세상을 살아가고 있는 것은 아닐까. 이웃의 고통도 나와 무관한 것이라면 얼마든지 쉽게 잊을 수 있다는 것인가. 소설의 마지막에는 아이가 애지중지했던, 유독가스의 폭발에도 불구하고 가까스로 살아남아 털이 그슬려 까칠해진 강아지 한 마리가 등장한다. 그 강아지는 가족이 살던 컨테이너 곁을 떠나지 못하고 서성거린다. 그렇다면, 나는, 우리는, 강아지만도 못한 게 아닌가. 「컨테이너」가 던지는 화살은 여전히 우리의 가슴에 남는다.

뒤를 잇는 「부업」 「소독」 「전염」 또한 변두리 인생의 사소한 일상과 막막한 슬픔을 다룬다. 「부업」은 몇 푼의 가용을 얻기 위해 가내에서 시시한 부업에 매달려야 하는 사람들의 사연을 다룬다. 남편의 실직 등이 가내 부업의 원인이긴 하지만, 이들 사이에도 사연의 경중은 있다. 기막힌 반전은 이웃집의 눈치에도 불구하고 아파트에서 개를 키워야 생계를 유지할 수 있는 '개아짐'의 사연에 있다. 아파트에서는 개를 키울 수 없으며, 키우더라도 이웃에게 피해를 끼쳐서는 안 된다는 것은 이웃에 대한 배려이고 평범한 상식이다. 우리는 이를 교양이라는 이름으로 포장하곤 하지만, 그러한 교양도 지킬 수 없는 극한의 상황에 처한 사람이 있다면 어떻게 해야 하는가. 작가는 능청스럽게도 교양의 화술을 늘어놓고는 반대편에 극한의 생존을 대립시킨다. 누구에게는 부업이 말 그대로 부업일 수 있지만, 누구에는 절박한 본업일 수도 있다는 것. 교양을 내세워 그들을 비난할 수 없다는 것.

작가의 이러한 중얼거림은 「소독」과 「전염」으로 이어진다. 초등학교 급식소에 모인 엄마들 사이의 미묘한 관계를 그린 「소독」은 학교의 급식소에서조차 위계화된 정규직과 비정규직의 알력을 보여준다. 학교 급식소 내부에서도 나이, 자격증, 학벌 등이 모두 위계화의 뚜렷한 표지로 활용된다. 수상쩍은 부패의 냄새를 풍기는 그 어리석은 위계화의 한복판에 '소독'이라는 상황을 설정해놓았으니 이 또한 섬뜩한 반어가 아닐 수 없다. 모든 사람들의 심리 상태가 어리석고 썩어서 이미 병적인 상황에 놓여 있는데, 말끝마다 위생과 소독을 내세우고 있다면 이는 지독한 본말의 전도이다. 음식물의 위생을 위해 소독을 강조하고 있지만, 그 조직을 이루는 인간들은 이미 걷잡을 수 없을 만치 썩었다! 그런 판국이니 이 작품이 강조하는 '소독의 담론'이야말로 미셸 푸코가 근대를 옥죄는 억압의 담론으로서 '위생의 담론'을 내세운 것과 다를 바 없는 것이다(예컨대 사회의 위생을 회복하기 위해 만든 '감옥'은 개인을 억압하기 위해 조작된 왜곡된 담론일 수 있다).

「전염」에서도 이러한 위생 담론이 이어진다. 다단계 판매의 사기가 벌어지고 친구 사이에도 위험하고 불결하기까지 한 애정의 삼각관계가 이루어지고 있다면, 그 세상은 이미 아수라에 가깝다. 그런 와중에 등장인물들은 신체의 '라인'을 가꾸기에 여념이 없고 불륜의 남자로부터 받은 향수며 머플러에만 관심을 두고 있다면, 그 전염병은 심각하기 그지없다. 이름을 알 수조차 없는 전염병이 만연하고 우리는 이에 전염된 채 질식할 듯한 삶을 살아가는 것이라면, 이는 힌두 신화에서 묘사한 '크리슈나의 수레'와 같은 상황이다. 한번 달리기 시작하면 절대 멈출 수 없는 크리슈나의 수레. 현대인들은 현기증 나는 이 수레 위에서 달리는 이유조차 모르는 채 달려가고 있는 것은 아닐까. 주인공은 자신을 '전염병자'라고 부르는 주위의 시선조차 무시하기로 결심한다. 무작정 빨리 달리면 이길 수 있다고 생각하는 병에 은연중 감염된 것이다. 시인 김수영은 이미 "속도가 속도를 반성하지 않는"다고 말한 바 있다.

　그녀에게 전염병자라고 말하는 손가락들이 보인다. 추파를 던
지는 동창들의 얼굴도 보인다. 하지만 상관없다. 라인이 있는 한.
라인을 키울 수 있다면. 브레이크를 밟은 다리와 운전대를 잡은
팔에서 연소되지 않은 기이한 힘이 뻗쳐 올라온다. 마치 그녀의
몸안에 무쇠 같은 힘이 갇혀 있어 이 순간 출구를 찾는 것 같다
(……) 이대로 가속기 페달을 밟고 방향 조정만 하면 되는 것이
다. (140~141쪽)

　한 사람이 '나는 잘못된 존재이다'와 '나는 옳은 존재이다'
를 동시에 외친다면, 우리는 어느 말을 들어야 할까. 작가 탁
명주의 소설에는 이러한 약간의 '서사적 균열'이 있는 듯하
다. 예를 들어 「컨테이너」는 불쌍한 '사내'의 이야기에 집중
하는 듯싶다가, 결국에는 마을 이장 '강씨'의 이중적인 모습
의 발견으로 끝나는데, 우리는 이를 서사적 균열이라는 말로
밖에 표현할 수 없다. 그것은 통일된 서사적 관점의 유지라
는 측면에서 보면 불균형적이고 이상한 지점처럼 보이지만,
우리의 삶에 내재된 모순의 자연스러운 반영이라는 측면에서
보면 하등 이상할 바 없다. 어찌 보면, 서사적 통일이 가짜이
고 서사적 균열이 삶의 실상에 더 근접한 것일 수도 있기 때

272

문이다. 「부업」「소독」「전염」이 모두 소외된 자들의 고통스러운 삶의 전선을 다루는 듯싶으면서도, 그들 내부에 도사린 또 하나의 '균열된 인격'을 다루는 것 또한 같은 맥락에서 살필 수 있다. 이들 소설에 등장하는 인물들은 자신이 소외된 자들이라고 외치면서도, 결국에는 자신이 타인을 소외하는 주체이기도 하다는 사실을 끊임없이 환기시킨다. 교양담론, 위생담론을 외치는 윤리적 주체의 내부에 도사린 비교양, 비위생의 측면이 끊임없이 서사적 균열을 조장하는 형국인 것이다.

표제작 「도마뱀이 숨 쉬는 방」은 필리핀 한인 사회에서 벌어진 사기 사건을 다룬다. 방구석에 붙어 있는 도마뱀은 아무리 보아도 이물스럽다. 도마뱀은 미동도 하지 않은 채 기다리다가 먹잇감이 나타나면 재빠르게 혓바닥을 뻗어 먹어치우는데, 그 흉측스러운 모습을 받아들이기에는 꽤 많은 시간이 필요할 것이다. 아이의 교육이나 사업을 위해 필리핀을 선택한 한인들이 있다. 이들을 기다리는 것은 방구석에 조용히 붙어 있는 도마뱀, 그리고 느려터진, 아무래도 근대 도시의 문법에 익숙하지 않은 현지인들이다. 그러나 더 무서운 존재가 있으니 한인 사회 내부에 들어앉은 도마뱀 같은 사기꾼 족속들이다. 주인공이 부업으로 재봉틀을 돌려 마련한 비자금 칠천만 원을 송두리째 사기쳐 훔쳐간 '최사장'이야말로 도처에 숨어 있는 도마뱀인 것이다.

　갑자기 온 집 안이 도마뱀 소굴 같다. 방 안 구석구석에 사냥감
을 노리며 숨어 있는 놈들의 숨소리가 들린다. 집 안뿐이 아니다.
도처에 우굴거리는 놈들의 존재를 잊어버리고 있었다. 축축한 혓
바닥을 날름대며 단물을 찾아 눈을 번들거리는 저놈의 유연한 몸
뚱이. 그 징그러운 살비늘 속에서 화 한 번 낸 적 없는 최사장의
얼굴이 느물대며 웃고 있다.(177쪽)

　이번 단편집의 작품을 차례대로 읽어나가다가 「도마뱀이
숨 쉬는 방」쯤 와서는 이내 우울해졌다. 소설이 그저 병든 사
회의 묘사이고 축소판에 그치는 것일까. 이러한 느낌은 「공
생」「닻」「택배」를 읽어나가면서 더욱 증폭되었다. 「공생」을
보면 제조업이 몰락해가는 형국에 가구 공장도 예외는 아니
어서 부도가 속출하고 그나마 남아 있는 공장에는 외국인 노
동자들로 가득 차게 되는데, 이 뒤숭숭한 판에 도난 사건이
속출한다. 「닻」에서 한때 잘나가던 의상 디자이너는 남자의
사기와 배신으로 인해 자살하고 그녀의 딸은 아직도 엄마의
닻에서 허우적대고 있다. 「택배」에서 택배기사는 열악하기
짝이 없는 환경에서 박봉에 시달리며 열심히 일하는데, 가족
들은 자신의 마음을 몰라준다(물론 감동적인 반전이 숨어 있

다). 이런 야속한 판이니 '민나 도로보데스(모두 도둑놈)'이라는 1960년대 식 풍자가 실감날 뿐이다. 그러나 누가 옳고 그른지에 대해 우리는 정확한 결론에 도달할 수 없다. 이들 작품에도 이상한 서사적 균열은 도처에 발견되기 때문이다. 예컨대 「도마뱀이 숨 쉬는 방」에서 주인공은 현지인의 사소한 잘못을 정확하게 잡아내지만, 정작 자신의 큰 허물은 잡아내지 못한다. 외부를 보는 시선은 정확한 듯하면서도 자신을 성찰하는 데에는 둔감한, 어리석은 이들 인물들은 늘상 사기를 당하고 배신을 당하면서도 그 이유를 모른다. 그 이유를 모르는 주변인들의 삶이야말로 작가가 그려내고자 한 이 시대의 자화상일 것이다.

대부분의 소설에서 서술되는 시간은 압축되고 요약된다. 그런데 서술하는 시간이 서술되는 시간과 일치하는 단계에 이르면, 그 작품은 점차 지독한 리얼리즘의 단계로 넘어간다. 두 시간 전에 자살을 결심하고 두 시간 후에 자살하기까지의 전 과정을 그대로 옮긴 연극이 있다면(실제로 마샤 로만의 연극 「굿나잇 마더」는 이에 가깝다), 그 연극은 가장 리얼리즘에 충실한 연극이 되는 셈이다.

탁명주의 소설을 읽으면서 좀 기이한 경험을 한다. 그의 소설은 이상하게도 서술되는 시간의 폭이 매우 짧다. 예컨대 남편의 사업이 기울어 아내가 부업 전선에 나간다는 상황이 소설의 출발점이라면, 소설의 결말은 부업 전선에서 고투하는 아내의 모습에서 끝난다. 이들 인물을 움직이는 과거의 역사나 기억도 없고, 더군다나 미래에 대한 예측이나 희망 따위도 없다. 그저 생활 전선에서 고투하는 현재적 상황만 지속되는 것이다. 이러한 지독한 리얼리즘에는 아예 '지독한 현세주의'라는 이름을 붙이고 싶을 정도이다.

탁명주가 그린 인물들은 그저 세속적인 현실 속에서 허우적거리고 있다. 그들은 마치 자신이 왜 이렇게 살아야 하는지에 대한 자의식조차 버린 채 지극히 속물적으로, 다이어트와 웰빙, 성형과 불륜의 유혹에 허덕이며, 마치 그것이 전부인 양 살아간다. 작가는 그들의 속물성을 비난하거나 조롱하지 않는다. 어쩌면 작가가 자신이 경멸해마지 않는 속물 그 자신일 수도 있기 때문일 것이다. 작가는, 그리고 그가 그린 인물들은 답답하고 곤궁한 현실 속에서 속물의 욕망을 절대로 놓지 않으려는 듯 살아간다. 그런데 그들이 살아가는 이러한 속물성의 일상이 바로 우리가 처해 있는 대한민국의 현주소라는 점이 우리를 불편하게 만든다.

한국 사회는 현재 매우 피곤하다. 생존경쟁에 지쳐 있고, 사회적 정의를 외치는 목소리는 곧잘 냉소와 뒤섞인다. 건물에 화재가 발생했고 저 앞에 비상구가 보인다면, 사람들은 타인을 밀치고 비상구를 향해 달려갈 뿐이다. 여기에서는 질서를 외치는 목소리도, 타인을 위한 배려의 시선도 있을 수 없다. 우리 한국인은 현재 비상구를 향해 달려가는 위험스러운 대중의 삶을 살아가고 있는 듯하다. 작가는 그 세계를 가감 없이 그렸다. 내가 살기 위해 달려가는데, 당신은 무슨 자격으로 내 선택에 대해 발언한다는 말인가. 그래, 현실은 어둡고 나는 출구를 향해 달려갈 뿐이다. 과거도 미래도 없는 그 급박한 상황이야말로 작가가 체험하고 있는, 그 나름의 탈출기인 듯싶다. 독자의 한 사람으로서 그들이 탈출에 성공하길 바랄 뿐이다. 〔글쓴이: 문학평론가·인하대 교수〕

작가의 말

지난 9월, 대한민국 문인장으로 치러진 소설가 이호철 선생의 장례식에 갔다. 추모사를 들으면서 의식의 지향점을 정직하게 밀고 나간 작가에게 존경과 부러움을 느꼈다. 내 소설이 기록될 만한 가치가 있다고 처음 인정해준 분이었다. "사회과학이나 철학보다 삶의 실제적 국면에 가장 밀착해 있는 것이 문학이고, 그것 외에는 우리의 삶을 구원할 더 좋은 것이 없다. 욕심 내지 말고 실제 삶을 보여주고 느끼게 하는 것이 작가의 할 일이다." 2004년 『국제신문』 신춘문예 시상식을 마치고 불광동 자택으로 찾아뵈었을 때, 새내기 작가에게 당부한 선생의 이야기는 상식적인 것이었다.

한 사람의 작가가 창작할 수 있는 생산량은 얼마나 될까? 작가적 역량은 정해져 있는 것일까. 후천적으로 개발되고 생성되는 것일까. 모르겠다. 하고 싶은 이야기를 잘해낼 수 있는 때와 그 이야기에 맞는 형식을 얻는 것이 관건이라는 생각에 나는 사로잡혀 있었다.

첫 소설집이다. 이 시대를 통과하면서 기록자로서 펜을 들고 암중모색하는 동안 내가 다루고 싶었던 담화를 누르고 먼저 튀어오른 이야기들이다. 내가 겪은 파산은 맑은 하늘 아래 느닷없이 덮친 쓰나미처럼 피할 수 없는 것이었다. 무엇을 소비하는가가 그 사람의 모든 것을 대변하는 시대에 누구에게나 평등하게 허락된 것으로 알았던 시간을 생활의 필요를 메우는 데 탕진했다. 얕은 망상들은 쉬이 버려졌으나, 어떤 이야기들은 마음에 짐짝처럼 남아 있었다.

　알 수 없는 의무감과 열정으로 한 줄 한 줄 이어붙인 조각보를, 등단한 지 십수 년 만에 새삼스레 꺼내놓으려니 겸연쩍은 것도 사실이다. 하지만 이것이 쓰나미와 함께 사라져버릴 오늘을 구원하는 길이라 믿어 의심치 않기에, 언제나 내 묵상의 주인이신 아버지께 감사의 첫 마음을 드린다.

2016년 11월

탁명주

수록 작품 발표 지면

컨테이너 _2015년 ARKO 문예창작지원금 선정

부엌 _『국제신문』 2004년

소독 _『광주예술』 2013년 vol.6

전염 _『한국소설』 2004년

도마뱀이 숨 쉬는 방 _『작가들』 2006년 봄호

공생 _『문학산책』 2007년 가을호

닻 _미발표

택배 _미발표